目　次

ウンラート教授

あるいは一暴君の末路

一

彼はラートという名だったので、学校中が彼を「汚れ物(ウンラート)」と呼んだ。これ以上簡単で自然なことはなかった。他の教授のあだ名はときどき変わった。新入生が興味津々で教師を観察して、あそこが可笑(おか)しいここが可笑しいと言っては、容赦なくあだ名したからである。前の学年が思いつかなかった名前だ。しかし、ウンラートのあだ名は何年も前から使われており、町中に広がっていた。同僚ですら、中学校(ギムナジウム)の外ばかりでなく校内でも、本人が背を向けた途端、口にした。町には、遠方から来た生徒のために下宿屋を営んでいる家があった。下宿屋の主人は寄宿生を励まして勉強させようとする傍ら、彼らに「汚物教授(ウンラート)」のことを話して聞かせた。頓知(とんち)の利(き)いた生徒がいたとして、この第六学年(1)の正教授をよく検分して新しいあだ名をつけたとしても、定着することはなかっただろう。それほどこの老教諭に対する年来の呼び名は確固としたものであり、二十六年前と変わらぬ効力を持っていた。校庭で彼が通り過ぎるのを見たら、生徒はすぐさまこう呼び合いさえすればよかった。「この辺汚臭(ウンラート)がしねえか?」とか、「おー、汚臭(ウンラート)がするぞ!」といった具合に!

するといつもながらこの老教諭は、即座に肩を、左よりも不均等に上がった右肩をギクリとすくめ、眼鏡を通して斜めに緑色の眼差しを送った。生徒に陰険だと評される小心で復讐欲に燃えた眼差しだった。外套の襞(ひだ)に隠された短刀を覗き込む、後ろ暗い暴君の眼差しだった。灰黄色の髭に薄く覆われた厳(いか)つい顎が、ガクガク上下に揺れた。彼は、今自分のあだ名を叫んだ生徒に対して、それが自分への侮辱であることを「証明」出来なかった。痩せて歪曲した脚を引きずり、脂に汚れた左官帽をかぶって、ただ先を急ぐしかなかった。

去年行われた彼の勤続二十五年表彰式のおり、中学は、ウンラートの家まで炬火(きょか)行列を出した。彼はベランダに歩み出て挨拶を述べた。誰もが頭を後ろに反らして彼の方を見上げていたとき、突然、醜い潰(つぶ)れ声(ごえ)が発せられた。「あっ、汚物(ウンラート)が宙に浮いてるぞ!」すると皆が繰り返した。「汚物(ウンラート)が宙に浮いてるぞ!　汚物(ウンラート)が宙に浮いてるぞ!」

ベランダの上の教授は、この突発事を予測していたにもかかわらず吃(ども)り始めた。その際彼は、叫んでいる者一人一人の開いた口の中を見た。近くには他の教員諸氏が立っており、彼はまたしても何も「証明」出来ないのを感じたが、叫んだ者すべての名前を記憶した。翌日にはもう例の潰れ声の生徒は、オルレアンの処女の故郷がどこかという問いに答えられず、その好機をすかさず捉えたかの教授は、貴様の人生をまだ何度でも妨げてやるぞと請け合った。事実この生徒キーゼラックは、復活祭のおり進級することが出来なかった。[2] 彼だけでなく、同級の生徒のうちの、表彰式の晩に叫んだ者の大半は落第した。フォン・エアツムもそうだった。ローマンは叫ばなかったのに落とされた。ローマンはものぐさだったため、フォン・エアツムは出来が悪かったので、ウンラートの目論見(もくろみ)を容易にした。

さて、その年の晩秋、ある日の午前十一時、『オルレアンの処女』[3]に関する作文の時間が始まる前の休憩時間、この処女に未だ親しむことが出来ず、破局の訪れを予感したフォン・エアツムは、重苦しい絶望の発作に駆られて窓をこじ開け、闇雲に荒れた声で霧の中へ怒鳴った。

「汚物(ウンラート)！」

彼は当の教授が近くにいるかどうか知らなかったし、またそんなことはどうでもよかった。この哀れな肩幅の広い青年貴族は、もう少しのあいだ、体の諸器官を自由に動かしたい欲求に駆られたに過ぎなかった。そのあと彼は二時間ものあいだ、何も書かれていない空っぽの白い紙の前に座り込んで、紙を埋めるため、これまた空っぽの頭から言葉をひねり出さねばならないのだった。しかし、事実ウンラートはこのときちょうど校庭を歩いていた。窓からの叫び声に襲われたとき、彼は痙攣的に跳び上がった。霧を通して上方に、フォン・エアツムの頑健な体格が見分けられた。校庭にはほかに誰もいなかったから、フォン・エアツムがあの言葉を向けたのは、彼以外の何者でもあろう筈がなかった。「今度こそ、あいつはわしのことを言ったのだ。今度こそあいつに証明してやることが出来るわい!」ウンラートは嬉しさに心弾む思いだった。

彼は階段を五跳びで駆け上がると、教室の戸を勢いよく開け、立ち並ぶ机のあいだを急ぎ足で通り抜け、教卓の縁を鷲づかみにして、教壇へと跳び移った。そこにしばし身を震わしながら立って、呼吸を整えねばならなかった。第六学年の生徒は皆、彼に挨拶しようと立ち上がっていた。ひどく騒がしかった教室は、急に静寂に沈んだ。頭が痺れてしまうほどの静寂だった。彼らは、クラス担任のこの正教授を、街に現れた野獣を見るような目で見つめた。残念ながら叩き殺してはならず、それどころか、瞬時に彼らに対して危機的優位に立った獣に対する目つきだった。ウンラートの胸は激しく呼吸した。ついに、彼はしわがれた声で次のように言った。「先ほど私に対して——いやはやまた——ある言葉が向けられた。つまりある名称、……ある名前が叫ばれたのだ。私はこの名前を甘受する積もりはない。私は、そのような人間たち、すなわち、君らがそうであることを残念ながら私が知るに至ったそのような人間たちによる、このような悪態を決して我慢するものではない。覚えておけ！　私は、出来うる限りあらゆるところで君らをとっ捕まえてやる。フォン・エアツム、君の悪辣さは、私に嫌悪を催させるだけでは済まない。君の悪辣さは、私が今ここで君に告げる固い決意にぶち当たって、ガラスのように砕け散ることになるだろう。今日のうちにも私は君の行為について校長に告発する。そして、この学校が少なくとも人間社会の最悪の屑から解放されるよう――まこと――私の権限の及ぶ限り尽くす意向だ。」

こう言ったあと彼は、肩から引きちぎるように外套を脱いで、絞り出すような声で「着席！」と言った。

皆着席した。フォン・エアツムだけが立ったままだった。彼の膨れた黄色い斑点のある顔は、今や、頭の上の硬い髪の毛と同じく真っ赤だった。彼は何か口に出そうとした。何度も言いかけたが、その都度やめた。ようやくにして彼は言葉を発した。「俺じゃありません、先生！」

何人もの声が、犠牲を厭わない連帯感から彼に同調した。「エアツムじゃありません！」

ウンラートはドシンと脚を踏み鳴らした。「静粛に！……それから、フォン・エアツム、覚えておくがいい。私がその出世をはかばかしく妨害した人間は、君の家系のうち——勿論——君が最初ではない。これから先も私は君の将来を台無しにするとまではいかなくとも、以前君の叔父君のときにやったように、ひどく妨げてやる積もりだ。君は将校になりたいのだったな、フォン・エアツム。叔父君も将校になりたがっていたぞ。けれども彼は、学年の到達目標に達するということがなく、兵役短縮資格の前提となる修了証[4]を得ることが——いいかね?——一向に出来なかったため、いわゆる報道関係の仕事に就いたが、そこでも同様に失敗したらしく、領主の特別の計らいのお陰で、——どうにかこうにか——将校の経歴を始めることが出来た。が、その後間もなくこの経歴もまた中断しなければならなくなったらしい。さあて! 君の叔父君の運命は、フォン・エアツム、君自身の運命ともなるだろう。さにあらずとも、君の運命は叔父君の運命に似た形を取ることだろう。君の将来に幸運のあることを祈る、フォン・エアツム。君たち一族に対する私の評価は、十五年前から決まっているのだ……それから……」

このときウンラートの声は地底から響くように高まった。

「君は、我々がこれから携わろうとしている崇高なる処女の人物像について、君の才気のないペンを走らすには値しない人間だ。納戸に入りなさい!」

飲み込みの遅いフォン・エアツムは、まだ耳を傾けていた。注意力を張り詰めるあまり彼は、無意識に顎で、この教授の顎の動きを真似ていた。上方に幾つもの黄色い無精髭の生えたウンラートの下顎は、話をするあいだ、厳つい口辺の皺のあいだを、レールの上を滑るように回った。彼の唾は最前列の机まで飛び散った。ウンラートは怒鳴った。

「厚かましい奴だな！　納戸に入れと言っているのだ！」

追い立てられるように、フォン・エアツムは机の後ろから進み出た。キーゼラックが彼に囁きかけた。「抵抗しろよ、おい！」

その後ろのローマンは押し殺した声で予告した。「やめとけ、奴は僕らがまた手なずけてやるから。」

刑の宣告を受けたフォン・エアツムは教卓の前をすごすご通り過ぎ、教室のクロークとして使われている真っ暗な物置へ入った。体格の大きなこの生徒が後ろ手に物置の戸を閉めたとき、ウンラートは安堵の唸りをあげた。

「さて、奴のために奪われた時間を取り戻すことにしよう。」ウンラートは言った。

「アングスト、ここに作文の題目が書いてあるから、これを黒板に書きなさい。」

首席生徒のアングストは近眼だったため、紙片を目の前に掲げて、ゆっくりと黒板に書き写し始めた。誰もが張り詰めた気持ちで、チョークの下に文字が現れるのを眺めた。この文字に重大な運命がかかっているのであった。この題目が偶然、まったく「下調べ」していないものだとしたら、そのときには「手も足も出ず」、「落第」だった。黒板に書かれた文字がまだ意味をなさぬうちに、思い込みに駆られた者は考えた。「ああ、落とされた。」

ついに黒板の上には題目が現れた。

「ジャンヌ　あなたが捧げた祈りは三つありました。王子、私がそれを当てて御覧にいれましょう。(『オルレアンの処女』第一幕、第十場)

作文題目　王子の三つ目の祈りについて」

これを読むと皆、互いに顔を見合わせた。というのは、皆が落第だった。ウンラートは彼らを「陥れた」のだ。彼は片頬に薄笑いを浮かべつつ、教卓の後ろの肘掛け椅子に腰を下ろすと、手帳をめくった。

「どうだね?」まったく問題なしといった風に、彼は目を伏せたまま問うた。「何か質問はあるかな?……では始め!」

ほとんどの生徒は自分のノートの上に屈み込み、もう書いているといった振りをした。幾人かは放心したように虚空を見つめた。

「時間はまだ七十五分ある。」内心小躍りする思いでウンラートは、しかし平然と言った。この作文題目は、あの教員連中がこれまで思いつかなかったものだ。あいつらときたら、一体良心というものを持っておるのか！　悪餓鬼どものために虎の巻など作りおって、戯曲のどんな場面でも簡単に分析出来るように、せっせとヒントを与えているのだから……。

教室に座っている生徒の多くは、第一幕第十場を覚えており、カールの初めの二つの祈りを、おおよそは知っていた。しかし三つ目の祈りについて彼らは、何も知らなかった。そんなものは出て来なかったような気がした。それどころか、首席生徒のアングストと、ローマンを含めたあと二、三人は自信を持って、そんなものは出て来ていない、と請け合うことが出来た。というのは王子は、夜、自分が捧げた祈りのうち二つまでしか、この女予言者に言わせなかったのだ。ジャンヌが神の使いであることを王子が信ずるには、それで充分だった。三つ目の祈りはその場面にまったく書かれていなかった。とするとそれはきっとほかのところに書かれていたか、あるいはどこかで文脈から間接的に分かるようになっているのだ。それともこの祈りはひょっとして瞬く間に叶ったのだろうか？　ここで何かが成就したということに読者が気づかぬうちに……。自分が一度も注意を払わなかった点がありえたことを、首席生徒のアングストも内心認めずにいられなかった。いずれにせよ、この三つ目の祈りについて、いや、四つ目五つ目の祈りについてであれ、ウンラートが要求する以上は、何か書かねばならなかった。存在するなどとは誰も信じていない事柄、例えば、「義務への忠実」とか、「学校の恵み」、「兵役への愛」といった題目について、決められた数ページを月並みな文句で埋めること、それが、何年も前からの作文の時間の課題だった。こうしたテーマは生徒に何も訴えるものがなかったが、それでも彼らは書いた。題目の採られた作品は、数ヵ月も前から彼らを「落とす」手段として使われていたため、皆心底それを嫌っていた。それでも彼らは、勢いよく書いた。

彼らは、復活祭の時期、つまり九ヵ月も前から、『オルレアンの処女』に取り組んでいた。上の学年の落第生にとっては去年から馴染みの作であった。彼らはそれを前から読み、後ろから読み、場面場面を空で覚え、歴史的解説を加え、文芸論、文法理論に照らし合わせ、韻文を散文に直しては、また散文から韻文に戻した。初めて読んだときこれらの詩句の上に艶(つや)やかな光沢を感じた生徒にとって、とうにその光沢は色褪せていた。毎日繰り返し奏でられる調子の狂った手回しオルガンの演奏に、彼らはもはや何の旋律も聞き分けなかった。この殊に白い乙女の声……霊力を帯びた厳しい剣を振りかざし、甲冑から胸をはだけ、天使の翼を明るく残酷に打ち広げた乙女の声に耳を傾ける者はなかった。ここにいる若者たちのうちの誰かが、いつの日か、この羊飼いの娘の官能的なまでの純潔さに身震いし、彼女のうちに弱さの勝利を見てそれを愛するようになり、のちに天から見放され救いようのない恋に落ちる哀れな小娘の気高い純真さを思って、涙することになるとしても、それは、遠い将来のことだろう。ここにいる少年たちにとって、ジャンヌが埃にまみれた小煩い女でなくなるには、二十年くらいの歳月は必要かもしれない。

ペンを走らす音がしていた。ウンラート教授は、ほかに何をするでもなく、前屈みになった生徒の頭の上を眺めていた。生徒を一人「とっ捕まえた」日は、彼にとって良い日であった。とりわけそれが、あのあだ名を叫んだ者であればなおさらだ。それによってその年一年が良い年となった。残念なことに、ここ二年ほどのあいだ彼は陰険な叫び手を一人として捕まえることが出来なかった。これは悪い年月だった。ある年が良い年であるか否かは、ウンラートが生徒を複数「とっ捕まえた」か、それとも彼らに「何も証明」出来なかったかにかかっていた。

生徒に陰で敵視され、欺かれ、憎まれていることを知っていたウンラートは、自分の方でも彼らを、いくら「落とし」ても、いくら「学年の到達目標」に達するのを邪魔しても足りない宿敵として扱った。一生のあいだずっと学校のうちで過ごしてきた彼には、少年たちや彼らの問題を年長者の視点から眺めるということが出来なかった。まるで、不意に権力を授けられ教壇に上げられた生徒でもあるかのように、少年たちを間近に見た。ウンラートは彼らの言葉で話し彼らの言葉で考えた。彼らの隠語を使い、クロークを「納戸」と呼んだ。壇上から話をする際には、少年たち自身がそうした場合に話すような言い方をした。すなわちラテン語的な双対文で、「まこと」とか「実際つまり」といった、一番上の学年のホメロスの授業でよく使われる、無意味な短い虚辞をちりばめた文体だった。なぜなら、ギリシャ語のどんな小さな回りくどい表現も、すべて、かなり不格好な形で、訳文の中に表れていなければならなかったのだ。彼は、自分が柔軟性に乏しい体つきをしていたので、同じことを学校にいる他の皆に要求した。若い犬にも似た少年たちの欲求……若々しい体と頭脳に付きものの、追っかけ合ったり、騒いだり、肘突きを交わしたり、相手に痛い思いをさせたり、悪戯をしたり、使い道がなくあり余っている意気と体力をくだらないやり方で発散しようという欲求を、ウンラートは忘れていたし、一度も理解することがなかった。生徒を罰するとき彼は、大人としての高い見地から、つまり、「お前らはお前らの年齢(とし)相応に腕白だ、しかし規律は守らねばならぬ」という考えから罰したのではなかった。彼は本気で、歯を食いしばりつつ生徒を処罰した。学校の中で起こることは、ウンラートにとって人生そのものと同様の真剣さと現実味を持っていた。怠惰は無能な市民の堕落に等しく、注意散漫や笑い声は国家権力への反抗であり、クラッカーを鳴らすのは革命を導くことであり、「誤魔化そうとする試み」は、皆の将来を辱めることであった。そうしたことが起こると、ウンラートは色を失った。彼は、生徒を一人「納戸」に送り込んだ際には、革命家の一群をまたもや流刑地に送った独裁者の気持ちであった。不安と勝利感の入り混じった思いで、自らの欠くところのない権力と、その根が不吉に掘り返されるのを感じた。そして「納戸」から帰還した者と、一度彼の権力を脅かそうとした者すべてを、彼は決して忘れなかった。四半世紀のあいだ彼はこの学校で働いていたので、市とその周辺は昔の教え子でいっぱいだった。ウンラートは彼らをかつて、自分の名を呼んだかどで「とっ捕まえたか」、あるいはそれを「証明出来なかった」かのどちらかだった。そして昔の教え子は皆、未だに彼をあの名前で呼んでいたのだ！　ウンラートにとって学校は、校庭を巡る塀で終わりではなかった。学校は周囲の家々を越えて広がり、住民のあらゆる年齢層に広がった。そこら中に反抗的で不埒な小僧がいて、「自分のやるべきところ」を「下調べ」しておらず、教師に楯を突いた。復活祭のおりに進級してウンラートのクラスに入った少年は、親戚の一人から、懐かしくも滑稽な青春の思い出として、「汚物教授」の笑い話を聞かされていた。その少年が授業で初めて間違った答えをしたとき、次のような怒声が響いた。

「君の家系からはこれまで三人がこの学校に籍を置いたが、私は君の一家全員を憎んでおる！」

生徒全員の頭を見下ろす崇高な場所にいてウンラートは、自分の身は安全だと思い込んでいた。ところが、そのあいだに新しい災いが勃発せんとしていた。それは、ローマンによってもたらされた。

ローマンは自分の作文をひどく手短に片付けて、そのあと内職に取り掛かっていたが、なかなか捗らなかった。というのも友人フォン・エアツムの件が彼を苛んでいたからだった。彼は、この腕っ節の強い若輩貴族のいわば精神的守護神を自認し、この友人の知的脆弱を自分の高度に発達した頭脳で補うことを名誉と考えていた。フォン・エアツムが聞いたこともないような馬鹿な答えを口に出しかけたその瞬間、ローマンは騒々しく咳払いしてから、正しい答えを小声で囁いた。この友人が不可解極まりない答えをしたときには、同級の皆に対して、「エアツムは教師をかんかんに怒らせたかっただけなのだ」と言って、それを敬うべきものに変えてしまった。

ローマンは、額の上で盛り上がり、重苦しい房になって垂れ下がる黒髪を持った若者だった。彼はルシファーの蒼白と才能豊かな演技力を持っていた。彼はハイネ風の詩を作り、三十歳の女性に恋していた。文学的修養を積むことに専念する彼は、学校に対してはほんのわずかな注意力しか向けることが出来なかった。ローマンがいつも最後の三ヵ月になってようやく勉強し始めることに気づいた教師たちは、彼が最終的には充分な成績を挙げるにもかかわらず、二度も落第させた。そんなわけでローマンは、友人フォン・エアツムと同じく十七歳という年齢でありながら、まだ、十四、五歳の学友と机を並べていた。そしてフォン・エアツムが大柄な体格のお陰で二十歳のように見えるとすれば、ローマンはその精神的深化によって、実年齢より上に見えた。

一体ローマンのような人間には、教壇の上にいる例のぶきっちょな道化者、この固定観念に病む馬鹿者は、どんな印象を与えただろうか。ウンラートに当てられると、授業とは関係ない本を読んでいたローマンは、慌てることなく頭を切り替え、広い、黄色く血色の悪い額にいぶかしげな横皺を寄せて、軽蔑的に目蓋を伏せたまま、質問者の哀れな憤りや、教師の皮膚に付いた埃、上着の襟に付いたフケをじっと見つめた。最後に彼は、自分のよく磨かれた指の爪に視線を落とした。ウンラートは、ローマンが反抗的で近づき難い雰囲気を持っている上、自分を例のあだ名で呼ぼうともしないため、ほかの誰よりもこの生徒を憎んでいると言ってよかった。というのもウンラートは、ローマンが例のあだ名を口にしないことが、逆の場合よりもさらに由々しい意味を持つことを、薄々感じていたからだった。ローマンはこの哀れな老人の憎しみに対して、いくら頑張っても気の抜けた軽蔑以外何も示すことが出来なかった。嘔吐感の混じった少しばかりの同情もそれに加わった。しかし今、フォン・エアツムが侮辱的に扱われるのを見て、彼は個人的に挑発されたように感じた。この教室にいる三十人の生徒のうち彼だけが、エアツムの叔父の経歴が暴露されたことを卑劣だと感じていた。教壇の上の哀れな男に対して多くを認めてはならなかった。ローマンは決心した。彼は立ち上がり、両手を机の縁について、教授の目を、興味津々で観察するように、まるで奇抜な企てでもするかのように眺め、上品に落ち着き払って宣言した。「ここではもう勉強出来ません、先生。汚臭（ウンラート）がきつくてたまりません。」

　ウンラートは肘掛け椅子の上で一跳びすると、呪詛するように片手を広げ、声を立てずに顎をパクパクさせた。たった今、一人の不埒な生徒を放校処分で脅（おど）かしたばかりだというのに、こんなことが起こるとは予想の外（ほか）であった。彼は今や、このローマンも「とっ捕まえて」しまうのだろうか？　ウンラートにとってこれ以上望ましいことはなかっただろう。しかし……ローマンに対して、自分が侮辱されたことを「証明」出来るだろうか？……

この息詰まる瞬間、背の低いキーゼラックは、噛んで爪がずたずたになっている青い指を高く上げ、その指をパチリと鳴らすと、潰れた甲高い声で叫んだ。「ローマンは周りの者にゆっくり考える暇をくれません。ローマンは何かあると、汚臭（ウンラート）がするって言うんです。」

クスクス笑う声が聞こえ、幾人かは足で床をガリガリ言わせた。すると、既に暴動の風を顔面に感じ取ったウンラートは、パニックに襲われた。彼は椅子から立ち上がると、殺到する無数の暴徒に対するかの如く、机の上であらゆる方向に向かって厳つい突き押しの動作をし、叫んだ。「納戸に入れ！　皆納戸に入れ！」

一向に静かにならなかった。ウンラートは、この場を切り抜けるには力の行使しかないと思った。彼は、ローマンがそれと悟るよりも早く、ローマンに向かって突進し、その腕をつかまえて引っ張り、息も絶え絶えに叫んだ。「お前は出て行け！　お前はもはや人間社会の一員にふさわしくない！」

ローマンは退屈し、またひどく感動して、この言葉に従った。最後にウンラートはローマンを一突きして、彼を物置の戸に向かって突き飛ばそうとしたが、それは失敗に終わった。ローマンは、服の、ウンラートにつかまれたあたりの埃を払うと、落ち着いた足取りで「納戸」に向かった。これを見届けてから教師は、キーゼラックの方を振り返った。しかしこの生徒は、ウンラートの後ろを身をよじるようにして通り抜け、しかめっ面をして拘禁所の中に消えたあとだった。首席生徒のアングストが、キーゼラックの居場所を教授に説明しなければならなかった。間髪を入れずウンラートは、この突発事によって皆は一瞬たりとも処女から気を逸らしてはならぬと要求した。

「君たちはなぜ書き続けんのだ？　まだ十五分ある！　最後まで書き終わってない作文は、――いやはやまた――採点しないぞ！」

こう脅かされては、大抵の者はもうまったく書く材料が思いつかなかった。不安に満ちた表情が見られた。興奮し過ぎたウンラートは、心からそれを楽しむことが出来なかった。彼のうちには、およそ可能などんな抵抗も挫き、身近に迫ったあらゆる暗殺計画を無に来せしめ、周囲を一層静かにしたい、墓場のような静寂を作り出したいという衝動があった。三人の反乱分子は取り除かれた。しかし、机の上に開かれたままの彼らのノートは、依然として謀反の精神を発散しているように見えた。彼は三人のノートをひとまとめに束ねると、それを持って教壇の上へと赴いた。

フォン・エアツムとキーゼラックの作文は、難儀してこしらえた不器用な文の寄せ集めだった。[5] それらは頑張って書いたという苦労の跡を示しているだけだった。ローマンの作文の場合、彼が文章の構成を作らず、作文をA、B、C、a、b、c及び一、二、三へと区分けしなかったことが、さしあたり不可解だった。その上彼は、一ページしか書いていなかった。ウンラートはその一ページに目を通すと、すぐに怒りを増幅させた。そこには次のように書かれていたのである。

「王子の第三の祈り(『オルレアンの処女』第一幕、第十場)。

若きジャンヌは、その年齢と農民出という素性から予想される以上の巧みさで、手品の芸当を使って宮廷に入り込む。彼女は王子に、彼が前の日の晩、天に捧げた三つの祈りについて、その内容をかいつまんで言ってみせ、読心術の能力があると見せて、何も知らぬお偉方に当然ながら強い印象を与える。三つの祈りについて、と私は書いたが、実際に彼女が繰り返してみせたのは二つに過ぎない。三つ目を彼女はもはや言う必要はなかった。王子が得心してしまったからである。これは彼女にとって幸いだった。なぜなら、三つ目の祈りを繰り返すのは難しかっただろうから。彼女は王子に初めの二つを要約してみせることによって、王子が神に願うことの出来たすべてを言ってしまったのである。つまり、彼の祖先が犯した罪のうちまだ贖(あがな)われていないものがあるとしたら、民衆の代わりに彼自身を犠牲として受け入れて欲しいということ。そして、自分が国と王冠を失わねばならぬとしても、少なくとも平安と、友と、そして恋人を自分に残しておいて欲しいということである。これによって既に彼は、一番重要なもの、つまり支配権を放棄したのである。それ以上何を願うことがあっただろうか？　長々と考える必要はない。彼自身知らないのだ。ジャンヌもそれを知らない。シラーも知らない。作家は自分の知っていることをすべて表現してしまい、それにもかかわらず、「等々」と言ったのである。これが秘密のすべてであり、細かいところに拘泥しない芸術家の気質にある程度親しんだ者にとっては、何もいぶかしがることではない。」

お仕舞い。これですべてだった。身震いを覚えつつウンラートは、瞬時に次のことを悟った。この生徒を取り除くこと、この伝染病毒から人間社会を守ることが、単純なフォン・エアツムを退学処分にすることよりも遥かに重要だった。こう考えながらウンラートは、半分切り取られ、ノートにかろうじて引っ掛かっている次のページに視線を向けた。そこにはまだ何か走り書きしてあった。しかし、そこに何が書いてあるのか悟った瞬間、この教師のゆがんだ頬の上を、桃色の雲のようなものが走った。彼は素早く、人目をはばかるように、まるで自分は何も見なかったと言わんばかりに、そのノートを閉じた。だが、もう一度それを開くと、すぐまたそれを他の二つのノートの下に入れ、内心の葛藤に喘(あえ)いだ。今こそそのときだ、奴は「とっ捕まえ」ねばならない、と思わずにいられなかった。ここまで落ちぶれてしまった人間、この——勿論だとも——女芸人ローザ……ローザ……。彼は、三たびローマンのノートを手に取ろうとした。ちょうどこのとき、授業時間の終わりを告げるベルが鳴った。

「提出！」ウンラートは怒鳴った。彼は、まだ最後まで書き終わっていない生徒が、ひょっとしたらこの最後の瞬間にも合格点に達するかも知れぬ、という烈しい危惧に襲われた。首席生徒が皆の作文を回収した。幾人かの生徒がクロークの戸の前に屯した。

「そこから退がれ！　待ちなさい！」新たな心配に襲われてウンラートは叫んだ。出来ることなら彼はこの戸に錠を下ろし、三人の哀れな者を、その滅亡が確かなものとなるまで幽閉したかった。しかし今は早まったことをしてはならず、筋道を立てて熟慮しなければならない。ローマンの件が、あまりの背徳ゆえに、まだ彼の頭を惑わしていた。

自分の権利を侵害された数人の背の低い生徒が、教壇の前に立ち塞がった。「僕たちの物があるんです、先生！」

ウンラートは「納戸」を明け渡さねばならなかった。生徒の雑踏する中から、追放されていた三人が次々と外に出て来た。彼らはもう外套を羽織っていた。ローマンは敷居のところからすぐ、自分のノートがウンラートの手に渡ったことを確かめ、退屈する思いでこの年老いた馬鹿者の頑張り過ぎを哀れんだ。場合によっては今や彼の父親が動き出し、校長と話をしなければならないかもしれない！

フォン・エアツムは、ローマンが「酔っ払った月」とあだ名しているその顔の、赤みがかった金髪の両眉を心持ち上げただけだった。キーゼラックは自分なりに「納戸」の中で弁明の準備をしていた。

「先生、いいですか、僕は、汚臭(ウンラート)がすると言ったわけじゃないですよ。僕が言ったのはただ、いつもローマンがそう……」

「黙りたまえ！」ウンラートは身を震わしつつ彼を制した。ウンラートは喉を上下に動かしながら気持ちを鎮めたあと、低い声で付け加えた。「いずれにせよ君たちの運命は、君たちのすぐ頭上に落っこちんばかりなのだ。行きなさい！」

そのあと三人は食事に行った。誰もが、頭の上に落っこちんばかりの運命のことを考えながら……。

二

ウンラートもまた食事を取り、そのあとソファーに横になった。しかしいつものことながら、彼がうとうとしかけたちょうどその瞬間、隣で家政婦が皿を一枚落っことした。彼はびっくりして跳ね起きると、すぐまたローマンのノートを手に取った。彼の顔は、そこに書かれたあの破廉恥なものを初めて目にするかのように、桃色に赤らんだ。ところが彼は、既に何度もこのノートを開いては閉じ、開いては閉じしていたのである。「気高い女芸人ローザ・フレーリヒ嬢に捧ぐ」と書かれたページは、自然に開いてしまうほどになっていた。題名の下に、消されて読めなくなった詩句が何行かあり、空白が続いたあと、こう書かれていた。

「骨の髄まで　堕ちた君、
だけど偉大な　女芸人。

君がいよいよ　産褥についたら、」

この六年生は、韻にもう少し配慮しなければならなかった。しかし、三句目の条件節は意味深長なものを持っていた。それは、ローマンがこの条件節に個人的に関与していることを窺わせた。それをはっきり裏づけるのが、あるいは四句目の役割であったかも知れぬ。ウンラートは、この書かれていない四句目を推測するために、彼のクラスが王子の三つ目の祈りを推測するためにしたのと同じ絶望的努力をした。生徒ローマンはこの四句目によってウンラートを笑い者にしているように見えた。ウンラートは次第に激情を募らせた。結局のところ自分の方が強者なのだということを、この生徒に示してやりたいという切実な欲求に胸を詰まらせて、ローマンと格闘した。彼はローマンを何としても陥れてやりたかった！

これからどうした行動に出るべきか、というまだ形をなさない想念がウンラートの中で蠢（うごめ）いた。その考えは彼をいてもたってもいられなくした。彼は、古い合羽を身にまとい、外に出た。細く冷たい雨が降っていた。彼は両手を背中に組み、額を屈め、口元の皺に毒々しい薄笑いを浮かべながら、郊外の道を、水溜まりを避けて脚を引きずるようにして歩いた。炭を積んだ荷車一台と二、三人の子供以外、誰にも出遭わなかった。角にある小売商の扉に市立劇場の広告が貼ってあった。『ヴィルヘルム・テル』(6)。ある閃きを覚えたウンラートは、膝の曲がった脚を引きずりつつその広告に突進した……。いいや、ローザ・フレーリヒという名はその紙にはなかった。とはいえ、彼女はこの芸術団体に属しているのかもしれない。この広告を窓に貼った小売商のドレーゲは事情通に違いなかった。ウンラートは既にドアのノブをつかんではいたが、びっくりして手を引っ込めると、そこから逃げ去った。

「女優のことを尋ねるというのか！　自分の住んでいるこの街で！」

ウンラートはあの、卑しい、人文諸科学には蒙(くら)い庶民の陰口を考えずにいられなかった。生徒ローマンの正体を暴くには、こっそり手際良くことを進めねばならない……。彼は中心街に通じる並木道へと曲がった。

「ローマンをうまく陥れることが出来れば、堕ちて行く際に奴はエアツムとキーゼラックを道連れにするだろう。それまでは、わしがあの名前で呼ばれたことを校長に訴えるのは控えるとしよう。そういうことをした者がほかのどんな悪行もやりかねないということは、自ずから明らかとなるだろうて。」ウンラートにはそれが分かっていた。彼は自分の息子の経験から知っていたのだ。息子というのは、ウンラートと細君のあいだに出来た子だった。彼の青年時代、寡婦であった彼女は彼に大学進学の学資を提供してくれた。代償として彼は、職に就くとすぐこの女と結婚した。骨ばった体格の、厳しい女で、既に他界した。息子は彼より見栄えがするわけでもなく、その上、独眼だった。それなのに学生時代、帰省するたびにいかがわしい女を連れて堂々と市場に現れた。悪い仲間と金を浪費する一方、四度も試験に落ちた。それでも有用な官吏にはなったが、高卒資格でのことだった。国家試験に受かった上級官吏とは、雲泥の差があった。ウンラートはこの息子ときっぱり縁を切っていたので、これらすべてを了解した。それどころか、あのとき以来、息子のこんな行く末をほとんど予見さえしていたのだ。息子が、仲間の前で父親を例の名前で呼ぶのを耳にした、あのとき以来！

彼はつまり同じような運命を、キーゼラックとフォン・エアツム、ローマンに望んでもいいわけだった。とりわけローマンの場合、女芸人ローザ・フレーリヒのお陰でそうした運命が迫っているように見えた。ウンラートはローマンへの復讐を急いだ。あとの二人はこの人間と並べるとほとんど色褪せて見えた。教師が怒っているというのに、まるで関心がないという風を見せたかと思えば、野次馬みたいに人を哀れむ振りをしおって！　奴は一体何という生徒なのだ！……ウンラートは呪詛するほどの憎しみを抱きながらローマンを思い出した。尖(とん)がり屋根の市門の下で突然立ち止まると彼は、声に出して言った。

「あいつらは最悪の生徒だ！」

生徒というものは鼠色の、虐げられた陰湿な生き物であり、教室の中以外の生活を持たず、いつも権力者に対する密かな戦争状態にあった。例えばキーゼラックがそうだ。あるいは頭の悪い力持ちであり、権力者はその精神的優位によってこの力持ちを絶えず脅かしていた。フォン・エアツムがそうだ。しかしローマンは……ローマンは権力者を疑っているように見えるではないか！　ウンラートは次第に怒りを沸騰させた。上等な服に身を包み、お金をちゃらちゃら言わせてふんぞり返る目下の者を前にして、収入の少ない権威は屈辱感に憤った。彼は突然はっきりと悟った。「すべては破廉恥以外の何物でもない！」ローマンが一度として埃を身にまとうことがないこと、いつも綺麗なカフスを付けて、ああいう表情をしていること、それは破廉恥だった。今日この生徒が書いた作文、彼が学校の外で得た知識、それらは破廉恥だった。そのうち最も忌まわしいのは、女芸人ローザ・フレーリヒについての知識だった。「今こそはっきりした。ローマンがわしをあの名前で呼ばないのは、破廉恥なのだ！」

こう考えたあとウンラートは、切妻造りの家々に挟まれた急な坂を登り切ると、ある教会に辿り着いた。そこは突風が激しく、彼は外套を身の回りにしっかりまとうと、また少し坂を下った。そこから一本わき道が伸びていた。その初めの一軒の前まで来ると、ウンラートは躊躇した。門の扉の左右に二つの木製告知板が掛かっており、鉄線格子の後ろに、『ヴィルヘルム・テル』のプログラムがはめ込んであった。ウンラートはそれをまず片方の告知板で読み、それからもう一方の告知板で読んだ。最後に彼はびくびくと周りを窺いながら門道を通り、開いたままの廊下に入った。小さな窓の向こうに男が一人、明りのそばに座っているようだった。ウンラートは緊張のあまりこの男をよく見分けることが出来なかった。この場所には、少なくとも二十年来、来たことがなかった。彼は、自国を離れた君主の不安に苛(さいな)まれた。「わしは誤認されるかも知れぬ。それとは知らず民衆はわしに馴れ馴れしく振舞うかも知れぬ。無理にもわしに、自分を人間だと感じさせるかも知れぬ。」

しばらくのあいだ小窓の前に立っていた彼は、軽く咳払いした。何の反応もないので彼は、曲げた人差し指の先で窓を叩いた。窓の後ろの頭は驚いて跳び上がると、すぐ窓口を開けて身をせり出した。

「何の御用で?」男はしわがれ声で尋ねた。

ウンラートは初め唇だけ動かした。彼ら二人、つまりウンラートと、この彫りの深い青黒い顔立ちの、平たい鼻先に鉤眼鏡(かぎめがね)を載せた元俳優は、互いをまじまじと見た。ウンラートは切り出した。「なるほど、あなた方はつまりその、『ヴィルヘルム・テル』をやるのかね。これはよくしてくれたものだ。」

切符売りの男は言った。「わしらが好き好んでこの芝居をやるとお思いですかね。」

「あなた方を非難しようというのではないのだよ。」面倒なことになるのを恐れたウンラートは、断言した。

「商売にゃならんですて。ただ、古典劇の上演というのが市との契約に入っとるもんだから。」

ウンラートは身分を明かすのが適当だと考えた。

「私はつまり、この地の中学校（ギムナジウム）第六学年担任の正教授ウン……いや、ラート教授という者だ。」

「どうぞよろしく。私はブルーメンベルクと申します。」

「私は、私の学級を連れて古典文学の上演を見物したいと思っているのだ。」

「ああ、それは実にありがたいことですて、教授先生！　そのお知らせを伝えれば私どもの支配人も大歓迎致しますでしょう。まったく間違いありません。」

「しかし、」ウンラートは指を上げた。「我々が見物するのは——まこと——我がシラーの戯曲のうち、我々が授業で読んでいるもの、すなわち——いやはやまた——『オルレアンの処女』でなければならんのだよ。」

この役者は下唇を落とし、頭を低くして下から悲しみと非難の表情でウンラートを見上げた。

「ですが、そりゃたいそう残念なことです。私どもはまた初めっからその劇の稽古をしなけりゃなりませんので……。お分かりですか？　『テル』ではホントにいかんので御座いましょうか？　この作も青年にとっては実に結構なものなんですがねえ。」

「いかん。」ウンラートは決然と言った。「どうしても『テル』では駄目だ。我々には『処女』が必要なのだ。しかも大切なのは――よいかね？――」

ウンラートは大きく息を吸い込んだ。彼の心臓は高鳴った。

「とりわけジャンヌ役の女優なのだ。というのはこの役は、処女の崇高な人物像を生徒にうまく把握させることの出来る――いやはやまた――気高い女性芸術家が演じなければならんのだ。」

「勿論ですとも、勿論ですとも。」役者は、深い同意の気持ちを込めて言った。

「そこで私は実際あなた方の女優の一人のことを考えた。極めて高く称賛されている女優のことだ。この称賛が当たっているといいのだが。」

「当たっていますとも。」

「すなわちローザ・フレーリヒ嬢のことだ。」

「何とおっしゃりました？」

「ローザ・フレーリヒ。」ウンラートは息を止めた。

「フレーリヒという者は私らのところにはおらんのですが。」

「それは確かかね？」ウンラートは度を失って尋ねた。

「失礼ですがね、わたしゃボケちゃいませんですよ。」

ウンラートにはもうこの男を見る勇気がなかった。

「それでは私は、しかし、まったく……」

相手は彼の言葉を助けた。「あんたはきっと取り違いなさっているんです。」

「ああ、そうに違いない。」ウンラートは、子供のように感謝して言った。「実にどうも失礼をした。」

そして彼はへりくだった態度で引き下がった。

切符売りは唖然としていた。ついに彼はウンラートに後ろから呼びかけた。「しかし教授先生、それにもかかわらずこの件については御相談出来ますのですが。どれだけの切符を御購入なさるので？　教授せ……」

ウンラートは出口のところでもう一度ぐるりと振り返った。彼の微笑は、追手に対する恐れから引きつっていた。

「実に失礼致した。」こう言って彼は逃げ去った。

気がつくと彼は、坂を下って船付き場に出ていた。彼の周りでは、荷袋を運ぶ男たちがノシノシ歩き回り、切妻造りの倉庫の窓から、荷役人の注意を引こうとする別の男たちの大きな掛け声が響いていた。魚と、タールと、油と、アルコールの匂いがした。向こうの河に浮かんだ数隻の船のマストと煙突は、もう夕闇に包まれていた。日没前にせわしなさを増す活動の只中を、ウンラートは歩いて行った。女芸人の所在を明らかにし、ローマンを「とっ捕まえる」という想念に苛まれながら……。

彼は、運送状を手にしてあちこち駆け回る英国服姿の紳士や、彼に「気をつけろ！」と怒鳴りかける労働者にぶつかった。周囲の慌ただしさはウンラートにも感染した。彼はよく考えもせず、ある扉のノブを押していた。扉の上には「船員周旋人」と書かれ、何やらスウェーデン語かデンマーク語の文字が刻み込まれていた。店の中には、とぐろ状に巻いたロープや、船旅用乾パン、強い匂いのする小さな樽が置かれていた。一羽のオウムが叫んだ。「飲ンダクレロ！」幾人かの船乗りは飲み、他の幾人かはズボンのポケットに手を突っ込んだまま、体格の大きい赤髭の男をしきりに口説いていた。この男は、しばらくしてようやく部屋の後方に漂っている煙草の雲から抜け出すと、カウンターの後ろに立った。すると、壁に付けられたカンテラの金属製の反射鏡が、彼の禿げ頭をギラギラと照らした。彼は武骨な両腕をカウンターの縁に立てて突っ張ると、無作法に言った。「お前さん、俺ん何か用だかね？」

「夏期演劇祭の入場券をもらいたいのだが。」ウンラートはあっさり言った。

「何だっての？」男は尋ねた。

「夏の演劇祭りだよ。君は自分で、夏期演劇祭のチケットを売りますと、ショーウィンドウに広告を出しているじゃないかね。」

「そんげんこと俺が気にしてらいるかね」と言って男は口を開けたままにした。「夏の演劇祭りなんか、冬にゃやってねえこての。」

ウンラートは自分の権利に固執した。

「しかし君、君はショーウィンドウに広告を出しているのだ。」

「そんげんが、貼ったまんまなってぇがいや！」不意に大声になって男は叫んだ。しかしこの船員周旋人は、眼鏡を掛けた紳士への敬意をすぐに取り戻した。彼は、夏期演劇祭は今はやっていないのだということを、この見知らぬ男に納得させる理由を探した。自らの緻密な思考作業を体の動きで助けるために、彼は、その赤毛に覆われた厳つい手で、机の表面を横からごく慎重に撫でつけた。ようやく彼は見つけた。

「そんげんが、ビリッけつの小学生だって知ってるこてや。」彼は温和な調子で言った。

「冬に夏の演劇祭りはねえて。」

「失礼だが、どうしてそんなことが言えるのかね。」ウンラートは見下すような調子ではねつけた。

男は助けを呼んだ。「ヒンネリヒ！　ラウレンツ！」

船乗りたちが近づいて来た。

「こん人はどんげん積もりだか分からねいや。どんげんこととしてもヴィルヘルム庭園(7)に入りてぇがってや。」

船乗りたちは噛み煙草を口の中で転がした。彼らと船員周旋人は、神経を集中してウンラートを凝視した。まるでウンラートがずっと遠いところから来た、例えば中国人のような存在で、その言葉を今理解しなければならぬとでもいう風に。ウンラートはそれを感じた。この場から退散しなければ、という焦りが彼を襲った。

「それならば君、少なくとも私に次のことを教えてくれんかね。去年の夏その演劇祭にフレーリヒ嬢という女性が出演していたかどうか……ローザ・フレーリヒというのだ。」

「お前(め)さんのう、何で俺(おい)にそんげんことが分かるってかね！」男は唖然としていた。

「お前さん、俺がサーカスん連中と係わりがあるって言うがだかね！」

「そうでなければ、」ウンラートは慌てて言った。「今述べた婦人が来年も我々を――いやはやまた――その演技力で楽しませてくれるものかどうか。」

船員周旋人は愕然として見えた。彼にはもはや一語も理解出来なかった。船乗りの一人が、あることに気づいた。「こん人は冗談言ってるがいや、ピーター、汝んことからかってるがいや！」こう言って彼は頭を上向きにすると、黒い口を開けて、ごぼごぼと轟かすように笑った。ほかの船員たちも、互いに小突き合ったあと、彼と同じように笑い始めた。船員周旋人には、決してこの見知らぬ男が冗談を言っているようには思えなかったが、それでも彼は、船乗りたちが自分に寄せている信頼が危険に曝されているのを見て取った。彼はこの者らの職を探し、船長に任せて、航海用乾パンとジュニーバ[8]を持たせ、船に乗せねばならないのだ。すぐに彼は怒った顔を無理にもこしらえると、荒々しい表情を作って、机を叩き命令するように指を一本立てた。

「お前さんのう！　俺はほかに仕事があるんだすけ、からかわんでくれいしっ！　あの戸から出てってくれいしっ！　そこん、お前さんの後ろにあるすけぇ。」

ウンラートが痺れたようにしばらくその場に立っていると、男はカウンターの後ろから出て来る構えをした。ウンラートは素早くノブを押して戸を開けた。オウムが後ろから叫んだ。「飲ンダクレロ！」船乗りたちは弾けるように笑いを爆発させた。ウンラートは戸を閉めた。

彼は次の角を鋭く曲がると、船付き場の辺りから静かな通りへと逃れた。彼は今の出来事を採点した。

「これは間違いだった。これは——勿論だとも——間違いだった。」

女芸人フレーリヒは別の方法で見つけねばならないのだ。ウンラートはすれ違う人びとを眺めながら、彼らが彼女について何か知っていないかと考えた。それは荷物運搬人や女中、街灯の点灯夫、新聞売りの女だった。こうした民衆とは、どんな意思疎通も不可能だった。彼はそれを経験から知っていた。今しがたの体験も、見ず知らずの人に近づくことに対して彼を慎重にさせた。より賢いのは、知人を探すことだ。次の通りからちょうど一人、知っている顔が現れた。つい去年のこと、ウンラートは激怒してこの顔にラテン語の詩句を怒鳴りつけたことがあった。「自分のやるべきところ」を一度も「下調べ」して来なかったこの生徒は、今、商店見習いをしているらしかった。彼は手紙を一束手に持ち、伊達者ぶっているように見えた。ウンラートは彼の方に向かった。もう口を開けて、この若者が先に挨拶するのを待つばかりだった。しかしその挨拶はなかった。かつての生徒は嘲るように教授の目を見ると、肩をそびやかしてウンラートのすぐそばを通り過ぎた。その際、金髪に包まれたその顔には、にやけた笑いが恐ろしいほどいっぱいに広がった。

ウンラートは素早くこの生徒が歩いて来た通りに消えた。それは船付き場へ下りていく道の一つだった。この道はほかの通りより傾斜が急だったので、多くの子供が集まって、車輪の沢山付いた小さな車、やかましい「ゴロゴロ車」に乗って坂を下りる遊びをしていた。母親や女中たちは歩道に立って腕を上げ、子供らを夕食に呼んでいた。しかし子供たちは、車の中に膝を折り曲げて、あるいは両足を宙に上げ、ハンカチーフを風になびかせながら、両耳の上に帽子をハタハタ言わせて、開いた口から歓声をあげつつ、硬質煉瓦で舗装された道を休みなくガタガタと下った。ウンラートは通りを横切りながら、車のながえに轢(ひ)かれぬよう何度も跳び上がらねばならなかった。彼の回りで泥水が跳ねた。凄まじい勢いで通り過ぎる車から突然、つんざくような声が叫んだ。「汚水(ウンラート)だ！」

ウンラートはギクリと身をすくめた。すぐさまほかの数人が同じ言葉を繰り返した。この、市民学校と小学校の児童らは、恐らく中学(ギムナジウム)生から彼の名を聞いていたのだ。それが何を意味するのか知らないほかの子供は、ただ一緒に叫んでいただけだった。自分に向かって吹き出した突風に逆らいながら、ウンラートは、急な坂道を登らねばならなかった。ぜいぜい言いながら彼は、教会のそばに出た。

こうしたことはすべて、以前から知っていた。挨拶する代わりに軽蔑的なにやけ笑いをするかつての教え子、後ろから例のあだ名を叫ぶ腕白小僧ども……。ただ今日ばかりは躍起になってしまい、そうしたことをすっかり忘れていた。なぜなら、今こそ人びとには答える義務があるのだから。奴らは以前ウェルギリウス(9)の詩を一度も暗唱することが出来なかったではないか。だから今こそ、せめて女芸人フレーリヒのことは知っていなければならないのだ！

ウンラートはマルクト広場に出て、ある葉巻商のそばを通り過ぎた。この店の主人は彼の二十年前の教え子だった。ときおり彼はここで葉巻を一箱買った。ほんのときおりである。彼はあまり喫煙しなかったし、飲むことも稀だった。市民的悪習というものは、これっぽっちも持っていなかった。

葉巻商の勘定には、決まって「ウ」の字が書かれたあと、それを消して「ラート教授様」と書かれていた。それが悪意によるものか、うっかり間違いか、突き止めることは出来なかった。敷居まで越えていたのにウンラートは、店に入る勇気を急に失くした。中に座っている葉巻屋は、「とっ捕まえる」ことのかなわぬ反抗的な生徒なのだ！

彼は早足で先へと急いだ。雨はもう降っていなかった。風が雲を追い立てていた。通りのガス灯が赤く明滅していた。切妻式の屋根の上からときおり黄色い半月が覗いた。まるで嘲笑う目だった。嘲っていることがウンラートに「証明」されないよう、すぐに目蓋を細める目だった。

彼がコールブーデン通り(10)に入ると、カフェー・ツェントラールの大きな窓が赤々と燃え上がった。中に入っていつもと違った飲み物を飲んでみたいという気持ちにウンラートは駆られた。おかしなことに、今日の彼はいつもの軌道から外れていた。あのカフェーに入れば、きっと女芸人フレーリヒについて聞くことが出来るだろう。あそこではあらゆることが話されているから……。ウンラートはそれを昔の経験から知っていた。というのも彼は、細君がまだ生きていた頃ときどき――いいや、かなり稀ではあったが――カフェー・ツェントラールでひとときの休憩を楽しんだ。細君が他界してからは、自宅で好きなだけ寛ぐことが出来たので、カフェーは不要となった。その上オーナーが替わったので結局そこには入れなくなった。新しいオーナーは彼の昔の生徒だったのだ。数年市外に出て戻って来た生徒だ。かつての担任に自分で給仕しては、ひっきりなしに「汚物教授！」と言って話しかけてきた。態度がこの上なく慇懃なので、ウンラートは、通い不敬罪を「証明」出来なかった。他の客は興味津々の様子だった。ウンラートは、通い続ければ店の宣伝に利用されてしまうという印象を持った。

　そうした理由でウンラートはその場をも立ち去ると、自分の問いを口に出せる別の場所を考えてみた。しかしそういう場所は一つも思いつかなかった。頭に浮かぶ顔見知りは皆、さっきの商店見習いと同じ顔つきをしていた。明りを灯した店はどれも、さっきの葉巻屋やカフェーのように、暴動を企てる生徒ばかりを匿(かくま)っていた。ウンラートは憤りに駆られた。疲労を感じ始め、喉の乾きを覚えた。彼は立ち並ぶ商店や、昔の教え子の名を表札に掲げる家々の玄関に、眼鏡の奥から緑色の視線を投げた。教え子たちが陰険だと言う眼差しだった。「この若造どもは皆、わしを挑発しているのだ！」

「あの女もわしを挑発しているのだ。これらの建物のどこかに身を潜めて、教え子の一人をくだらないことで煩わしているあの女。それでいてわしの権力圏からは逃れている、あの……女芸人フレーリヒとかいう女も！」

　表札の幾つかは、中学教師 某(なにがし) の名前を示していた。それを見るとウンラートはいきり立って目を逸(そ)らした。あそこの家の某教諭は、以前ウンラートのクラスの前で口を滑らせ、例のあだ名を口にした。そのあとすぐ訂正はしたが、取り返しはつかなかった。こちらの家の某教諭は、ウンラートの息子が怪しげな女を連れて市場をうろつくのを目撃し、あちこちでそれを喋り散らした。

あらゆる方向から敵に脅(おびや)かされて、ウンラートは通りをてくてく歩いた。彼は家々の前を、足音を忍ばせ、頭の上に神経を張り詰めて歩いた。というのは、いつなんどき頭の上からあの名前が降ってこないとも限らないのだ！　まるで窓からバケツの汚水(ウンラート)を捨てるかのように！　そして当然のことながら、声の主を目撃しなければ、そやつを「とっ捕まえる」ことも出来ないのだ！

猛り狂った学級が、……五万人の生徒からなる激昂した学級が、ウンラートの周りにどよめいていた。

こうして彼は気がつくと、静かな長い通りの端に未婚婦人向けの施設がある、至極辺鄙(へんぴ)で奥まった区域まで逃れていた。あたりは真っ暗だった。婦人たちが集まっていた夕方の礼拝(ミサ)が遅くに終わったらしい。中くらいの長さのマンティーラ[11]を羽織り、頭にハンカチーフを巻いた二、三の人影が、かすめるような早足で家に帰り、こっそり玄関のベルを鳴らすと、細く開けられた戸の隙間から中へと消えた。一匹の蝙蝠(こうもり)がウンラートの帽子の上で急な弧を描いた。ウンラートは街を斜に見上げながら考えた。「ということは、あそこにはただ一人の人間もいないのだな。」

なるほど彼は、「お前ら悪餓鬼どもをもう一度陥れてやる！」と言ってはみた。

しかし、自らの無力を感じたウンラートは、憎悪に駆られて震え出した。憎しみのあまり胸を引き裂かれる思いだった。それは、多くの怠惰で邪悪な生徒どもへの憎しみだった。……宿題をやらず、彼をいつもあの名前で呼び、悪さばかり考えている生徒ども……。女芸人フレーリヒのことで彼の怒りを買いながら、この女とローマンの関係を告げ口せず、「低い」階級と同様に団結して教師に反抗する生徒ども……。自分らはこの時間に夕餉（ゆうげ）の食卓に着いていながら、教師にはこんなところを徘徊させる生徒ども……。そしてそもそも――今初めて彼はそれに気づいた――学校で過ごした長年月ウンラートを苦しめ続けて、こんな醜い姿に変えてしまった生徒ども……。

二十六年この方ウンラートは、教室でいつも陰険な顔の生徒を前にして来た。それゆえ、生徒が卒業してしばらくすると、彼のことを思い出しても表情を崩さなくなるということに気づかなかった。それどころか、年を経るにつれ好意的な表情に変わって行くということにまったく気づかなかった。常に闘いの緊張の中にいた彼は、年配の卒業生が街で彼の名を口にしたり、大声でこの名を叫んで彼に呼びかけたりするとき、彼を傷つけようとしてそうするのではなく、他愛ない朗らかな青春の思い出ゆえにそうするのだということを見抜けなかった。そして、自分がこの町では誰にとっても滑稽な存在であるということ、多くの者にとってはしかし、愛すべき滑稽さであるということも、見抜くことが出来なかった。一番上の世代の卒業生が二人、通りの角に立ち止まって、ウンラートを目で追いながら交わす言葉は、彼の耳には入らなかった。ウンラートには、彼らの眼差しに嘲りが溢れているようにしか見えなかったのだ。

「ウンラートは一体どうなっているんだ。どんどん歳取っていくじゃないか。」

「それにどんどん汚くなっていく。」

「汚くないウンラートなんて、見たことがないぞ。」

「ああ、あんたにはもう思い出せないんだよ。補助教員だった頃はまだかなり清潔(きれい)にしていたよ。」

「そうかい？　名前の力は大きいな。俺にゃ、汚くないウンラートなんて到底考えられんよ。」

「いいかい？　思うんだが、本人もそれは考えられんだろうよ。こういう名前には、誰も長いこと抵抗出来んのさ。」

三

ウンラートは、ひっそりした坂道を急いでもう一度登った。というのは、ある考えが頭に浮かび、それが正しいかどうかすぐ確かめたいと思ったからだった。突然閃いたのだ。ローザ・フレーリヒとは、今評判になっている裸足の踊り子に違いないと！　彼女はこの町に来て、公共心協会のホールでその技芸を披露する予定になっていたのである。ウンラートはありありと思い出した。協会会員である中学教諭ヴィトコップがその話をしていたのを……。教員室でヴィトコップは自分のロッカーに近づき、それを開くと宿題帳を一束中に入れ、言った。「つまりこの町にも、裸足でギリシャ踊りを踊るという、かの有名なローザ・フレーリヒが来るわけだな。」

ウンラートは、ヴィトコップが偉そうな態度で鼻眼鏡の中からぐるりとあたりを見回し、「ローザ・フレーリヒ」と発音するために唇をとんがらせたのを、眼前にまざまざと見た。間違いなくヴィトコップは、「ローザ・フレーリヒ」と言った！　ウンラートは、ヴィトコップが喉でR音を作り、気取った発声で四つの音節を口にするのを聞く思いがした。もっと早く思い出すべきだった！　間違いなく裸足の踊り子フレーリヒは到着して、生徒ローマンと係わりを持ったのだ！　ウンラートは今や二人を「とっ捕まえ」に向かっていた。

彼がジーベンベルク通りに辿り着き、通りの半分ほどを急いで通り抜けたとき、ある店のショーウィンドウの前でブラインドシャッターが轟音と共に下ろされた。ウンラートは店の数歩手前に打ちのめされたように立ち尽くした。閉まったのはケルナー楽譜店のシャッターで、店主のケルナーはそうした催しのチケットを扱い、詳しい情報通だったのだ。ウンラートは、追跡中の二人を今日見つけるのはもう無理だと思った。

それでも彼は、これで家に帰って晩飯を掻き込もうとは思わなかった。狩人の情熱が彼を駆り立てていた。もう少しのあいだ、時間を自由に使うことにして、最後の回り道をした。ローズマリーン通りまで来て、段板が斜めに擦り減った階段の前に出ると、ひどい衝撃に襲われて歩を止めた。この急な階段はある店の狭い入口に通じていて、店の扉には「靴屋ヨハネス・リントフライシュ」と刻まれていた。商品見本のようなものはなかった。二つの小さな窓ガラスの向こうに花の鉢植えが置かれていた。なぜもっと早くここに来なかったのか、ウンラートは残念に思った。この家の主人はヘルンフート同胞団に属していて、決して悪態をついたことのない、一度として蔑みを見せたことのない、真っ当で邪気のない男だった。この男なら女芸人フレーリヒについて躊躇なく情報提供してくれるだろう！

ウンラートは扉を開けた。鐘が鳴り、その音は親切にも長い余韻を引いた。小綺麗に片付いた工房は薄暗かった。隣室で夕餉(ゆうげ)の食卓を囲む靴屋一家の穏やかな光景が、戸の枠に縁取られ、明りに照らし出されて見えた。職人は家事見習いの娘の隣で食べていた。小さい子供らのために母親がメットヴルスト[12]に付け合せの馬鈴薯をよそっていた。父親は麦芽ビールの入った胴の膨らんだ瓶をランプの横に置くと、立ち上がって、客の方を見た。

「……ん晩は、先生。」彼はまず念入りに口の中の物をごくんと飲み込んでから、言った。「で、何が御入用で？」

「それがだな。」ウンラートは答え、自信なさそうに微笑みながら両手を擦(こす)り、何も入っていない喉をこれまたごくんと言わせた。

「どうも相済まんことですて、」靴屋は付け加えた。「もうみんな暗うしてしまいまして。おらちは七時きっかりに店仕舞いしますもんで。あとの時間は主(しゅ)のためのもんですけぇ。そんげな時間に働く者(もん)にゃ、祝福は与えられねぇでしょうて。」

「なるほど――それはある意味で――まさに正論だろうな。」ウンラートはつっかえつっかえ言った。

匠は彼より頭一つ背が高かった。骨張った肩をして、前掛けの下にかなりの太鼓腹があった。少しばかり油の付いた白髪まじりの巻き毛が、長い、鉛色の顔の周りをアーチ形に囲んでいた。頬は楔形(くさびがた)の口髭の中へと垂れ、その顔はゆっくりと微笑んだ。リントフライシュは絶えず胃のあたりで両手の指を組み合わせては解き、組み合わせては解きした。

「しかし別の見方をすると、勿論それは正しいとは言えぬ。だから私は来たのだ。」ウンラートは言った。

「教授先生、今晩は、教授先生。」靴屋の細君が敷居に立って挨拶し、膝を屈めた。

「ヨハネス、何で先生とそんげな暗がりに突っ立ってるがだね？　入っていただけばいいねかね。教授先生、メットヴルストなんか食べてるとこだども、よろしかったら、どうぞ！」

「それには及ばんのだよ、奥さん。」

ウンラートはやむを得ぬ支出をすることに心を決めた。

「親方、食事中お邪魔して心苦しい限りだが、ちょうど前を通りがかって思いついたのだ。――よいかね？――私に長靴を一足こしらえてもらえんかね？」

「承りました、教授先生！」

「承りましたとも。」夫人も膝を屈めて言った。

リントフライシュはしばらく思案したあと、ランプを求めた。

「暗えとこで食べてたっけんねえ。」靴屋の細君は快活に言った。「教授先生、やっぱり入っておくんなさい。青の間に明りをつけさせていただきますすけ。」

彼女は先に立ってウンラートをある寒い部屋に招き入れ、彼への敬意から二つの真新しい薔薇色の蠟燭に火を灯した。光は彼女の皺の目立つカフスを照らし、窓のあいだの、両側に二つ大きな貝飾りが付いた装飾鏡に反射した。紺碧の壁のそばには日曜のような穏やかなたたずまいで、マホガニー製の落ち着いた家具類が置かれていた。センターテーブルの鉤針編みクロースの上で、素焼きのキリスト像が祝福を施すために陶製の腕を広げていた。

ウンラートは、リントフライシュの細君が出て行くまで待った。ドアが閉められ、匠と彼が残されて、匠が自分の権力下に入ったと知ると、彼は口を開いた。

「さあやってくれ、親方。君は小さな宿題……いや、小さな仕事を幾つかやり遂げてくれた。教師は……いや、私は満足だ。今度は本当にいい靴を造ってその腕前を見せてくれたまえ。」

「分かりましたとも、先生、はい、分かりましたとも。」リントフライシュは、首席生徒のように恭しく一生懸命に答えた。

「既に二足持っておるのだが、このところ湿った天気が優勢となっておるから、よく出来た暖かい履物にどれだけ気を使っても、過ぎるということはないからね。」

リントフライシュは跪き、物差しを当てた。彼は歯のあいだに鉛筆をくわえ、低く唸っただけだった。

「一方また今の季節は、珍しいものがよく町へやって来る。少しばかり、――確かにな――少しばかり精神の保養になるものがやって来るのだ。これは実際また、人間にとって必要なのだがね。」

リントフライシュは顔を上げた。

「もう一度おっしゃってください、教授先生。まったくごもっともで。そうした保養は人間に必要なんで御座えます。そしてそれが、わしら同胞団の知恵でもあるんで御座えます。」

「そうかそうか。」ウンラートは応じた。「しかし私が言っているのは、人間の中でも傑出した優れた人物がこの町へ来るということだよ。」

「わしもそれを考えておりますんで、先生。同胞団もそれを考えておりまして、明日の晩わしら同胞を集めて、ある有名な宣教師を招いてお祈りの会を開こうっていうんです。おっしゃる通りで。」

女芸人フレーリヒに話を持っていくのは難しい、とウンラートは思った。しばらく言葉を探したが、もはやそこへ話を繋げられる世間話を見つけられなかった彼は、直接それを口に出すことにした。

「公共心協会でも今度――いやはやまた――有名人が我々にその芸を見せてくれる。女芸人だ。みんな知っているから君もこの人のことを聞いたことがあるだろうね、親方。」

リントフライシュは黙った。ウンラートは燃える思いで待った。彼は、自分の必要とするものが、足下にいるこの人間の中にあり、それを引き出すかどうかは自分のやり方次第だと信じていた。女芸人フレーリヒは新聞に載っていたのであり、教員室で話題にされ、ケルナー楽譜店のショーウィンドウに掛かっていたのだ。ウンラート一人を除いて、町中が彼女のことを知っていた！　誰もが彼よりは世事に通じ、彼より多くの知り合いを持っていた！　意識こそしなかったが、ウンラートはこうした考えに強く取り憑かれていた。だから彼は、踊り子の情報を得ようとヘルンフート同胞団の靴屋に全幅の信頼を寄せたのである。

「彼女は踊るのだよ、親方。公共心協会で踊るのだよ。そうなればみんな見に行くだろうな。」

リントフライシュは頷いた。

「その人たちは恐らく、自分が何を見に行くんだか分かっちゃおらんのでしょうて、先生。」彼は声を低め、意味ありげに言った。

「彼女は裸足で踊るのだそうだ。風変わりな技芸ではないかね、親方。」

ウンラートには、この男をどうやったらもっとたきつけることが出来るか、分からなかった。

「考えてみたまえ、裸足でだよ！」

「裸足で……」靴屋はその言葉を繰り返した。「おお、おお！　偶像の前にて踊りしアマレク族の女らもまた、斯様(かよう)には踊りけり。」

こう言って彼は意味もなく大きな笑い声を立てた。彼が笑ったのは、無学なくせに柄にもなく文語調で気取ろうとした自分を卑下する気持ちからだった。

ウンラートは、つっかえつっかえして今にも止まりそうな生徒の翻訳を聞くときのように、苦しみ、あちこちへ体を揺らした。彼は指の中関節で椅子の背もたれを叩き、跳び上がった。

「さあ、親方、物差しを当てるのはもうそれくらいにして、教えてくれんか、裸足の踊り子フレーリヒがもうこの町に来ているのかどうか。さあさあ！　君は知っているんだろうが、え？」

「わしがですと、先生？」リントフライシュは啞然とした。「わしが……踊り子を？」

「知っているからといって君の格が下がるわけでもあるまい。」ウンラートは我慢し切れず言い張った。

「おお、おお、精神の高慢と独善は我が心より遠ざかるがよい。そして、勿論ですとも先生、主のうちにある愛を、わしは、この裸足の妹にも注ぎ、罪ある女マグダレーナになされたと同じことを、主がこの女にもしてくださいますよう、お祈り致します。」

「罪ある女だと？」ウンラートは見下すように問うた。「なぜ君は女芸人フレーリヒを罪ある女と言うのだね？」

靴屋ははにかみ、油の塗られた床を見下ろした。

「なるほど。」親方の態度に徐々に不満を募らせたウンラートは言った。「君の奥さんや娘さんが女芸人のようなことを始めたら、それは――勿論だとも――似つかわしくなかろう。だが逆に、ある種の生活領域と道徳律のうちでは……いや、もう充分だわい。」

そして彼は、最高学年の授業で扱うべきテーマを、中級の学年で言及してしまったことを身振りで示した。

「わしの女房もまた罪ある女です。」靴屋は小さな声で言い、指を胃の上で組み合わせると懺悔者の目つきで視線を上げた。

「そしてわし自身も主に哀れみを乞わにゃなりません。なぜならわしらは皆、肉の罪を犯しているからです。」

ウンラートは驚いた。

「君と君の奥さんが？　君たちはしかし法律上きちんと結婚しているのではないのかね？」

「おお、おお、確かにそうですとも！　しかし先生、肉の罪であることにゃ変わりねえんで御座えます。主がそれをお許しなさるのもただただ……」

ヘルンフート派の男は大事なことを口にするために立ち上がった。

彼の目は丸く見開かれ、秘めごとを孕んでかなり青白くなっていた。

「ただ？」ウンラートは穏やかに問うた。

靴屋は囁くように、「ほかの人間は知らねえんで御座えます。主は天上にもっと天使を増やすために、ただただそのためにのみお許しなさるんで。」

「そうかそうか。」ウンラートは言った。「そりゃ勿論本当にいい話だ。」

こう言ってウンラートは陰険な薄笑いを浮かべて靴屋の神々しく変容した顔を見上げた。

しかし間もなく彼は嘲りの表情を押し殺し、退散するために向きを変えた。リントフライシュは本当に女芸人のことを何も知らないのだと、彼は悟った。靴屋は俗世の仕事を思い出し、靴の胴をどのくらいの高さにしたらいいかと尋ねた。ウンラートはどうでも好いといった風に答え、リントフライシュ一家の別れの挨拶にも、取って付けたような愛想で応じただけだった。彼はそそくさと帰路に就いた。

彼はリントフライシュを軽蔑していた。あの青の間を蔑み、こうした人びとの精神の偏狭と、卑屈さと、行き過ぎた敬虔主義と、頑ななまでの倫理感を蔑んだ。ウンラートの住まいもまた、つましいと言った方がいいようには見えた。が、その代わり彼は、頭の中に能力を持っていた！　過去に生きた精神の巨人たちと語り合う能力を。そう、ウンラートは、もしあの巨人たちがこの世に戻って来たとしたら、彼らの作品中の文法規則について、彼ら自身の言葉で語り合うことが出来るのだ！　彼は貧しく、世に認められてもいなかった。誰一人として、二十年来彼が進めてきた重要な仕事のことは知らなかった。彼は、人望がないばかりか、嘲笑の的になりながら民衆の中を歩いた。しかし彼は、彼自身の意識では、支配者の側に属していたのだ。どんな銀行家も、どんな君主も、ウンラートほど強く権力に係わってはいなかった。彼ほど、今あるものの維持に関心を寄せてはいなかった。彼はあらゆる権威を守るためにむきになったし、書斎では密かに、労働者への怒りを爆発させた。もしその労働者階級の要求が通ったら、ウンラートの収入も少しは上がっただろうに……。自分より控えめな若い補助教員たちにあえて意見する機会を得たとき、彼は、社会の根幹を揺さぶる現代精神の不吉な要求に、陰気な警告を発した。彼はこの根幹が強くあることを欲した。影響力ある教会、堅固なサーベル、絶対の服従と、硬直した道徳！　それでいて彼には少しの信仰心もなく、自分自身については至極自由な考えが出来た。だが暴君である彼は、奴隷を維持する術を心得ていた。自分のもとに押し寄せる賤民たちを、敵を、五万人の反抗的な生徒どもを調教する術を心得ていた。ローマンは女芸人フレーリヒと関係を持っているらしい。ウンラートはこのことになぜか赤面せずにいられなかった。しかし、彼にとってローマンが犯罪者になるのは、この生徒が禁忌の悦楽に耽りながら、教師の厳しい懲らしめを免れているせいだった。ウンラートを怒らせたのは、単純な倫理感ではなかったのだ……。

彼は自宅に帰り着き、爪先立ちでこっそりと台所の横を通り過ぎた。台所では、彼の遅い帰りに機嫌を損ねた家政婦が鍋類を大仰な音を立てて洗っていた。それから彼は夕食を給仕してもらった。メットヴルストと馬鈴薯である。煮崩れしているのに冷たくなっていた。ウンラートは不平をこぼさぬよう用心した。すぐにも女は歯向かうように両手を腰に当てたことだろう。彼は、彼女が主人に歯向かうことがないようにしておきたかった。

食事のあと彼は書き物机の前に立った。ウンラートが近眼だったため、立ち机は殊のほか高くしてあった。三十年来苦労して右手をこの机に置いたせいで、彼の右肩は余程上に上がっていた。「真（まこと）なるは友情と文学にぞあらずや。」彼はいつものように机の前で言った。この言葉を彼は、どこかで読み、覚え、今では仕事の前に必ず頭の中で唱えた。友情という言葉が意味するものを、彼は一度も経験したことがなかった。この語は偶然そこにあるだけだった。しかし文学は！　これこそ、彼が最も大切にしている仕事だった。彼が取り組んでいる文学的研究のことを人は何も知らないが、このライフワークは、ずっと以前から彼のひっそりした部屋で進められ、いつの日か、汚物（ウンラート）の墓穴から咲き出でて、世間を驚かすことになるかもしれないのだ。それは、『ホメロスにおける不変化詞の研究』だった！……ところが今、ローマンの作文帳が彼のライフワークの横に置いてあり、仕事に向かおうとする気持ちを殺（そ）いだ。ウンラートは作文帳を手に取り、女芸人フレーリヒのことを考えずにはいられなかった。そこには彼をひどく不安にさせる何かがあった。例の有名な裸足の踊り子がローザ・フレーリヒという名前だったかどうか、もう自信がなかった。このフレーリヒという女はまったくの別人かもしれない。そうだ、まったく別の女だ！　何度も反芻するうち、ウンラートにはそれがはっきり分かった。しかし、この女の存在をローマンに「証明」するためには、この女を見つけ出さねばならぬことに、変わりはなかった。彼は、この不埒(ふらち)な生徒との戦闘の中で、再び遥か後方に退却を余儀なくされたと感じ、孤独な興奮に喘(あえ)いだ。

突然ウンラートは外套を羽織ると、家を飛び出した。玄関の内側には既に鎖が掛けられていた。ウンラートは脱獄囚のように鎖を無理やり引っぱった。家政婦が罵声をあげた。彼女がノシノシこちらに歩いて来るのが聞こえた。不安が大きくなった。今にも彼女が現れるかと思われたギリギリの瞬間、鎖がうまく外れた。扉は開き、ウンラートは玄関前に出て、さらに表通りに出た。市門に辿り着くまでのあいだ、彼は駆け足になったり、早足になったりした。市門を抜けると速度を緩めたが、胸はドキドキ言っていた。彼は、入ってはいけない道に入り込んだような、何か奇妙な気分だった。彼は坂道を上ったり下ったりしながら、人気(ひとけ)のない街路を真直ぐ歩き続けた。交差する路地や通りを覗き込み、飲食店の前では足を止め、緊張した猜疑心を抱きながら、閉じたカーテンの向こうに明りが灯された窓を見上げた。彼は通りの暗い側を歩いた。向こう側には明るい月光が当たっていた。空は晴れ上がって、星々が瞬いていた。もう風はなく、ウンラートの足音はあたりに轟（とどろ）いた。市役所の横でマルクト広場の方へと向きを変え、園亭の下をぐるりと回った。アーチや塔や噴水が、絡みつく唐草模様の装飾ともども、その陰影をゴシックの月夜に突き刺していた。謎めいた興奮がウンラートのうちに起こった。彼は何度も言った。「そこで実際また……まこと……」「さあさあ、進めなさい！」

　こう言いながら彼は郵便局と警察署の窓を一つ一つ熱心に検分した。しかし女芸人フレーリヒがこうした建物の中に隠れている筈（はず）はないと思ったので、彼はさっき来た街路に戻った。数歩先に一軒の飲食店があって、広い窓ガラスが明るく光っていた。ウンラートの同僚が大勢、毎晩のようにビールを手に屯（たむろ）している居酒屋だった。カーテンの上に黒い影絵となって、ある中学教師のとんがり髭の、口をパクパクさせた頭が現れた。それは、ウンラートの存在が「校内の規律を緩めている」と言って、彼に敬意を払おうとせず、彼の息子の行動に「倫理的憤りを覚える」とも言った、実に不埒な中学教諭だった。ウンラートはこのヒュベネット博士の姿を眺めながら、もの思いに沈んだ。奴が髭の奥から話す話し方ときたら！　奴は何という飲兵衛か！　何と平々凡々な男だろう！　ウンラートはこの居酒屋にいる者たちと何の係わりもなかった。これっぽっちの係わりもなかった。有難いことに！　今こそはっきり分かった。あそこに奴らは屯して、真っ当な存在だ。一方ウンラートはといえば、ある意味怪しげな存在であり、いわば追放された人間だった。それなのに今、あそこにいる者たちのことを考えても彼は、もうチクチクした不快な痛みは感じなかった……。彼はこの中学教諭の影に向かって、ゆっくり、軽蔑の念を込めて頷くと、先へと歩き出した。

少し行くと、すぐにまた街の外れに出た。彼は向きを変え、カイザー通りに足を向けた。ブレートポート領事の家では舞踏会が開かれているに違いなかった。大きな屋敷全体に明りが灯され、間断なく馬車が横付けにされていた。召使と数人の給仕が飛び出して来て、馬車のドアを開け、客人の降りるのを手助けした。絹ドレスの裾が、敷居の上を通る際にカサカサ音をたてた。一人の婦人が足を止め、穏やかに微笑みながら、歩いて来た一人の若い男に手を差し伸べた。ウンラートは、シルクハットをかぶったこのハンサムな男が、若手中学教諭リヒターであることに気づいた。「リヒターは資産家令嬢との結婚を狙っている」という噂を耳にしたことがあった。普通なら中学教師如きが視線を上げることの出来ない、上流家庭の娘との結婚を……。ウンラートは、通りの反対側の暗闇に立って、独り、にやけ笑いを浮かべた。

「おやおや、ホントにまあ……御熱心なことで。」彼は言った。泥のこびり付いた襟付き外套に包まって、ウンラートは、前途有望なこの歓迎された人間を嘲笑った。まるでそれは、世の中に認められぬまま、暗い陰から脅すように美しい世界を見つめるならず者のようであり、あらゆるものの終わりを心に秘めた嘲笑的悪党のようで、いわば、一個の爆弾だった。彼は、自分がリヒターよりも遥かに優っていると感じ、ひどく愉快だった。心のうちでリヒターをからかい、自分で意味も分からず次のように言った。「わしはまだ貴様の経歴を邪魔することが出来るのだ！　わしは貴様を――いやはやまた――陥れてやる。覚えておけ！」

　そして先を歩きながら彼は、非常に楽しくときを過ごした。同僚や昔の教え子の名が書かれた表札に突き当たると、「貴様をもう一度とっ捕まえてやる」と言い、両手を擦り合わせた。同時に彼は、こっそり同意するように立派な破風屋根の家々に微笑みかけた。これらの家のどこかに女芸人フレーリヒがいるのは確かだったから……。彼女はウンラートを妙に興奮させ、高揚させ、我を忘れさせた。彼女と、夜の街を彷徨い彼女を探すウンラートとのあいだには、一つの結び付きが生まれていた。生徒ローマンは第二の獲物だった。いうなれば他部族のインディアンだ。担任するクラスと一緒に学園祭に出演したとき、ウンラート自身もときには盗賊や兵士を演じねばならなかった。彼は丘に立ち、こぶしを天に突き上げ、命令を下した。「しっかり狙いを定めろ！　さあ、今だ！」そしてそれに続く合戦の際には本当に興奮した。なぜなら、彼は真剣だったのだ。学校と遊びは、人生だった……。そして今宵のウンラートは、戦（いくさ）に赴くインディアンを演じていたのだった。

　彼は次第に淫らな興奮を募らせていった。陰の中のおぼろ気な形は、彼に恐怖とむずがゆい欲望を呼び起こした。通りの角を曲がるたび、ぞっとするような誘惑があった。冒険に引き込まれるように彼は、狭い裏路地に入り込み、窓から洩（も）れるひそひそ声を聞くと、胸を高鳴らせて立ち止まった。其処此処（そこここ）で彼が近づくと玄関のドアが静かに開き、一度など、桃色の服を身にまとった腕が、ウンラートの方へ伸びてきた。彼は、背筋にぞくぞくするものを感じて逃げ出し、間もなく自分が船付き場に出たのに気づいた。これで今日二度目だった。普段この辺りに来ることは何年もなかったのに……。何隻もの船のマストが、さらさらと流れるような月光に照らされ、黒く重なって見えた。ウンラートは次のような考えに捉えられた。女芸人フレーリヒはこの船のどれかに乗って、船室で眠っている。そして朝が白む前に霧笛が鳴って、彼女は遠い国に去ってしまうのだ……。こう考えたときウンラートの中で、行動への衝動が……とっ捕まえようとする衝動が強くなった。二人の労働者が、一人は右から、もう一人は左から、ノシノシと歩いて来た。ウンラートのすぐ近くで二人は出会い、片方が言った。「よう、どご行ぐがでや、クラース？」他方が陰気なバスで答えた。「飲ンダクレにだいや！」

　ウンラートはこの言葉について考えねばならなかった。これを彼は今日どこかで聞いたのではなかったか？　これは何を意味しているのだろうか？　というのは、二十六年のあいだ彼は、方言というものを学ばなかったのである。彼はこの二人のプロレタリアのあとについて汚い路地を歩きながら、彼らの解明されるべき語彙に聞き耳を立てた。いくらか広めの路地に出ると、彼らは弧を描くようにして一軒の大きな家に向かった。馬鹿でかい納屋の門があり、門の上方には青い天使の絵の前にカンテラが揺れていた。ウンラートの耳に音楽が聞こえた。二人の労働者は廊下に消え、そのうちの一人は曲に合わせて歌っていた。ウンラートは入口に貼ってある彩色の広告に気づき、それを読んだ。広告は、「夜の催し」の案内だった。中ほどまで読むとウンラートは、あるものに突き当たった。彼の息は荒くなり、汗が溢れた。読み違えたのではないかと不安になり、一方でまた、読み間違いであることを望みながら、初めから読み返した。そして急にその場から身をもぎ離すと、家の中へ飛び込んで行った。まるで、奈落へでも飛び込むかのように……。

四

玄関ホールは恐ろしく幅広く、奥行きがあった。古い市民階級の家のきちんとした玄関の間だった。この家で今、「低級なこと」が行われているのだ。左側の、半開きになったドアから、鍋をがちゃがちゃ言わせる音が聞こえ、炎が見えた。右側のドアの上には、「大ホール」と書かれていた。そのドアの向こうから、様々な音声が鈍く騒々しい音となってこちらまで響き、ときおりひどく甲高い声が他を圧して耳を突いた。ウンラートは、ドアのノブを押す前に躊躇した。彼は、これが重大な結果を招く行為だと感じた……。ひどく太った、丸禿げの小柄な男が、ビールを運びながら彼の方へ向かって来た。彼は男を呼び止めた。

「失礼だが、」ウンラートは吃りがちに言った。「女芸人フレーリヒさんは今話せるだろうか?」

「あんた、あれと何を話そうってのかね?」男は尋ねた。「あれは今話なんかしねえ、歌ってるんだよ。まあ聴いてなよ。」

「君は恐らく「青き天使」の御主人だね？　ふむ、これは実に好都合だ。私はつまりこの地の中学（ギムナジウム）の教授ラートという者で、ある生徒に関する件でここに来たのだ。この生徒はここに来ているという話なのだ。ひょっとして君、彼がどこにいるか、知ってはおらんかね？」

「ちぇっ、教授先生か。それじゃ、芸人たちのいる奥の部屋へちょっくら行ってきなよ。若いお客さん方はいつもそこに引っ籠もってんだから。」

「それ見なさい！」ウンラートは咎（とが）めるように言った。「私の思った通りだ。それが正しい行為ではないということを、君は認めねばならんぞ。」

「ちぇっ、」――と言って主人は両眉を高く上げた――「女の子に晩飯を振舞うのが誰かなんてこたあ、俺にゃどうだっていいことよ。それに、若いお客さん方は特別にワインも注文したんですぜ。俺たち如きはそれ以上のこたあ言えんのでさぁ。お客を侮辱なんかしようもんなら、あとでひでえ目に合うんだから。」

ウンラートは態度を和らげた。

「それならまあ良しとしておこう。しかし君、これからすぐ中へ入って、小僧どもをここへ連れて来てくれんかね。」

「真っ平御免だ。先生、自分でお行きなせえ！」

しかしウンラートの冒険心は消えうせていた。女芸人フレーリヒの居場所など分からなければ良かったのに、と、彼は思った。

「すると、私は大ホールを突っ切って行かねばならないのかね？」彼は不安に駆られて訊いた。

「ちぇっ、それしかねえだろうよ。それから、あそこの後ろの部屋へお入りなせえ。こっちの奥に赤いカーテンが掛かった窓があるんですがね。その部屋でさあ。」

彼はウンラートと一緒に玄関ホールの奥まで行き、内側から赤いカーテンの掛かった比較的大きなガラス窓を指した。ウンラートは窓の中を覗き込もうとした。そのあいだに主人はビールを持ったまま大ホールの入口まで戻り、ドアを開けた。ウンラートは両腕を広げて、急ぎ主人のそばに来ると、苦渋の表情を浮かべて請うた。

「御主人。やっぱりあの生徒を連れて来てくれんかね！」

既に大ホールの中にいた主人は、無愛想に振り向いた。

「一体どの生徒を連れて来たらええんですかい？　三人ひと塊で屯(たむろ)してんですから……ボケ爺さん！」彼はそう付け加えると、ウンラートを置いて行ってしまった。

三人だと？　ウンラートは訊き返そうとした。しかし彼も既に大ホールに入っていた。

彼は喧騒に惑わされ、猛烈な熱気が眼鏡を曇らせたため、視界も閉ざされてしまった。「ドア閉めれいや！　光が入るすけ！」隣で叫ぶ声が聞こえた。ウンラートはうろたえ、ノブを手で探ったが、つかむことが出来なかった。それを嘲笑う声が聞こえた。

「盲ん牛みてぇだねか！」同じ声が言った。

ウンラートは眼鏡を外した。ドアはもう閉まっていた。彼は自分が閉じ込められたのを悟り、途方に暮れてあたりを窺った。

「おーここ。ラウレンツ、ありゃ今日ん昼ん剽軽者だねか。忘いたか？　ありゃ船員周旋の親父に仕事を頼もうとしてた奴だいや！」

ウンラートには、この会話の意味が理解出来なかった。周囲に自分に対する騒擾が生じたのを感じただけだった。今やすべてが自分に襲いかかって来るかと思えたとき、彼は、隣のテーブルに空いた椅子が一つあることに気づいた。そこに腰を下ろしさえすればよかったのだ。彼は帽子を取って尋ねた。「よろしいですかな？」

しばらく返事を待ったあと、彼は腰を下ろした。その途端、自分が大衆の中に埋没し、重苦しい例外的立場から逃れたのを感じた。今、彼に注意を払う者はいなかった。音楽が再び始まり、周りに座っている客はそれに合わせて歌い出した。ウンラートは眼鏡のレンズを拭き、この場の状況を把握しようと努めた。パイプや、多くの体、グロッグ酒のグラスから立ちのぼる煙を通して彼は、同じ朦朧とした幸福感に捉えられた無数の頭が、音楽の意志に合わせてあちこち揺れるのを見た。彼らの髪と顔は、燃えるように赤かったり、黄色かったり、焦茶色だったり、煉瓦色だったりした。音楽によって本能的衝動に返ったこれら脳髄のうごめく波は、風に揺れる大きな色とりどりのチューリップの花壇のように、ホール全体に伝染し、遥か向こうで煙に包まれ見えなくなるまで続いた。その向こうでは、たった一つの輝くものだけが、煙を突き破っていた。ひどく激しく動く物体だった。それは、照明の明るい光に照らし出され、腕や、肩、脚、あるいは、一片の白く輝く肉を投げ出して、大きな口を暗く開け放った。この生き物の歌声は、観客の声だけでなく、ピアノの音も圧倒した。しかしウンラートには、この女自身が、一つの叫びであるかと思われた。細いが、どんな雷鳴によっても打ち殺されることのない音声が、ときおり彼女から発せられた。

酒場の主人は、グラスを一つウンラートの前に置いて、先へ行こうとした。ウンラートは上着を引っ張ってこの男を引き留めた。「さあ、よいかね、君？　あの歌い手がひょっとしてローザ・フレーリヒ嬢かね？」

「ちぇっ、あれがそうですよ。さあ、ここに来たからには、お楽しみなせえ。」

こう言って主人は身を振りほどいた。ウンラートは、すこぶる理性に反することながら、この歌い手がその女でないことを願った。生徒ローマンは一度もこの家に入ったことがなく、それゆえ自分が行動に出なくても済むことを願った。不意に彼は、ローマンの作文帳に書かれた詩が現実とは何の係わりもない創作に過ぎず、女芸人フレーリヒなど存在しないのかもしれない、と思った。ウンラートはこの根拠のない考えにしがみついた。自分が今に至るまでこの可能性に思い至らなかったことを不思議にすら感じた。彼はビールをひとくち口に運んだ。

隣の男が「乾杯」と言った。初老の市民だった。チョッキの前を開けたままで、下にウールのシャツを着ていた。ウンラートはこの男を長いこと目の隅から眺めた。男は飲み物を飲み、だらしない手つきで、湿った、黄色っぽい白髪の口髭を撫でていた。ウンラートは思い切って口を開いた。「あそこで我々のために歌っているあの女が、実際つまりあの、ローザ・フレーリヒ嬢なのですな、あなた?」

しかしこの瞬間にちょうど歌が一曲終わって、拍手が巻き起こった。ウンラートはしばらく待ってから、もう一度問わねばならなかった。

「フレーリヒですと?」市民は言った。「どうしてわしがそんなことを知らなきゃならんのですか? 女の子の名前などいちいち覚えてられませんよ。ここじゃしょっちゅう、入れ替わりがあるんですからな。」

ウンラートは、フレーリヒという名前は外に貼り出してあるではないか、と諭そうとした。しかしこのとき再びピアノが、前より少し小さめの音で奏で始めた。彼には、歌詞の数語が聞き取れた。極彩色の衣装を着たこの女は、歌いながらスカートの裾を持ち上げ、いたずらっぽくはにかんだ様子で、それを頰に押し付けた。

「あたしーはーまだこんなーにちっちゃくてー、けーがーれーをしらーなーいからー。」

ウンラートはこれがナンセンスであることを見抜き、この言葉を隣の男が言った愚かな返事と比べてみた。彼のうちに憤怒が湧いた。それは、彼自身の世界を否定する世界へ漂着してしまったという感覚だった。活字を読まない人間たちへの嫌悪、コンサートに来てもプログラムを読もうとしない人間たちへの、心底から湧き起こる嫌悪だった！　数百人もの人間が、「注意」も払わず、「明瞭な思考」もせず、酒に酔い、恥も外聞もなく、だらしなく「低級なこと」に耽っている。その事実が彼を苛んだ。彼はグラスからグイと一口飲み、考えた。「私が誰だか、こいつらが知っていたら！」こう考えると、彼の自己感情は周囲への反発から解放され、穏やかで心地良いものとなった。暖かい、人間の温もりのある臭気、人いきれを吹きかけられ、頭が少々ぼんやりして来た。世界は、曖昧な身振りだけを見せながら、濃い煙の中に退いて行った……彼は額を撫でた。

彼には、舞台の上にいる女がもう何度も、私は「ちっちゃくてーけーがーれーをしらーなーい」と歌ったように思われた。今や彼女も歌い終え、聴衆が皆拍手し、咆哮し、歓声をあげて脚を踏み鳴らした。我知らずウンラートは何度も両手を打ち合わせた。手のすぐ上で、彼の両目が驚いてそれを見つめていた。同時に、両足を床に打ちつけたいという、軽率ではあるが、大きな抑え難い欲求が彼を襲った。それを思い留まるだけの強さは彼に残っていた。だがこの誘惑は、彼を怒らせもしなかった。彼は高揚した気分で、思いに沈んだまま無意識に微笑むと、「これが——したがって実際——人間なのだ」と認めた。「いやはやまた……なんとも、」彼は付け加えた。「勿論だわい。」

歌い手は観客席へ下りて来た。舞台の横で扉が一つ開いた。ウンラートは咄嗟に、誰かがそこから自分を見ていることに気づいた。誰かが彼に顔を向けたのだ。この人間は真直ぐ立って、笑った。それは——誰あろう——生徒キーゼラックだ！

このことがはっきりした瞬間、ウンラートは跳び上がった。彼はしばしのあいだ我を忘れていた気がした。その隙に生徒はすぐ悪さを始めるのだ。ウンラートは二人の兵士の肩を押し退け、強引にあいだを抜けて、前へと進んだ。幾人かの労働者が彼に抗い、一人は咄嗟に彼の頭から帽子を払い落とした。ウンラートは帽子を拾って頭に載せたが、ひどく汚れていた。「おーここ、きったねえ帽子だねか！」という声が上がった。

向こうにいるキーゼラックは笑いこけた。可笑しくてたまらないという風に、上半身を前に折り曲げた。ウンラートは再度前進しようとした。逆境に焦りを募らせ、顎をパクパク動かした。しかし、後ろから引き留める者があった。彼にグローク酒のグラスをひっくり返された水兵が、代金を弁償しろというのであった。代金を払ったあと、前方に数歩進む余地が出来たのをウンラートは認めた。人びとのひどい意地悪にひるみながらも彼は、笑うキーゼラックに目を据えたまま突進した。すると、何やら柔らかいものにぶつかった。背が高くてひどく太った女が、怒った顔をこちらに向けていた。褐色のマントの前が開いており、下は薄着のままだった。同じくらい太った男がやって来て、女と一緒に罵った。男はきちんとした髪形をしていたが、古い上着の下は、これまたトリコット地のシャツだけだった。ウンラートは女の集金皿にぶつかって、載っていたお金をぶちまけてしまったのだ。ウンラートも二人と一緒にしゃがみ込み、うろたえながら、あてもなくお金を探した。床に沿って動いている彼の頭の横で、人びとが足でガリガリ床を擦(こす)った。非難する声、嘲りや罵り、その上厚かましい手が、彼に襲いかかった。ウンラートは二ペニヒ硬貨を指に挟んだまま、紅潮した面持ちで立ち上がった。短く息をすると、視界の利かない眼で、敵に回った多くの顔をあちこち見回した。彼が暴動の危うい風を顔面に感じるのは、今日これで二度目だった。彼はあらゆる方向に向かって、厳(いか)つい突きの動作を始めた。殺到する無数の暴徒に対するように……。この瞬間、彼は、キーゼラックが両腕をピアノの上に置き、全身を笑いに引きつらせているのを見た。のみならず今や、その笑い声までが聞こえた。彼は目の眩むようなパニックに陥った。暴徒が宮殿に入り、すべてが崩壊するのを見た暴君のパニックだった。この瞬間、彼にはどんな暴力手段も正当となり、もはや限度というものがなかった。彼は叫び、その声は墓穴の中のようにこだました。「納戸に入れ！　納戸に入れ！」

教師が近くに来たのを見たキーゼラックは、この命令に従って、舞台の横の、開いたドアに姿を消した。ウンラートもまた、自分でも気づかぬくらい敏捷に中に入った。彼は赤いカーテンを認め、その中から一本の腕が突き出ているのを見た。それに向かって突進すると、跳び下りる音が聞こえた。カーテンをめくって外を覗いた。キーゼラックが玄関へ走って行くではないか！　その先の門道にもう一人、生徒が消えた。ウンラートはかろうじて見分けた。フォン・エアツムだ！　爪先で床を蹴り、跳び上がってはみたが、窓は高過ぎた。今度は懸垂で上がろうとやってみた。肘を鉤(かぎ)のように曲げたまま宙吊りになっていると、背中の方から高い声が響いた。「頑張って！　あんた、いつもは元気な若者なんだから！」

ウンラートはドスンと落ちた。振り返ると、そこには華美な身なりの女が立っていた。

ウンラートはしばらく女を眺めていた。彼の顎は音もなく動いた。やっとのことで彼は言葉を発した。「君が――したがって、実際、つまり――女芸人フレーリヒかね？」

「まあね。」女は言った。

ウンラートはそうであることを知っていた。

「で、君は自分の芸術をこの店で実演しているのだね？」

彼はこのことについても、女が自分の言葉で肯定するのを聞きたかった。

「変わった質問ね。」女は言った。

「で、どうなんだね……」

ウンラートは息を吸い込んだ。彼は自分の背後の、キーゼラックとフォン・エアツムが逃げて行った窓の方を指した。

「これについても答えてくれんかね？　こんなことをして良いのかね？」

「何のこと？」彼女は驚いて訊き返した。

「彼らは学校の生徒だ。」ウンラートは言い、胸の奥深くから、ふるえる声で繰り返した。「彼らは学校の生徒だ。」

「どうでもいいわよ。そんなこと知らないもの。」

女は笑った。ウンラートは恐ろしく大きな声になった。「で、君は彼らを学校から遠ざけ、義務を怠らせるのだ！　君は彼らを誘惑しておるのだ！」

女芸人フレーリヒは笑うのをやめ、人差し指を自分の胸に向けた。

「あたしが？　それがあんたに都合悪いわけ？」

「否定するとでも言うのかね？」ウンラートは争う覚悟をした。

「誰に対して否定するって言うのさ？　ありがたいことにそんなことする必要ないわよ。あたしは女芸人よ。お客から花束を受け取っていいかどうか、あんたに許可を請えって言うの？」

彼女は部屋の一隅を指した。そこには鏡台があり、前に傾いた鏡の左右に大きな花束が二つ挿されていた。両肩をいからせて、「これすら受け取っていけないって言うのかい、あんた……あんた一体誰なのさ？」

「私は……私は教師だ。」ウンラートは言った。まるで、世界の意味と法を宣言するように！

「ふうん。」女は和解しようというように言った。「なら、あの若い子たちがやってることは、あんたにも私にも同じくらいどうでもいいことだわね。」

この人生観は、ウンラートの理解の外(ほか)だった。

「君に助言する。」彼は言った。「仲間と共にこの町を去りなさい。大行軍をして出行きなさい。さもなければ……」彼は再び声を張りあげた。「私は全力を挙げて君の経歴を、駄目にするとまではいかなくとも、難しくしてやるぞ。私は――まこと――君の仕事に警察が介入するよう仕向けてやる。」

この言葉を聞くとすぐ、あからさまな軽蔑が女芸人フレーリヒの顔に表れた。

「あんた自身やましいとこがなけりゃ、そうしなよ。あんたホントにそういう顔してるよ。あたしはお察(サツ)とは問題なくやってんだから。あんたの方が可哀想だよ、あんたの方が！」

しかし、同情の代わりに女は次第に怒りを露わにした。

「あんた、今あんたが置かれたこの状況でまだ威張ろうってのかい？　さっき物笑いの種になって、まだ懲りないの？　とっとと警察に行きな！　分かった？　自分の方がすぐ逮捕されるっから。この人、なんてエチケット悪いのかしら。紳士にばかり慣れてると、こういう態度ってホント滑稽だわ！　知り合いの将校さんをけしかけたら、どうなると思う？　あんたなんか、ぶちのめされるだけよ。」

こう言ってようやく彼女は、嬉しそうな同情の表情を見せた。

彼女が喋っているあいだウンラートは、初めは口を挟もうとした。が、舌先まで出かかった彼の言葉は、女の威勢に押されて押し戻され、自分でも忘れてしまった。ウンラートは体が硬くなる思いだった。この女は逃げ出した生徒ではない！　反抗を企てたがゆえに、一生厳しい監督下に置かねばならぬ生徒ではないのだ。この町の市民の皆が、そうした生徒だというのに！　違う、この女はかつてなかったものだ。女が喋った言葉のすべてから、今、一つの精気が形成され、彼に吹きかかった。心を混乱させる精気だった。彼女は未知なる力だった。そして、彼とほとんど同格に見えた。仕舞いに彼は、女に何か訊かれても答えることが出来なくなっていた。かつてないものが彼のうちに生まれた。それは、敬意のようだった。

「何だってのさ……そもそも。」女は吐き捨てるように言い、言葉を切って背を向けた。

またピアノ演奏が始まった。扉が開き、ウンラートがさっきぶつかった太っちょ女が、夫ともども部屋に入って来た。ドアはすぐ閉まった。太っちょ女が皿をテーブルの上に置くと、彼女の夜会用マントは怒ったように皺をなしてうねった。

「四マルクにもならねえ。」夫は言った。「けちな悪党め。」

女芸人フレーリヒは冷たく、噛みつくように応じた。「そこにいる旦那を見てごらん。あたしらを警察に訴えるってさ！」

ウンラートは相手方の優勢に驚き、口ごもった。太っちょ女はグッとこちらに向き直ると、彼を検分した。彼には女の表情が耐え難いほど狡猾に感じられた。顔を紅潮させて、視線を落とした。すると彼の視線は、桃色の、ところどころ皮が剝けた女のふくらはぎに当たった。彼はぎょっとして、視線をほかへと逸らした。一方、夫の方は、声のボリュームを半分くらいに落とそうと明らかな努力をして、言った。「ここで騒動を起こしたのは誰かさん本人だったんじゃねえのかい、ええ？　フン、俺ぁもう前からローザに予言してやってんだ。ここで焼き餅を焼いてほかの者にいい思いをさせねえ奴は、この殿堂からおん出されるとな。ところがあんたときたら……あの小僧どもに嫉妬するとは！　恐らくあんたぁ好色爺さんとして警察に控えられてんだろ。」

しかし妻は彼を小突いた。彼女はウンラートについてまったく違った判断をしていた。

「黙りなよ。この人は誰にも変なことなんかしやしないよ。」

そしてウンラートに向かって、「きっとあんたちっとばかし癇癪を起こしたんだろ？　まあ、ときにはドタマに来ることもあるもんだよ。キーパートなんかに何にも言ってやる必要はないさ。こいつなんか、あたしが浮気してると思い込みゃ、とんだ剣幕なんだから。さ、まあ座って、一口飲みなよ。」

彼女は、一脚の椅子の上から、スカートや色とりどりのズボンを取り除けた。テーブルから瓶を取り、彼のためにグラスに注いだ。ウンラートは面倒なことを避けるため、それを飲んだ。太っちょ女は尋ねた。「いつからあんたローザを知ってんだね？　あたしゃ今まであんたの顔は見たことなかったがね。」

ウンラートは何か言ったが、ピアノの音にかき消されてしまった。女芸人フレーリヒが説明した。「この人、あの男の子たちの先生なんだって！　いつもあたしの衣装に紛れてここに座ってる、あの男の子たちの。」

「なるほど。先生なんですか、あんた。」芸人は言った。彼もまた自分のグラスから飲み、舌鼓を打って、普段の落ち着きを取り戻した。

「そんなら、あんたぁあっしと同類だ！　あんたも今度ぁきっと社会民主党に投票するでしょうな。いいですかい、我々が、そうしなきゃ、虱がたかるまで教師の給料が上がるこたぁねぇですぜ！　自由な芸術ってもんもまったくながら、おんなじですわ。警察の介入があっては一文にもならん！　学問と……」

彼はウンラートを指した。

「……そいから芸術は……」

彼は自分を指した。

「……いつもおんなじしみったれた商売でさぁ。」

ウンラートは言った。「それは恐らくそうかも知れぬが、君は最初の前提において誤っておる。いいかな。というのも私は小学校の教師ではなく……、当地の中学の教授、ラート博士なのだ。」

男は「そりゃ目出てえ」と言っただけだった。

何とでも名乗りたければ名乗れば良いのだった。誰かが教授を気取りたがったとしても、それは敵対する理由にはならなかった。

「つまり、教師なんだね、あんたは？」太っちょ女は親しみを見せて言った。「そっちもきっと大変な生業なんだろうね。あんたもう幾つだね？」

ウンラートは子供のように、待ってましたとばかりに答えた。「五十七だ。」

「しかしあんた、汚くなっちまったねえ！　ちょっと帽子を貸しなよ。少しは汚れを取ってやるから。」

彼女はウンラートの膝からその左官帽を取ると、汚れを払い、その上鍔を平らにして、親切そうにそれをウンラートの頭の上にきちんと載せた。そして彼女は、帽子が綺麗になったかどうか検分しながら、彼の肩をいたずらっぽく叩いた。彼はゆがんだ微笑みを浮かべて言った。「これは――ともかくも――よくしてくれた。おかみさん。」

しかし今彼は、当然の義務が果たされたことをしぶしぶ認める権力者の気持ちとは少々違ったものを感じていた。肩書きを口にしたにもかかわらず、明らかにまだ権力者であることを知られずにいた彼は、ここにいる人びとに何とも言えず温かく迎えられたと感じた。彼らが敬意を欠いていることを悪くは取らなかった。ウンラートは彼らを許していた。明らかに彼らは、「どんな尺度」も持っていなかったのだ。同時に彼は、反抗的世界からしばらく目を背けたい、と感ずる自分をも許した。それは、いつもの緊張を和らげ、たとえほんの十五分でもいいから、鎧(よろい)を脱ぎたい、という思いだった。

太っちょ男は、重ねて置いてあった二、三枚のズボン下の下からドイツ国旗を二枚取り出して、息をぜいぜい言わせながらウンラートに、了解、と言わんばかりに目配せした。太っちょ女からは、怖そうなところが完全に消えていた。海千山千に見える彼女の目つきはアイシャドウで故意に作られたものだった。それを見抜くくらいの余裕は彼にもあった。しかしフレーリヒに対してだけは、こだわりのない態度を取ることが出来なかった。彼女はそっぽを向いて立ち、自分の仕事に従事していた。彼女は、からげたスカートに造花の花環を縫付けていたのである。

ピアノ曲は激しい勢いで終わった。ベルの音がした。芸人は言った。「俺たちの出だぜ、グステ。」

そしてウンラートには、恩着せがましく、「一度御覧なせぇ、教授先生、わしらの仕事がどんなもんか。」

彼は着ていた古い上着を、妻の方は夜会用マントを脱いだ。

彼女は指を立ててなおもウンラートを脅（おど）かした。「とにかくローザと一緒にお行儀良くしてなよ。前みたいに頭に血をのぼらせちゃ駄目だよ。」

このときドアが外側から半分開かれた。太っちょ二人は、すぐさま優雅な踊りのステップを踏み始め、腕を後ろに突っ張り、頭を反らして、拍手を呼び起こすための、自分にうっとりしたような笑みを浮かべた。ウンラートは驚いた面持ちでそれを見ていた。事実、二人が聴衆の視界に入るやいなや、弾んだような歓声が起こった。

ドアが閉まった。ウンラートはフレーリヒと二人だけになった。これからどうなることやら、と彼は思い、落ち着きなく部屋中を見回した。花束の置かれた鏡台から、彼が座っているすぐ横のテーブルまで、汚れたタオルが床に散らばっていた。テーブルには、ワインボトル二本のほかにグラスや顔料箱が沢山置かれ、顔料の匂いがぷんぷんしていた。ワイングラスは楽譜帳の上に置かれていた。ウンラートは、太っちょ女が置いて行ったコルセットの横から、自分のグラスを恐る恐る動かした。

フレーリヒは、変てこな衣装を山積みにした椅子に片足を乗せ、縫い物をしていた。ウンラートは直接彼女に視線を向けようとはしなかった。そこまで思い切ることは出来なかった。彼は、女の向かい側の鏡を通して、その様子を窺ったただけだった。ウンラートが初めて鏡をチラリと見やったとき、女の長い長い黒のストッキングの上に、菫色(すみれいろ)の刺繍が見えた。しばらくのあいだウンラートは、これ以上のことをしようとはしなかった。だが、そのあと次のことに気づいて、不安に胸をおののかせた。女は黒いネット状のものをまとっていたのだが、その網目から、絹の衣装が鮮やかな青色を覗かせていた。ところがこの衣装は、女の脇の下にすら達しておらず、針と糸を使って女が腕を中空に上げると、脇の下の窪みから、ブロンドの毛が現れたのである！　ハッとしてウンラートは、もはやそちらを見ようとはしなかった……。

静けさが彼を圧迫した。部屋の外の大ホールでも、前よりもずっと静かにことが運んでいた。ただ短い呻き声(うめごえ)が聞こえるのみだった。それは、太った人間が渾身の力で働くときに出すような、少ししわがれた肥満した声だった。今や完全なる静寂が訪れた。そこに金属が曲げられるときのようなギシギシ、キーキーという音がした。大勢の人の呼吸のような、何ものとも定めがたい音だった。突然、「退場」という言葉が聞こえたと思うと、二つのドシンという重々しい響きが、短い間(ま)を置いて続いた。そして巻き起こった喝采の中から声がした。「すげえねか！」「よしゃよしゃ！」

「さあ出来た！」女芸人フレーリヒは言って、足を椅子から下ろした。彼女は裁縫を終えたのだ。

「で、あんたどうしたの？　何にも口をきかなくなったじゃない。」

ウンラートはそちらに目を向けざるを得なくなったが、しかし女はその派手な色彩でまたもや彼を困惑させた。女の髪は赤みがかっていた。本来薔薇色、いや、ほとんど紫と言った方が良く、光沢のある緑のガラス飾りが髪のあいだから覗いていた。ねじれたダイアデム[13]に塡め込まれたガラス飾りであった。澄んだ青い瞳の上には、真っ黒で精悍な眉があった。しかし、女の顔の、赤や青や真珠色など、美しい極彩色の輝きは、埃で損なわれていた。髪は崩れて見えた。まるでその輝きの一部が、煙でいっぱいのホールの中へ飛び去ってしまったかのようだ。襟に結んだ青いリボンは萎れて下がり、スカートの周りに付けた造花は、生気なく頭を垂れていた。靴のエナメルは剝がれ、ストッキングにはシミが二つ付いていた。女の短い絹の衣装は、艶を失った折り目の部分が様々な色に変色していた。腕や肩のやや丸みを帯びた軽い肉は、色白なのに陳腐に見えた。その白さも、彼女が敏捷に動くたび、塵のように飛散した。女の顔がひどく不遜になり、敵愾心を露わにすることがあるのを、ウンラートは目撃していた。しかし彼女のそうした敵対的表情はまだ定着してはおらず、さっきよりも幾分和らいでいた。怒りはもう忘れたのだ。彼女は笑い出した。世界を笑い、自分自身を笑った。

「さっきまであんた、あんなに元気だったのに！」と女は付け加えた。

しかしウンラートは、耳をそばだてた。突然、歳取った猫のように厳(いか)つい跳躍をした。女は細い金切り声をあげ、退いた。ウンラートは赤い窓をこじ開けた……いいや、彼がカーテンの向こうにその輪郭を認めた頭は、もういなくなっていた。

ウンラートは戻って来た。

「あんた人を驚かすのね。」フレーリヒは言った。彼は許しを請おうともせず、一心不乱に、「君はどうやらこの町の若者を大勢知っているようだな?」

女は腰を軽くあちらこちらへと回した。「あたしは、丁寧に接してくれる人には誰にでも丁重なのよ。」「勿論! そうだろうとも。で、中学校(ギムナジウム)の生徒らは一般にかなり行儀が良いものかね?」「あんた、あたしがあんたの子供らと毎日ここで一緒だと思ってるの? あたし、幼稚園の保母さんじゃないのよ。」「それは確かに、これまた君の言う通りだ。」助け船を出すように、ウンラートは促すような口調で、「奴らは大抵学帽をかぶっておる。」「学帽をかぶってる子たちなら知ってるわ。そもそも経験がないわけじゃないからね。」彼はこの言葉に素早く飛びついた。「勿論だ。君は間違いなく、無経験ではない。」女はすぐ防御に出た。「どういう意味よ?」「私が言っているのは、人間……」彼は驚いて、和解を請うように、上にあげた手の平を彼女に向けた。「人間通ということを言っておるのだよ。誰もがこれを持っているわけではない。人間について知るのは難しく……そして苦いものだ。」彼女の好意を逃さないように、また、彼女に取り入るためにウンラートは、自分の持っている秘密を、普段民衆に見せるよりも多く曝け出した。なぜなら、彼女はウンラートにとって必要で、また恐れを抱かせる存在だったから。「そして苦いものだ。しかし、内心では蔑みながら、民衆をうまく利用し、支配するためには、奴らを見抜いていなければならぬ。」フレーリヒには、彼の言う意味が分かっていた。

「ホントにね。ならず者を操るのは、いわば芸術よね！」女は椅子を一つ引き寄せた。「あいつらのこと知ってる？　ここに入って来る奴らはみんな自惚れてんだよね。「この女は俺だけを待ってたんだ」ってね！　みんな一つことを望んでいて、あとになると――信じらんないわよ――警察を呼ぶって脅す奴もいるんだから！　あんた……」こう言いながら女は指先で彼の膝を撫でた。

「さっきはそういう男とおんなじように見えたわ。そう見えただけでもなんか意味があんのよ。」

「婦人に示すべき丁重な態度をああした行いで損なってしまうとは、いささかも気づいていなかった」と彼は弁明した。

ウンラートは居心地の悪い思いをしていた。彼は、この派手な身なりの女が話すことに、いつものような明晰な論理で踏み込んで行くことが出来なかった。その上、女の膝は既に彼の両膝のあいだにあった。女は、彼の気分を害しかけていることに気づいて、急に大人しい、分別ぶった顔をした。

「くだらないことは全部ほっといて、上品にしてた方がいいのよ。」

ウンラートが何も反論しなかったので、女は言った。「このワインおいしかった？これ、あんたの教え子たちが持ってきてくれたのよ。坊やたち一生懸命やってくれるわ。そのうち一人はお金持ちよ。」

女は彼のグラスにもう一度ワインをいっぱいに注ぐと、彼を喜ばせようとして言った。「可笑しいったらないわね。坊やたちがあとで来てみると、あんたが全部飲んじまって何にも残っちゃいないんだからね！　誰かが何か損すると、あたしったら、ときどき嬉しくなっちまうのよね。人間、だんだんそうなってくものだわね。」

「その通りだとも。」ウンラートは吃った。ワイングラスを片手に彼は、ワインを飲んだ自分を恥ずかしく思った。というのは、このワインを買った生徒とは、ローマンだったのだ！　ローマンはここにいたのだ。彼はほかの二人よりも先に逃げ去った。が、恐らくまだ近くにいるのだろう。ウンラートは窓の方を横目で見やった。カーテンはいつも、形の崩れた人面の型を示していた。もし彼がそれに飛びかかったら、この人面はすぐ逃げて、なくなってしまうだろう。ウンラートには分かっていた。それはローマンだった。彼は深い予感によってそれを悟った。ローマン……彼をあのあだ名で呼ぶことさえしない、近づきがたいほどの反抗心を持った最悪の生徒……それが、ウンラートが格闘している目に見えぬ精神だった。他の二人は精神ではなかった。ウンラートは、他の二人のためだったら、自分はここまではしなかったろう、こんな常軌を逸した行為に出ることはなかったろう、と感じた。白粉といかがわしい衣装が芬々と匂う楽屋に入って、女芸人フレーリヒの横に座っているなどということはありえなかっただろう！　だが、生徒ローマンのためなら、ここに留まらねばならなかった。「わしが帰れば、またローマンが来てここに座るに違いない。そして、椅子を寄せて近づくこの女の華美な顔を覗き込むに違いないのだ。幸いなことに、今それは不可能だ！」そう考えてウンラートは、我知らずグラスを一気に飲み干した。アルコールが臓腑で心地よく燃え出した。

大ホールにいる太った二人は、ここまで聞こえるほどの息使いで次のナンバーを最後まで歌った。今やピアノは戦争ものを打ち鳴らし、すぐに二人は、圧倒的な迫力の声で歌い始めた。感激に満ちた愛国心が轟くようだった。

「誇りかな、黒白赤の旗の色、

我らが艦に、はためくぞ。
この旗脅し、
この色憎む、敵、打ち砕け！」

フレーリヒは言った。「これが二人の十八番よ。あんたもしっかり見とかないと。」
彼女は、自分とウンラートの姿を聴衆の目に曝さぬよう、用心深くドアを少し開けると、蝶番のあいだに出来たすき間から、ウンラートに舞台を覗かせた。
太った二人は、胃と腹の周りに黒白赤の旗を巻いて鉄棒の上に立ち、それぞれが、大胆にもつっかえ棒一本で体を支え、勝ち誇ったように顎をぱっくり開けていた。

「七つの海のすみずみで
船にマストが立つところ、
世の敬いを一身に
ドイツの旗がはためくぞ。」

明らかに聴衆は、衝動に心をかきたてられていた。目の眩む興奮に煽られて、たこだらけの手の平を打ち合わす者があちこちにいた。一節終わるごとに、冷静な人びとが苦労して拍手をやめさせねばならなかった。歌が終わると弾けるような喝采が炸裂した。扉の後ろでは、ホールの出来事を総括するように、女芸人フレーリヒが身振り交じりでコメントした。「まるで、オークの葉を持った猿(14)みたいだわね。どこの誰が歌ったって、グステとキーパートよりはましに歌えるわよ。この古めかしい艦隊の歌をね。少なくとも歌いながら感ずるところはある筈よ。あの二人はね、よくよく承知の上なのよ。自分たちが金儲けのために誤魔化し芸をやってるだけだってことをね。歌を歌う声なんかじゃないし、聴く耳だって誰も持ってないわよ。でも旗をお腹に巻いてりゃ、みんなは活気づいて、感じやすい奴はたちまち有難がるってわけよ。太っちょ二人はおまけを出さなきゃならないわ。ねえ、何とか言ってよ！」

ウンラートは、「その通り」と言った。彼とフレーリヒの二人は、民衆に対して同じような軽蔑を感じ、頷き合った。

「これから何が起こるか、注意して見ててごらん！」と彼女は言い、太っちょ二人が番外を始める前に、さっと頭を大ホールに突っ込んだ。

「ホホホホホ！」という声がそちらから聞こえた。彼女は頭を引っ込めた。

「聞いた？」女は満足して尋ねた。「みんな一晩中あたしをポカンと眺めてたのに、予想してないときにあたしが鼻の頭を覗かせると、家畜みたいにモーモー啼くのよ！」

ウンラートは、授業の際に予想外のことが起こると発せられる似た声のことを考えて、きっぱり言った。「奴らはいつもそうなのだ！」

フレーリヒは溜息をついた。

「もうすぐまたあたしの出だから、動物見世物小屋に行かないと。」

ウンラートは慌てた。

「それでは、つまり、ドアを閉じなさい！」

言いながら彼は自分でそれを閉めた。

「我々は論題から逸れてしまった。君は生徒ローマンについて真実を述べねばならんのだ。君が否定すると奴の問題は悪くなるばかりだ。」

「またその話を始めるの？　そりゃ、あんたのちょっとした錯覚に決まってるわ。」

「私は教師なのだ！　この生徒は極めて重い罰を受けるに値する。どんな犯罪者も正義から逃れることがないよう、君も自分の義務を胆に銘じておきなさい！」

「あらあら、大変！　あんたはきっとその人をズタズタにしたいのね！　その人なんていう名前だっけ？　そもそもあたし、名前を覚えるのが苦手なのよ。その人どんななりをしているの？」

「奴は黄色っぽい顔をしておる。一方、額は広い。この額に一種不遜なやり方で皺を寄せることがある。他方、奴は黒い髪をしておる。中くらいの背丈であり、体を動かす際には、一種投げやりな柔らかさを特徴とする。こうした振舞いによって、精神の躾の悪さを既に曝け出しており……」

ウンラートは両手で肖像を描いていた。憎しみが彼を肖像画家にした。

「それで?」フレーリヒは指を二本口角に当てて尋ねた。しかし彼女には、三人の生徒のうちの誰がローマンなのか、もう分かっていた。

「奴は、――まことに――かなりめかしこんでおり、憂鬱そうな無関心な素振りで、あの優雅ななりが生まれつきのものであるように取り繕っておる。実はそれは、賢者なら蔑むべき奴の虚栄心が生んだ結果だというのに。」

女はきっぱりと言った。「もう充分よ。残念だけど、その子のことでお役には立てないわ。」

「よく考えてみなさい!　さあさあ、言ってしまうのだ!」

「残念ね。その子は引き渡せないわ。」言いながら彼女はおどけたしかめっ面をした。

「私には分かっているのだ。奴がここにいたことが……。証拠があるぞ!」

「そんならあんた、独りであの子を絞首刑に出来るじゃない。あたしが手を貸す必要ないでしょ。」

「私はこの上着のポケットにローマンの作文を持っておる。これを君に見せれば、君はすぐ奴を知っていると白状するだろうさ、間違いない……。さてと、これを君に見せようかね、フレーリヒさん？」

「見たくてたまんないわ。」

彼は上着に手を入れ、夕焼け雲のように赤くなり、何もつかまずに手を一度引っ込めると、もう一度手を入れた……。女はようやくローマンの詩句を、子供が初等読本を読むときのように苦労して、読んだ。そして憤慨して言った。「こりゃホントに下司だわ！「君がいよいよ産褥についたら」だって？　誰がお産するっていうのよ！」

そして考えこみながら、「でも、あの子ってあたしが考えてたほど馬鹿じゃないのね。」

「ほら御覧、君は奴を知っているではないか！」

女は急いで反論した。「誰が知ってるって言ったのよ？　知らないわよ、お爺さん。捕まえるのは無理よ。」

ウンラートは毒々しく女を見つめ、突然、脚をどしんどしんと踏み鳴らした。これほど強情にしらをきられて、彼は自制心を失くしてしまった。よく考えもせずに、つい嘘をついた。

「私には分かっているのだ。ここでこの目で奴を見たのだから！」

「そんなら結構じゃない。」彼女は落ち着いて言った。「ところで、あたしもその子に会ってみたいものだわ。」

彼女は不意に前へ屈み込み、軽い指使いでウンラートの顎の下の、顎髭の中の禿げた箇所を撫でると、ものを吸い込むときのような口の形をした。

「あんたその子をあたしに紹介してくれるわね？」

しかし彼女は笑わずにはいられなかった。ウンラートはまるで、彼女が軽く添えた二本の指で締め殺されそうな様子だった。

「あんたの生徒はみんな粋な子ばっかりだわ。きっとこんな粋な先生に習ってるからだわね。」

「あの若者たちのうち、一体どの生徒が一番お気に入りだろうかね？」ウンラートは、我知らず緊張して尋ねた。

彼女はウンラートを放すと、突然また、かなり静かな、分別ぶった顔をした。

「あたしがあの馬鹿な子たちの誰かを好きだなんて、一体誰が言ったのさ？　あたしがどんな人間か、あんたが知ってたらねえ……。あんな風船みたような薄っぺらな奴ら、喜んでうっちゃってやるわよ。もっとましな大人の男が来てくれたらねえ……楽しみなんかのためじゃなくて、真心からねえ……。男どもにはそれが分かっちゃいないのよ。」そう言いながら彼女は少々悲しむ様子を見せた。

太っちょ二人が戻って来た。グステの方は一息も入れずに尋ねた。「さあ、この人はどんなことをしたね？」

ピアノはすぐに次の曲を奏で始めた。

「さて。お楽しみの場所に行ってくるか。」女芸人フレーリヒは肩にショールを掛けた。それは彼女をなお華やかにした。

「もう家に帰るっていうの？」彼女はウンラートに尋ねた。「分かるわ。楽園ってわけじゃないからね、ここ。でもあんた、明日またきっと来てね。さもないとあんたの生徒、またここで悪さするよ。分かるでしょ。」

そう言って彼女は舞台へと向かった。

ウンラートは、彼女の話が奇妙な終わり方をしたため、まだ混乱していた。彼は声を出すこともなく、彼女の言った通り帰ることにした。芸人キーパートがドアを開けた。

「あっしのあとをぴったりついて来ておくんなせえ。そうすりゃ難無く通り抜けられまさあ。」

ウンラートは彼のあとについて、さっき来たときには気づかなかったホール内の通路を、聴衆を迂回するように抜けて行った。出口の少し手前でキーパートは方向転換した。すると、煙の向こうの、ざわめく聴衆の彼方に、二つの腕、肩、ギラギラと照らし出された一片の肉が、極彩色の光の回転の中で輝くのが、ウンラートの目に今一度見えた……。彼は大ホールの外に出た。またもや店の主人がビールを持って通りがかった。彼はウンラートに呼びかけた。「良い晩を！　教授先生。今度またお出でなせえませ！」

玄関から門に向かう途中ウンラートは、なおしばらく立ち止まって、正気を取り戻そうと努めた。彼は冷たい空気の作用を頭に感じた。いつもと違う時間にワインやビールを飲んだりしなければ、こうした体験をすることはなかったろうに、と思った……。彼は小路に一歩踏み出して、驚いた。通りの家壁に三つの人影が屯していたのである。ウンラートは、眼鏡の隅から斜めに眼差しを送った。それは、キーゼラック、フォン・エアツム、ローマンだった。

ウンラートは素早く身を翻した。背後に荒い鼻息が聞こえた。三人のうち一番広い胸をしたエアツムの鼻息に違いなかった。怒りを帯びた鼻息だった。このときキーゼラックの潰(つぶ)れ声(ごえ)が響いた。「たった今誰かさんが出て来た建物、倫理的に見て、ひっでえ汚れ(ウンラート)だって話だぜ。」

ウンラートはギクリとした。怒りと心配のあまり彼は、歯をむき出しにした。

「私は、お前たち全員を打ち砕いてやる。明日にも——まこと——ここで起こったことを告発してやる！」

誰も答える者はなかった。ウンラートは今一度方向転換し、脅すように口をつぐんだまま、二、三歩静かに進んだ。このとき、ごくゆっくりと、キーゼラックが次の言葉を発した。

「俺たちだって告発するさ！」

ウンラートは、一語一語を聞きながら、首筋に痙攣が走るのを感じた。

五

ローマン、フォン・エアツム、キーゼラックの三人は、一列に大ホールを歩き回った。舞台の前まで来ると、キーゼラックが甲高く口笛を鳴らした。

「納戸に入れ！」彼が号令すると、三人は楽屋部屋になだれ込んだ。太ったグステが何かを編んでいた。

「で？」彼女は尋ねた。「どこに殿方たちは隠れてたんだね？　あんた方の先生はあたしたちにつきあってくれてたんだよ。」

「あいつとはつきあわないんだよ、僕らは。」ローマンが説明した。

「でも、あの人はよく出来た人だよ。思いのまま簡単に操れるしね。」

「操ってみなよ！」

「あたしじゃ駄目よ。あたしを冷やかそうってんだね、この殿方たちは！　でもある人ならそれが出来るんだよ。」

グステはそれ以上言うことが出来なかった。キーゼラックが脇の下をくすぐったからである。彼は他の二人がこちらを見ていないことを確かめていた。

「子供はそんなことしちゃ駄目だよ」と言いながら彼女は鼻先から鼻眼鏡を取った。

「あんたがそういうことばっかりするんなら、キーパートがあんたをどやしつけるよ。」

「キーパートが嚙みつくってか？」キーゼラックは下から尋ねた。女は額に秘密っぽい皺を寄せて頷いた。まるで、怖い小父さんは本当にいるのだと、子供に請け合うように。

後ろの鏡台の方からローマンの声がした。両手をズボンのポケットに入れたまま彼は、鏡台の隣に横たわるように座っていたのである。「キーゼラック、お前、あきれた奴だな。ウンラートに向かって、ありゃ絶対にやり過ぎたぜ。あいつが出て来たときどうして怒らせる必要があったんだよ。あいつだって人間だぜ。あいつの権限が及ばないところで、あいつに下手な真似をさせる必要はないんだよ。こうなったらあいつ、俺たちのことで一悶着起こすかもしれないぞ。」

「俺の方が一悶着起こしてやるさ。」キーゼラックは大言した。

フォン・エアツムは、部屋の真ん中に座り、肘をテーブルに立てていた。彼は唸り声をあげるばかりだった。吊り電灯に照らされた赤毛の下のだいだい色の顔は、じっと入口へ向けられていた。彼は突如として、テーブルを叩いた。

「あの野郎、今度一度でもここに現れてみろ！　骨という骨はみんなへし折ってやる！」

「すげえな！」キーゼラックは言った。「そうなりゃあいつ、俺たちに作文を返すことなんか出来ねえぞ。俺の作文なんか、馬鹿臭えだけだぜ。」

ローマンは微笑を浮かべてこちらを見ていた。

「エアツム、君はホントにあの娘にぞっこんなようだね。そんな調子になるのは、真剣に愛してるときだけだよ。」

外では拍手が鳴りやみ、入口のドアが開いたので、ローマンは言った。「お嬢様、我々、あなたのためなら殺人をも厭わぬ覚悟が出来ております。」

「そのとぼけた言い方、やめてくれない？」彼女は容赦なく応じた。「あんたの先生と、あんたの話をしたのよ。先生もね、あんたには困っているようよ。」

「あの頓馬なお年寄りは一体何て言ったんでしょうね？」

「あんたをとっ捕まえて、ズタズタにしようっていうだけよ！」

「ローザお嬢さん！」エアツムは吃りながら言った。彼は、彼女が部屋に入ってからというもの、卑屈に背中を屈め懇願するような目つきをしていた。

「あんたにも、もう係わりたくないわ。」女はきっぱり言った。「あたしに気に入って欲しいんなら、ホールにじっとして、上品に拍手してなさい。それがあんたにとっては一番簡単だわ。あすこにゃ、あたしにしつこく絡む奴らがいるんだから。」

エアツムは飛び出した。

「そいつらはどこですか！　そいつらはどこにいますか！」

彼女はエアツムを引き留めた。

「大人しくしなって！　すったもんだでも起こしてみな！　今夜にもあたし、こっから出てってやるから！　ひょっとしてフォン・エアツム伯爵様は、あたしに御殿を御用意してくれるわけ？」

「あなたはフェアじゃないですよ、フレーリヒさん。」ローマンが口を挟んだ。「エアツムは、今日も後見人のブレートポート領事のところに行ったんですよ。あなたのためにね。でも、領事ときたら朴念仁で、激しい情熱というものを解しないのです。領事はお金をくれない。それでもエアツムは、自分の自由になるものすべて、あなたに捧げたいと言ってるんです。貴族としての彼の名前、輝かしい将来、財産、すべてですよ！

彼はなぜか、それが出来るほど単純な精神の持ち主なんです。だからこそ、フレーリヒさん！　あなたが彼の愛すべき単純さを利用しようというのは、アンフェアだと思いますよ。彼を大事にしてください！」

「あたしがどう振舞うかは、あたし自身が決めるわ。気取り屋ね！　そんな気取った話し方はあんたのお友達には出来ないわね。それだけでもお友達の方に、よりチャンスがあるわよ。あたしんとこで……」

「到達目標に届くチャンスがね。」キーゼラックが付け加えた。

「あたし、あんたのこと知ってるのよ。あんたは、よくいるこそこそした連中の一人でしょ。」言いながら彼女はローマンに近づいた。「表向きはまるで、世界があんたを冷たくあしらってるって風をして、見えないとこでは人をモデルに変なもの書いてるのね。」

ローマンは困惑して笑った。

「あたしが身籠もったなんて想像すんには、あんた、この世で一番チャンスが小さい男だからね。分かる？」

「いいでしょう。もっとも望み薄の男ですね。僕はそれだけ長いこと待つとしましょう。」ローマンは退屈して言った。そして女が自分に背を向けたのを見ると、両足を前へ伸ばして顔を天井へ向けた。彼は、好き好んでこの場にいるわけではなかった。皮肉な観察者として座っているだけなのだ。彼にとってこの人間はどうでもよかった。ローマンの心は実際、あまりにも真剣だったのだ。誰も憶測出来ないほど真剣だった。彼は軽蔑のあまり、鎧のような硬い殻に閉じ籠もった。

ピアニストは休憩を終えて再び弾き始めた。

「ローザ、お前のお気に入りのワルツだよ！」太っちょグステが言った。

「誰か踊りたい人はいる?」ローザは尋ねた。彼女はもう体を上下に揺らし始め、エアツムに微笑みかけた。しかしキーゼラックが、肩幅の広い青年貴族を出し抜いた。彼は、不良が悪戯するようにローザの体に手を添えると、意地悪くそっと彼女を回転させ、突然、かなり遠くまで彼女を引きずった。ローザは転びそうになった。ところがキーゼラックは、彼女に舌を出して、誰にも気づかれないように背中をつねった。ローザは驚き、怒ったように、また媚びるように言った。「豚野郎、もう一度こんなことしたら、先生に告げ口するよ。あんた、ぶっ叩かれるからね！」

「やめとけよ！」キーゼラックは囁き声で女に忠告した。「さもなきゃ俺もあいつに告げ口するからな。」

二人は、表情を変えることなく笑った。エアツムは怪訝そうな眼差しで、赤みがかった黄色い顔を汗だくにして、二人を見つめていた。

そのあいだにローマンは太っちょグステを踊りに誘っていた。ローザはキーゼラックを立たせたまま、ローマンが上手に踊るのを眺めていた。太っちょのグステが、彼の手に掛かると、軽々として見えた。ローマンは、もう充分だと思うと慇懃(いんぎん)にお辞儀して、ローザを顧みることもなく席に戻った。ローザは彼に近づいた。

「どうやらあんた、踊りだけは出来そうね。ほかは能無しだけどね。」

彼は肩をすくめ、どうでもいいといった感じで、俳優のようなやり方で顔に皺を浮かべると、立ち上がった。ローザは気分に浸りながら、のめり込むように、長いことワルツを踊った。

「これで満足しました?」ローマンは最後に慇懃に尋ねた。そして女が陶酔から覚めると、「で、どうでした?」

「喉が渇いたわ。」女は息を切らして叫んだ。「伯爵様、飲み物をくれない? さもないと倒れちゃうわ。」

「彼の方が、ちゃんと立っていられないようですよ。」ローマンは口を挟んだ。「彼は酔っ払った月みたいに見えますよ。」

エアツムは、ずっと自分が女をリードしていたかのように、息を切らしていた。彼は震える手で、持っていた瓶を傾けたが、出て来たのはわずかな残りだけだった。それを見ると彼は、なす術(すべ)もなくローザをじっと見た。女は笑った。太っちょグステが言った。

「あんた方の先生、いい飲みっぷりをしてるようだね。」

エアツムは事情を飲み込んだ。彼の目には眩暈がはっきりと認められた。突然、棍棒をつかむように、空瓶の首を逆さにつかんだ。

「何するの！」ローザが叫んだ。そして一瞬のうちに彼の状況を把握すると、言った。

「あたしのハンカチがテーブルの下にあるから。それを拾いなさい、いい？」

エアツムは屈み込み、頭をテーブルの下に突っ込むと、ハンカチをつかもうとした。しかし、膝が力なくくずおれた。女が彼を見ているというのに、ハンカチ目がけて腹這いで進んだ。それを口にくわえて床から拾い上げると、両手をつきながらテーブルの縁まで戻った。そこにじっとして目を閉じ、脂っぽい、気の抜けた香料の匂いにぐったりしていた。拭き取った白粉がこびりついたままの、灰色の布切れが発する匂いだった。昼も夜も夢に見、信じていた女が、今、閉じた目蓋のすぐ前に立っているのだ。この娘のためなら命も捨てようと思った女だった。彼女は貧しかったし、彼にはまだ女を自分の身分まで引き上げることが出来なかったから、女は清純を危険に曝さねばならず、穢れた人びととつきあわねばならなかったのだ、ウンラートとさえも！　これは恐るべき、類なき運命だった。

ローザは、自分が目の前の若者を調教したことに感激して、彼の口からハンカチを取ると言った。「よく出来たわね、お利口な小犬ちゃん。」

「素晴らしい。」ローマンが論評した。

そしてキーゼラックは、嚙み過ぎてひどく減った指の爪を口に持って行きながら、伏せた目で友人たちを一方から他方へと見やり、「思い違いすんなよ。お前らが予定通り到達目標に届くなんて、ありえねえんだから」と言うと、ローザに目配せしてみせた。彼自身は、その到達目標にもう届いていたのだった。

ローマンは言った。「十時半だ。エアツム、君の家の牧師がビヤホールから帰って来る。君は寝ていなければならない時間だよ。」

キーゼラックはからかい気味に、また脅すようにローザに何やら囁いた。他の二人が帰途についたとき、キーゼラックの姿は消えていた。

二人は市門に向かって歩いた。

「僕が外まで送ってってやるよ。」ローマンが自分の行為を説明するために言った。「大人たちはブレートポート家の舞踏会に行ってるんだ。僕らが招待されないってこと、君はどう思うね？　舞踏会じゃ、踊りの講習会で一緒だった馬鹿娘どもが、もう踊ってるんだぜ。」

エアツムは激しく頭を振った。

「でも、あんな娘はそこにはいないよ！　去年の夏休み、わが家の記念日に僕は、エアツム家の娘全員と、姻戚関係になったかなり大勢の人たち、つまり、ピュッゲルクロークク家や、アーレフェルト家、カッツェンエレンボーゲン家の人たち、……」

「などなどだね。」

「でも、その中に一人でも、あれを持ってた娘がいたと思うかい？」

「何をだよ？」

「あれだよ。分かるだろ？　ローザは女に一番必要なもの、つまり……いわゆる……真心も持っているんだ。」

エアツムが「いわゆる」と言ったのは、真心という言葉に照れたからだった。

「それにあのハンカチだ。」ローマンはエアツムの言葉に付け加えた。「あんなハンカチ、ピュッゲルクロークク家の娘は誰も持ってないよ。」

エアツムは、ローマンの皮肉をすぐには理解しなかった。彼は、最前自分にあれほど奇妙な行動をとらせた本能の働きを検証しようと骨折った。

彼は言った。「考えてもみてくれよ。僕がああいうことを、何の目論見もなくやると思うかい？　僕はあの娘に悟らせようと思ったんだ。彼女は、いくら素性が低いとは言っても、僕より上にいるってことをね。僕がホントにあの娘を自分の身分まで引っぱり上げたいと思ってるってことをね。」

「彼女は君の上にいるんじゃないのかい？」

エアツムは我ながらこの矛盾に面喰らった。彼は吃り始めた。「見ていてくれよ。僕が何をするか！　ウンラートの犬野郎、二度とあの娘の楽屋に入れるもんか！」

「まずいことに、あいつはあいつで僕らにそうさせまいとしてるんじゃないのか。」

「やれるならやってみろってんだ。」

「単なる臆病者だからね、あいつは。」

二人はそれでも心配だった。が、これ以上この話はしなかった。

彼らは、夏には祭りの会場になるが、今は何もない草地を抜けて行った。周囲に夜と星空が広がり、気持ちの軽くなったエアツムは、自分の感覚のうちに自由へと逃れる輝かしい道を見出した。それは、この市民の巣窟から……埃まみれの学校という施設から逃れ出る道だった。ここにいると、彼の田舎者らしい大きな図体は束縛され、滑稽な体たらくになってしまう！　というのも彼は、人を愛し始めてようやく気づいたのだ。教室に座っていたのでは、自分が滑稽なだけだということに！　教室では間違った答えを吃り吃り口にして、雄牛のようなうなじを屈め、途方に暮れていた。それも、教壇の上の肩を怒らせたあの軟弱者が、自分を毒々しく睨みつけて、息を荒げているせいだった。大人しくすることを強いられた彼の体中の筋肉は、負荷を求めていたのだ！　剣と殻竿（からさお）を手に、大立ち回りすること……女を一人頭の上に持ち上げて揺さぶること……角（つの）をつかんで雄牛をとっ捕まえること……そうしたことを求めていたのだ。

彼の感覚は、芬々（ふんぷん）と匂う百姓らしい考え、手につかむことの出来るような概念、つまり、薄っぺらな古典的精神性よりも遥か下の地面にしっかり根を張った、土くさい事柄に餓えていた。この古典的精神性の中では、息が出来なかった。歩く狩人の靴底にこびりつく、新鮮な黒い土の塊……馬にまたがって疾駆するとき、顔に当たる心地良い風……客でごった返した居酒屋の騒々しさ……交尾する二匹の犬……秋の森林に発生する蒸気……体から湯気を放つ湿った馬が、糞を落とす様子……こうしたものに彼は餓えていた。三年前、自宅で彼が力の強い家畜番の少年から守ってやった牛飼い女中は、彼に抱きついて乾し草の中へ押し倒すことで、感謝の意を示した。エアツムは今でも、この女中を通して歌手ローザ・フレーリヒを感じていたのだった。ローザはその情熱的な声と匂いを数多く使って、彼のうちに広い灰色の空を目覚めさせた。彼女は、彼自身の真心を目覚めさせたのだ。それゆえエアツムは、この女に敬意を表し、これを女の真心と考え、彼女に多くの真心を認め、彼女を特別高貴な存在と考えた。

二人の生徒は、テランダー牧師の邸宅（ヴィラ）まで来た。

この邸宅は、正面に柱が立っており、そこに節くれだった葡萄の蔦が絡まっていた。二階と三階の、柱と柱のあいだには、それぞれ一つのバルコニーがあった。

「牧師はもう帰ってるようだぜ。」ローマンは言い、二階に灯る明りを指差した。二人は近づいて行った。明りは消えた。

エアツムは嫌々ながら、またしても打ちのめされた気分で、これから登らねばならない三階の半開きの窓を見上げた。窓から中に入れば、彼の衣服や本の中から、またしても教室の臭いがして来る筈（はず）だった。教室の臭いは彼を昼夜追い回した。怒りに任せて武骨に一跳びすると、彼は、葡萄の蔦を伝って登り、最初のバルコニーの手すりで一休みしながら、再度自分の部屋の窓を見つめた。

「お前らと一緒にこんなことすんのももう長くはねえぞ。」エアツムは下に向かって言った。そしてさらに登って、足で窓を押し開けると、中へと姿を消した。

「いい夢を見ろよ！」ローマンは、やんわりとした嘲りを込めてそう言うと、カサカサいう足音を抑えようともせずに、来た道へ引き返した。

テランダー牧師は、何も気づかなかったことにしようと、わざわざ灯りを消したのだった。牧師は、年に四千マルクの年金をもたらしてくれるエアツム伯が夜間に外出したからといって、騒ぎ立てる人ではなかった……。

前庭から外へ出ると間もなくローマンは、再びドーラのことを考えた。

今晩ドーラは大舞踏会を催していた。今この瞬間にも彼女は、広げた扇子の後ろで、あのよそよそしい、ぐったりさせるほど残酷なクレオール人(15)の笑いを笑っているのだ！ ひょっとすると試補クヌーストも一緒に笑っているかもしれない。ドーラはつまり、今日、クヌーストを選ぶことに決めたかもしれないのだ。というのは、フォン・ギールシュケ少尉との関係は終わったように見えたから……。

ローマンは首を引っ込めると、歯を下唇の中に押し付け、自分の苦しみに耳を傾けた。

ローマンはブレートポート領事夫人を愛していた。三年前の冬、彼女の家でダンスの講習会が開かれたときから、この三十歳の女性を愛していたのである。ドーラはそのとき彼の胸に勲章をつけてくれた。彼女はただ、彼の両親を喜ばせようとしただけだった。それは分かっていた。が、それからというものローマンは、両親の家で大きなパーティが開かれ、彼自身顔を出すことが許されないときには、ドアの隙間から彼女を覗いた。彼女が愛人たちといるのを覗いていたのだ。ローマンときたら！ いつドアが開かれるか知れないではないか！ ドアが開かれたら、彼は打ちのめされ、苦悶に苛(さいな)まれた顔でそこに立っていたことだろう。すべては明るみに出てしまったことだろう。そうなったら命を絶とう、と、彼は固く決心していた。穀物倉庫で鼠を追うのに使っていた古い猟銃が、そのために用意してあった……。

ローマンは、中学三年生であるドーラの息子に父親のような友情を示して、自分が昔書いた作文を写させたことがあった。彼は彼女の子を愛していたのだ！　ブレートポート家の味方をして少年たちの殴り合いに介入したときには、複数の少年の口元にいぶかしげな薄笑いが浮かぶのを見た。このとき彼は、銃を胸に当てるときが来たと思った……だが、誰もあのことを悟ってはいなかった。その後もローマンは、十七という年齢特有の荒っぽい清純さや、苦い欲望の味、ビクビクした、虚栄心の強い、慰め多き世界蔑視を味わい、空想し続けることが出来た。彼は、古い舞踏会の勲章の裏側に、夜ごと詩を刻み込んだ……。

「つまり、こういう危険な感覚にどっぷり浸かった僕の恋心を、小娘ローザが煽り立てようとしているわけだ。これほどの皮肉がありえるだろうか？　僕が作った詩の中に彼女を歌ったものがあるのは確かだ。芸術にとって対象はどうでもいいからね。でも、それが何かを証しているなんて、あの娘が思ったとしたら……。あの娘、侮辱されたと言わんばかりだったな。僕はあからさまに笑ってやった。勿論それがあの娘をますます夢中にしたね。僕の方はちっともそんな積もりじゃなかったのに……」

「青き天使」で歌う女性歌手の愛を乞おうなどという気持ちは、ローマンにはちっともなかった。あの店には、たった三マルクか四マルクで彼女に幸せにしてもらった船乗りや手代がきっといた。

「ひょっとすると僕は、それでも嬉しく感じたんだろうか？　否定する必要もないか。あの娘が僕の足下に跪くのを見たいと思ったときもあったさ。僕があの娘を欲したときもあったさ。あの娘を辱めて、あの娘の愛撫から暗い悪徳を味わおうとしたことがね……。そうした悪徳で僕自身の愛を穢すために！　跪いて、「赦して」って叫ぶあの商売女の中に、ドーラの姿を見ようとしたことがね……。ドーラを虐げて、そのあと彼女の前に打ち伏してさめざめと泣くために！」

こうした考えに打ち震えながらローマンは、カイザー通りを歩き、灯りの漏れるブレートポート領事宅の前へ出ると、窓の内側を行き過ぎる影の中に、一つの人影を求めて、立っていた。

六

翌朝、エアツム、キーゼラック、ローマンが顔を合わせたとき、三人の顔色はどれも蒼白だった。騒々しい教室の真ん中で三人は、自分の名前の載った書類が検察官の元へ送られたことを知りながら、周囲にはまだ気づかれていない犯罪者のような気分だった。しかし、それが知れ渡るまであと数分しかなかった。キーゼラックは校長室のドアに聞き耳を立て、中からウンラートの声が聞こえたと言い張った。彼はもはや空威張りはせず、ゆがめた口に手を添え、ひそひそとエアツムに耳打ちした。「おここ、どうするか?」ローマンは次の時間のあいだ、精神のひどく弱い誰かに取って代わりたい思いだった。

ウンラートは急いで教室に入ると、息つく間もなくすぐオウィディウスに取り掛かった。「家で覚えた箇所を暗唱しなさい!」と言って、首席のアングストを最初に当てた。そのあと、名前がBで始まる生徒が当たった。Eの頭文字まで来たとき、Mに跳んだ。

エアツムは安堵の溜息をついた。キーゼラックとローマンは、不可解にもKとLが当たらなかったことに気づいた。

訳読の際、三人のうちの誰にも当たることがなかった。彼らは、「やるべきところを下調べして」いなかったのだが、それでも、当たらないことに苦しんだ。まるで人間社会から追放されたような、社会的に死んだような気分だった。ウンラートは何を目論(もくろ)んでいるのだろう？　休み時間のあいだ三人は、自分たちが不吉な秘めごとによって繋がっていることを周囲に悟られないよう、互いを避けた。

次の三時間は他の教師の担当だったが、ときおりビクッとすることがあった。校庭で靴音がしたり、階段の軋(きし)む音がすると三人は、「校長だ！」と思った。だが何ごとも起こらなかった。そしてウンラートは次のギリシャ語の時間を、ラテン語の時間と同じく平穏無事に終わらせた。

キーゼラックは引かれ者のような気分になって、答えを知りもしないのに手を挙げた。ウンラートはそれを無視した。するとキーゼラックは、その青い手をどんな質問のときにも振り上げ、指をパチンパチンと言わせた。ローマンは待つのを諦め、机の下で『流刑地の神々』を開いた。またしても学校でひどい扱いを受け、虐げられたエアツムは、授業について行こうと、いつものように汗をかきかき努力したが、いつものように取り残された。

　学校から帰るときも三人は、用務員が不吉な笑みを浮かべて自分たちを校長室へ呼ぶのではないかと覚悟した。が、鐘を持った用務員は、若い生徒らの前で朴訥に帽子を取って挨拶しただけだった。外に出ると三人は、今にも爆発せんばかりの歓喜を堪えて、顔を見合わせた。歓喜を最初に表したのはキーゼラックだった。

「やっぱりそうだろ？　俺が言った通りだろうが。奴にゃ、度胸なんかねーんだ！」

ローマンは、自分がびくびくしたことに腹を立てていた。

「あの男が、僕をいいように翻弄出来るなんて考えているとしたら……」

「まだこれからかもしれないぞ」と、エアツムは言ったあと、急に荒々しい調子に変わって、「来るなら来てみろ！　どうするか見てろ！」

「分かるよ、君が何をするのか。」ローマンは言った。「君はウンラートを叩きのめして、フレーリヒと一緒になって、川に飛び込むんだ。」

「いや、……そんなことはしないよ。」エアツムは驚いて言った。

「人の子らよ。お前たちゃ気がどうかしてるぞ。」キーゼラックは言った。そして彼らは別れた。ローマンは別れ際になお、断言した。「本音のところ僕は、「青き天使」なんてどうでもよくなっていたんだ。でも、怖じけづいたなんて言われたくないからね！

今こそあそこへ行く積もりだよ。」

その日の晩、ローマンとエアツムはほとんど同時に「青き天使」の前に着いた。二人はなおキーゼラックをいつも先に行かせた。先に楽屋に入らせて、初めに口を開かせた。最初に寛ぎ始めるのもキーゼラックだった。彼がいなければこうしたことはすべてありえなかっただろう。二人はキーゼラックの厚かましさを必要としていたのだ。キーゼラックはお金を持っていなかったので、二人は彼の分も払わねばならなかった。そしてキーゼラックは、どれほど払ったのか二人が気づかぬよう注意していたし、ローザが彼らから花や、ワインや、贈り物を受け取ることが、自分の密かな喜びだということも、気づかれぬようにしていた。

キーゼラックは、二人のために特に急ぐ様子も見せず、のんびりやって来た。三人は中に入った。ところが彼らは、店の主人から聞かされたのである。楽屋に担任が来ているということを！　三人は仰天して顔を見合わせ、その場から逃げ出した。

昨晩、幸運にも家へ帰り着いたときウンラートは、仕事用のランプを灯し、立ち机の前に立った。ストーブはまだ暖かく、時計がときを刻んでいた。彼は原稿をめくり、呟いた。「真なるは友情と文学にぞあらずや。」

彼は、女芸人フレーリヒから逃れることが出来たと感じた。生徒ローマンが係わっている「低級なこと」は、急に、すこぶるどうでもよいことと感じられた。

しかし、わずかな朝の光の中で目覚めた際、彼は、生徒ローマンを「とっ捕まえて」しまわないうちは、どうも具合が悪いということに気づいた。それでもウンラートは、『ホメロスにおける不変化詞の研究』にまた取り掛かった。が、友情と文学はもはや彼を虜にすることは出来なかった。ローマンがのうのうと女芸人フレーリヒの部屋に座っているあいだは、友情と文学は少しも自分を虜にすることがない、と感じた。

これを防ぐ方法は、女芸人フレーリヒが既に口にしていた。彼女は言ったのだ。「でもあんた、明日(あした)またきっと来てね。さもないとあんたの生徒、またここで悪さするよ。」この言葉が頭に浮かんだとき、ウンラートは顔を赤らめた。というのは、この言葉によってウンラートは、女芸人フレーリヒの声を思い出し、あのくすぐるような眼差し、華やかな顔、顎の下に触れた華奢な二本の指の感触を思い出したからだった。ウンラートはビクビクして入口のドアを振り返り、「内職」を隠す生徒のように、仕事に没頭するふりをした。

「あれを、悪餓鬼どもめ——勿論だとも！——赤いカーテンの後ろから見ておったな。わしが奴らを校長の前で詰問すれば、奴らめ、自分たちの終末を悟って、わずかな羞恥心までかなぐり捨て、見たままをぬけぬけ証言するやも知れぬ！」ローマンが犯した罪の中には、ワインを買ったことも含まれていたが、そのローマンのワインをウンラートは飲んでしまったのだ！……ウンラートの体から汗が吹き出した。彼は自分が捕らえられたと感じた。反論好きな者なら、「ウンラートがローマンを「とっ捕まえた」のではなくて、ローマンが彼を「とっ捕まえた」のだ」と言うだろう。軍勢をなして猛り狂う生徒らに対し、かつてなく熱く、極めて孤独な戦いに臨んでいる、という意識が、ウンラートの気持ちを高揚させた。「わしは、奴らのうち少なからぬ者の人生を、台無しにするとまでは行かなくとも、妨げてやるのだ！」彼はこの決意を新たにした。情熱的な、決然たる心持ちで、彼は学校へと出掛けた。

実際、あの三人の犯罪者を「陥れる」機会にはこと欠かなかった。ローマンに関して言えば、例の破廉恥な作文があれば充分だ。成績をつける前の週に、奴らが答えに窮するような問題を出してやろう。ウンラートは既にそうした問題を考えていた……。しかし、市門を通り過ぎたとき、疑念が心を捉えた。そして、学校に近づけば近づくほど、それだけ自らの行く末が不気味に思えた。あの三人の反乱分子は、クラスの仲間にもう「青き天使」の話をして、皆をけしかけてしまったかもしれない。クラスはどんな風にウンラートを迎えるだろうか？　革命が勃発したのだ！……脅威に曝（さら）された暴君のパニックが、再び彼を弾き飛ばした。馬のしりを叩かれた騎手のように彼は、あちらこちらへ走り回った。毒々しい不安を抱きつつ、通りの角から、生徒が、暗殺者がいないかどうか窺った。

教室に入ったときの彼は、もはや攻撃の人ではなかった。彼はじっと待った。沈黙することで、昨晩の出来事を否定し、危険を隠そうと努めた。三人の犯罪者を無視することで自分を救おうと努めた。ウンラートは男らしく自制した。キーゼラック、エアツム、ローマンの三人がどれほどの不安に耐えていたか、彼は少しも気づかなかった。しかしこの三人もまた、ウンラートの心配を何も知らなかったのである。

学校がひけると彼は、三人の生徒と同じく勇気を取り戻した。ローマンを喜ばしておいてはならぬ！　ローマンは女芸人フレーリヒから遠ざけておかねばならぬのだ！　それはウンラートにとって権力に係わる問題であり、沽券(こけん)に係わる問題だった。どうしたらいいのか？　「明日またきっと来てね」と女芸人は言っていた。ほかに道はない。そこに気づいたとき、ウンラートは驚愕した。そしてその驚愕のうちには、一種の甘い味わいがあった。

夕食が喉を通らなかった。それほどウンラートは興奮していた。手伝いの女が反対はしたけれども、納戸……つまり、フレーリヒの楽屋に一番乗りするため、すぐに家を出た。ローマンがフレーリヒの部屋に座り、そこでワインを飲んでいるなどとは、許せない。それは反乱だ。ウンラートには我慢ならなかった。その先のことは頭になかった。

脚を引きずりつつ、急ぎ「青き天使」へと歩いて来た彼は、入口に貼られた極彩色の貼紙をすぐには見つけることが出来ず、すっかり度を失って、数秒探し続けた……。「やれやれ、ここにあったわい。」たった今彼の頭をよぎった恐れは、当たってはいなかった。女芸人フレーリヒはつまり、急に出立したりはしていなかった。ここから逃げたり、大地に飲み込まれたりはしていなかった。彼女はまだ歌っているのだ。華やかなお化粧をし、あの眼差しで、見る者の心をくすぐっているのだ。これに満足したウンラートは、この満足感から一つの短い洞察を導き出した。ウンラートは、ローマンを彼女から遠ざけたいばかりではない。彼自身がフレーリヒのそばに座っていたいのだ……。この洞察はしかし、すぐにまた曖昧模糊としたものになった。

大ホールはまだ閑散としていた。ほとんど真っ暗で、不気味に広く、多くの汚れた白い椅子やテーブルが、荒地に屯（たむろ）する羊のように、あちらこちらに雑然と置かれたままだった。ストーブの横、小さなブリキ製のランプのそばに店主が、他の二人の男とテーブルに座って、カード遊びをしていた。

ウンラートは、見つからないようにと願いつつ、そっと、蝙蝠（こうもり）のように、壁際の陰になったところを歩いた。ほとんど楽屋部屋に消えようかとしたそのとき、恐ろしく大きな響く声で、店主が呼んだ。「ん晩は。教授先生！　わしの店を気に入っていただいて、ありがとさんで御座います。」

「私はただ……ここに来たのは、ただ……女芸人のフレーリヒさん……」

「お入りなすって。あの娘んこたぁ、お待ちなすってくだせえ。まだ七時でさぁ。ビールでもお持ちしやしょう。」

「結構だよ。」ウンラートは叫び返した。「私は飲もうという意図は持っておらんのだ……。しかし……」と言って彼は、楽屋部屋のドアからもう一度頭だけ出した。「のちほど恐らくもっと大きな注文をすることにしよう。」

そう言ってウンラートはドアを閉め、真っ暗な楽屋の中へ手探りで進んだ。うまく明りをつけることに成功すると、椅子の一つからコルセットやストッキングを取り除き、昨日のまま変わっていないように見えるテーブルのそばに腰を下ろした。そして上着のポケットから閻魔帳を取り出すと、各生徒の名前の横に書いてある数字をもとに、さし当たりの評価をつけ始めた。Eの字まで来ると、慌ててMに跳んだ。今朝の授業とちょうど同じだった。しばらくすると思い直して、前のページを開けると、エアツムの名前の横に、怒った筆跡で、「不可」と書いた。キーゼラックの番になった。そしてローマンであった。部屋の中は物音一つなく、安全だった。ウンラートの口元は復讐欲にゆがんだ。

しばらくすると、ホールの中に最初の客が数人座ったようだった。ウンラートは落ち着きを失くした。昨日の太っちょ女が、毛皮の鍔(つば)の付いた黒い帽子を頭に載せて入って来た。「あら、どうしたんです？　教授先生じゃないですか？　まるでここに泊まってたみたいですわね！」

「御婦人よ、私は仕事のために来たのだ」とウンラートは彼女に教えた。しかし女は指を立てて脅すように言った。「仕事っていうのが何か、よく知ってますよ。」

彼女は毛皮の帽子とジャケットを脱いだあと言った。「さて、コルセットを外しても構いませんね。」

ウンラートは口の中で何か呟き、あらぬ方を向いた。女はひどく色褪せた化粧着を羽織って近づくと、ウンラートの肩を叩いた。

「先生、言っておきますがね、あんたが今日もいらしたことを、あたしゃちっとも変に思ってやしませんよ。ローザの場合、それが普通なんだからね。あの子と知り合った男はあの子を好きにならずにいないんですよ。ほかにはありえませんね。当然ですよ。とっても可愛らしい女の子だからね。」

「それは確かに、――いやはやまた――まったくもって正しいのかも知れぬが、しかし……私はそれゆえに……」

「いいえ、あの子の心が綺麗だってせいもあるんですよ。むしろ、そっちの方が大きいですよ。誓って言いますけどね。」

彼女は、ぱっくり前が開いた化粧着の下で胸に手を当て、そのまま天井を見上げた。女の二重顎は感動に震えた。

「あの子は親切過ぎて、かえって自分が痛い目にあっちまうんですよ。あの子のお父さんが看護士だったたっていうのが、そもそもの元なんですがね。信じていただけるかどうかね。ローザはいつも、年配の旦那に熱を上げちまうんですよ。それも、これだけのためじゃないんだね……」

言いながら彼女は親指と人差指を擦(こす)り合わせた。

「心根がそういう風に出来ているんですよ。だって、年配の旦那ほど、優しくしてもらいたがってる男はいやしませんからね……。ときどきあの子、ホントに、警察が許可するよりももっと優しくしちまうんですよ。いいですかい？　あの子のことは、こんなに小さい頃から知ってますよ。あたしに訊きゃ何だって一番よく分かりますとも。」

女はテーブルの角に腰を下ろして、ウンラートを、自分のがっしりした体と彼の座っている椅子の背もたれとのあいだに挟み込んだ。彼を完全に占領し、自分の物語の雰囲気で包み込もうとするかのようだった。

「まだ十六にもならない頃、あの子はもう見世物小屋に入り浸って、そこで働いてる芸人たちに会ってたんですよ。芸人に生まれついてたってことですね。そこに歳取った旦那がいて、あの子を専門的に仕込んでやろうとしたんですね。仕込むっていうのはね、分かるでしょ、一番最初の、アダムとイブと、酸っぱいりんごの話から始まるんだね。その年寄りが何を考えてんのか分かったとき、あの子、あたしんとこに来て、声をあげて泣きましたよ。勿論あたしゃ言いましたね。「見てな、あの爺さんをとっちめてやるから。十六になるまでまだ二週間以上もあるってのに……。あの爺さんには、財産が底をつくまで払わせるからね。」でも、あの子がやめろって言うんですよ。分からなくもないですけどね。あの子、爺さんに同情し過ぎたんですよ。あの子の気持ちを変えることは出来ませんでしたね。反対にね、あの子、また爺さんとこに出掛けて行ったんですよ。それで分かったでしょ。道であの子、あれがその爺さんだって教えてくれたんですけどね。ホントのガミガミ親父(おやじ)でしたよ。でも、あんたとはねぇ……先生とはこれっぽちも比べもんになんないですね！」

女は二本の指で彼の顔をまっすぐトントンと叩いた。まだウンラートがその気になった様子には見えなかったので、女は、今言ったばかりの言葉にこだわった。

「これっぽっちもですよ！　そもそもありぁ反吐が出そうでしたね。そのあとすぐに爺さん死んじまいましたけどね。ローザに何を遺したと思います？　爺さんの写真ですよ、用心深い封緘でね……。あんまり運が良くて、はじけちまえってもんですよ！　いいえ、まだ健康で、ああいった子にホントに気持ちを寄せてる心の広い男でなけりゃならないんです。そうした男なら間違いなく、もっとずっとあの子に気に入ってもらえますよ。」

「勿論、確かに」と言って、ウンラートは困難な話題転換を試みた。「それはそうであるのかも知れぬ。が、しかしこれは……」

彼の微笑は困惑のために毒々しく見えた。

「一方では精神をある程度、他方では情緒をある程度有する若い男の方が、何と言っても彼女の好みだということに対する反論にはならぬだろう。」

女は勢いよく口を挟んだ。「ほかに何も心配の種をお持ちでないなら、そんなことは何でもありませんよ。あの子供らはローザが追い出しますから！　保証しますよ。」

女は、ウンラートが真実を体で感じることが出来るように、彼の肩を激しく揺すった。

そしてテーブルの上から床へドシンと降りると、言った。「あっちで話し声が聞こえるわね。さて仕事にかからなくちゃ。先生、今度また、ゆっくり話しましょうね。」

彼女は化粧鏡の前に座り、顔に色を塗った。

「どっか別の方を見ててくれます？　綺麗なもんじゃないからね。」

ウンラートは素直にあらぬ方を向いた。彼の耳に、誰かがピアノで幾つか音を鳴らすのが聞こえた。大ホールには半分ほど人が入ったようで、鈍いざわめきがした。

「それから、あんたの生徒さんら」と、女は、何かを歯のあいだに挟んだまま、次のように漏らした。「あの子たちゃ、首を長く伸ばして、メーメー啼いてりゃいいんだよ。」

ウンラートは、窓の方を振り返りたい衝動に従った。赤いカーテンの後ろでは、本当に、人影が首を伸ばしていた。

大ホールでは、長く引っ張った「ホーホーホーホー」という声が起こった。女芸人フレーリヒが敷居に現れた。彼女の後ろのドアの開口部は、すぐに芸人キーパートの恰幅(かっぷく)のいい体で塞がれた。二人が中に入って来たときキーパートは叫んだ。「大変嬉しいことです。教授先生。また来てくださったとは！」

フレーリヒは言った。「ホントにまた来たのね。」

「あるいは不思議に思われるかもしれませんが……」ウンラートは口ごもった。

「あら、これっぽちも。」フレーリヒはきっぱりと言った。「コートを脱ぐの、手伝ってくださらない？」

「……私がこれほど早く再訪するのは……」

「上流社会みたいな言い方ね！」

彼女は、腕をコーヒーカップの握りのように曲げて、羽根付きの大きな赤い帽子に持って行くと、そこから針を抜きながら、下から盗み見るようにウンラートに微笑みかけた。

「しかし……」ウンラートは困ってしまった。「あなた自身が私に、また来るように、と言っていたことではあるし。」

「なんてことなの！」と言って彼女は帽子を火車のように振った。そして吹き出すと、「可笑(おか)しいったらないわ！……あんたを放し飼いにしようってわけじゃないのよ、小父さん！」

そう言って彼女は両手を腰に当てて身を屈め、顔をウンラートの顔のすぐそばまで近づけた。

ウンラートはまるで、舞台の上の妖精が不意にかつらのお下げ髪を取ったのを見てびっくりした子供のようだった。フレーリヒはそれに気づくと、高揚した気分からすぐに冷静さを取り戻した。彼女は頭を傾けて溜息をついた。

「でも、あんたが来なくても寂しくないなんて言ってるわけじゃないのよ。そう思ってるなら、考え違いだわ。あたし、反対に何度もグステに言ったのよ。「あの人は博士で、教授なのに、あたしはみすぼらしい馬鹿な小娘で、一体そのあたしがあの人に何をしてやれるって言うの？」って。キーパート小母さん、あたしがそう言ったのはホントよね？」

太っちょ女は、「その通り」と言った。

「でも小母さんは、」フレーリヒは言い、無邪気そうに肩をすくめた。「あんたがまた来るかどうか、ずっと気にしてたのよ……で、ホントにいらしたってわけ！」

芸人キーパートは隅の方で着替えながら、言葉にならない声をあげた。妻は夫をなだめるような仕草をしてみせた。

「でも、どうして、」フレーリヒは続けた。「あんたがあたしのために来てくれたなんて、言えるんだろ……。あんたときたら、あたしがパルト(16)を脱ぐのを手伝ってさえくれないんだから……。ひょっとするとあんた、あの馬鹿な腕白小僧たちのためにここに来て、あの子たちをぶちのめそうとしてるだけなのかもね。」

するとウンラートは顔を赤らめ、助けを乞うように答えた。「第一としては、——本来のところは確かに――元々は、……」

女は悲しそうに頭を動かした。

太っちょ女は二人の助力をしようと、化粧台から立ち上がった。彼女は胸の開いた赤いブラウスを着ていた。舞台に出る身支度が終わり、昨日の健康そうな顔色を取り戻していた。

「どうしてこの子がパルトを脱ぐのを手伝ってやらないんです？」彼女は言った。

「それが、婦人に頼みごとされたときに紳士が取る態度ですかい？」

ウンラートは、フレーリヒの袖の一方を引っ張りにかかった。袖は外れず、フレーリヒはよろめいて、彼の腕の中へと倒れかかった。彼はなす術（すべ）もなく、引っ張るのをやめた。

「こういう風にしなくちゃいけないのよ」と言って、太っちょ女はウンラートにやり方を教えた。夫のキーパートが音も立てずに彼らのあいだに入って来た。もうトリコットのシャツを着ていて、片方の腰からもう一方の腰へと、蛇のような肉の隆起が見え、首には毛の生えた疣（いぼ）が見えた。彼はかなり小さな新聞紙を、ウンラートの眼前に掲げた。

「この記事を是非読んでくだせえ、教授先生。悪党どもに突きつけるんでさあ。」

ウンラートはすぐに事情通の表情になった。印刷物を目にすると必ずこの表情に変わるのであった。彼は、それが社会民主党の地元紙であるのを認めた。

「では、この成果が――いやはやまた――どんな出来ばえか、見てみることとしようか」とウンラートは応じた。

「選りにも選って教員の給与が。」芸人キーパートは言った。

「つい昨日このことをお話ししたばかりですのになあ。」

「何でもないわよ。」太っちょ女はあっさり言い、ウンラートの手から新聞を取り上げた。「この人は、収入は充分あるんだよ。この人に必要なのはもっと別のもんさ。あんたには関係ないことだから、あんた、先に家畜どものとこに行っておくれ。」

大ホールからは、ぶつぶつ言ったり罵ったりする声や、口笛を鳴らす音がピアノに混じって聞こえてきた。キーパートは妻の言に従った。彼はすぐ、昨日ウンラートを驚かせたと同じ、自分にうっとりしたような表情を作って、踊るような足取りで敷居を越えて大ホールへと出て行った。ホールは彼を騒々しく飲み込んだ。

「あの人は観客に囚われの身だから」と太っちょ女は言った。「皆があの人に飽きてしまうまで、ローザの着替えの手伝いをしましょうよ、教授先生。」

「へえ、この人にも手伝ってもらっていいの？」と、フレーリヒは問うた。

「この人だって、女がどんな風に着替えるのか、知っといた方がいいんだよ。人生のどっかでまた必要になるかもしれないしね。」

「じゃあ、あんたが別に構わないんなら」と言ってフレーリヒは、スカートを下ろした。彼女のコルサージュ(17)はもう開いていた。ウンラートは、彼女の下着がみんな、光沢のある黒なのに気づいて、ドギマギした。しかし、さらに奇妙に感じたのは、この女がスリップではなく、幅広の黒い半ズボンをはいているのを認めたときだった。女は少しもそれを気にしない様子で、すこぶる無邪気に見えた。しかし、ウンラートにはまるで、神秘の初めの啓示が耳元で囁(ささや)くかのようだった。街なかの警官の前では良き市民という体裁の裏に隠されている由々しき実情が、初めて、耳元で囁くかのようだった。そして彼は、不安の混じった誇りを感じた。

外ではキーパートが大成功を収め、新しい出し物を始めた。

「今度は向こうを向いててもらわなくちゃ。」フレーリヒは言った。「これから全部脱ぐんだから。」

「おやおや、お前、この人は分別あるしっかりした方だよ、この人に何の害があろうかね。」

しかしウンラートは、慌ててすぐにそっぽを向いた。彼は緊張した心持ちで、カサカサいう衣擦れの音を聞いていた。太っちょ女は大急ぎで、後ろを向いている彼に何かを手渡した。

「これを持っててくださいな。」

ウンラートは、それが何なのか知らずに受け取った。それは黒くて、小さく丸めることが出来た。不思議な、生き物のような温かさがあった。

不意にそれは彼の手から落ちた。なぜこんなに温かいか、悟ったからだ。それは、あの黒い半ズボンだった!

しかし彼はもう一度それを拾い上げて、大人しくしていた。着替えのあいだグステとフレーリヒは、技術的なことを幾つか早口で話していた。キーパートは二つ目の出し物も終えた。

「あたしの出だわ」キーパート夫人は言った。「これを引っ張ってやってくださらない?」だがウンラートが動こうとしないので、「聞いてるんですか?」

ウンラートは驚いて振り向いた。彼は、「ぼうっとしていた」のだ。授業が長く感じられたときの生徒のように……。彼はフレーリヒのコルセットの紐を辛抱強くつかんだ。女は肩越しにウンラートに微笑みかけた。

「どうしてずっと背中を向けてたの? あたし、もうとっくにキチンとしたなりをしてたっていうのに。」彼女は今はオレンジ色のスリップをはいていた。

「そもそも、」女は続けた。「あたしが「向こうを向いてて」って言ったのは、グステがいたからよ。あたしはむしろ、あたしの体格をあんたがどう思うか、知りたいくらいだわ。」

ウンラートは何も言わなかった。彼女はもどかしそうに彼から頭を離した。

「しっかり引っ張って！……しょうがないわね！　こっちへ貸して。あんた、まだまだいっぱい習わないと駄目ね。」

彼女は自分でコルセットの紐を締めた。そしてウンラートが手持ち無沙汰の両手を相変わらず前に掲げていたので、「あんた、あたしに優しくしようって気はちっともないわけ？」

「とんでもない！」ウンラートはびっくりして吃(ども)った。彼は言葉を探し、ようやくにして、「前の黒い……黒い衣装の方がもっと可愛らしかったな」と言った。

「まっ、破廉恥な人ね。」フレーリヒは言った。

コルセットはうまく取り付けられた……。キーパートともどもグステも、成功を収めていた。

「さあ、あたしの番だわ。」女芸人フレーリヒは再び言った。「あとは顔だけきちんとすれば終わりよ。」

彼女は鏡の前に座り、素早い手つきで缶や、小瓶、塗料をつけたスティックを扱った。ウンラートには、彼女の細い腕がひっきりなしに宙を切る様子しか見えなかった。彼の狼狽した目の前で、桃色の線と淡黄色の線が生まれ、絡み合い、入れ代わり、それぞれが完全に消えてしまう前に、新しい別の線に交代した。彼は何だか分からない物を卓から取って女に渡さねばならなかった。忙しい仕事のさ中に彼女は、ウンラートが間違った物を寄越したときはドンドン脚を踏み鳴らし、正しい物のときは愛らしいくすぐるような目つきをする余裕があった。それどころか、彼女のくすぐるような眼差しは、愛らしさをみるみる増していた。それが、彼が彼女に手渡し、彼女が目の周りに塗った塗料の効果であること、目の隅に塗られた赤い斑点や、眉毛の上の赤い一刷き、睫毛に塗った黒いべとべとした塗料のせいだということは、疑う余地がなかった。

「あとは口を小さくすれば終わりよ。」彼女は予告した。

そして突然彼は、昨日の彼女の顔、華やかなあの顔を再び見出した。本来の女芸人フレーリヒが、ようやく今、彼の前に座っていた。彼は、女芸人フレーリヒが生まれる場に居合わせたのであり、そのことに今初めて気づいたのだった。彼は一時（いっとき）のあいだ、美と欲望と魂をこしらえる厨（くりや）を覗いたのだ。ウンラートは幻滅すると同時に、その世界の事情に通じた人間となった。「こんなものだったのか？」と考えたあとすぐに、「これはまた凄いものだ！」と考えた。心臓はドキドキ鳴った……一方で女芸人フレーリヒは、彼の心臓を高鳴らせた塗料を、布を使って両手からぬぐった。

それから彼女は、ねじれの入った昨日のダイアデムを髪の中に固定した……。大ホールは熱狂の嵐に包まれていた。彼女はそちらに向かって肩をすくめ、眉根を寄せて次のように訊いた。「あんた、今のをいいと思った?」

ウンラートは何も聞いてはいなかった。

「これから、本物がどんなもんかあんたに見せたげるわね。今日はとっても真面目なやつを歌うんだから。それで長いスカートをはいてるってわけよ……。その緑のを取ってくれる?」

ウンラートは、慌てて右へ左へと衣類の山を彷徨わねばならなかった。上着の裾が風に舞った。ようやく彼は緑のものを見つけた。そしてあっという間に、彼女は、ウエストの窪みのない、下腹部と太もものあたりだけ薔薇の花飾りで少々狭くなった、童話のキャラクターのような格好で立っていた……。女は彼を見つめた。彼は何も言わなかった。しかし、彼の表情に女は満足だった。フレーリヒは大いに気取った足取りでドアへと歩いた。そしてドアのすぐ手前で振り返った。ウンラートが、彼女の背中についた大きな塗料のシミを見ているのに気づいたからである。

「このシミ、猿どもに見せる必要ないわね。そうでしょ?」彼女は、底知れぬ蔑みを込めて言い放った。それから彼女は、広く開け放たれたドアを通って、舞台へと出た。

ウンラートは飛び退いた。彼は、観客に見られるかもしれないのだ!

ドアは半分開いたままだった。外では、「すげえ!」とか「緑ん絹服だ!」とか「いいもん持ってる奴ぁ、見せびらかすがいや!」といった声がした。

笑い声も聞こえた。

ピアノは涙を流して泣き始めていた。高音部は湿っぽいすすり泣きになり、低音部は鼻をずーずー言わせるように響いた。

ウンラートは、女芸人フレーリヒが歌い出すのを聞いた。

「月はまん丸で、星たちもみんな光ってる、
銀盤みたいな湖の畔で、あなたが耳を澄ますと、
あなたの恋の、むせび泣く声がする……」

声は、黒い高波の上のくすんだ真珠のように、歌い手の憂鬱な魂から響いていた。

ウンラートは考えた。「何と言ってもやはり……」彼の心は生温かく、悲しい気分だ

った。ドアの隙間にそっと近づき、蝶番のあいだから、フレーリヒの衣装に緑の襞がゆっくりと浮かび、そしてまた消えていくのを見た。彼女は頭を後ろに反らした。ウンラートの視界に、彼女の赤味がかった髪の上のねじれたダイアデムと、高くて黒い眉の下の色鮮やかな頬が見えた。前の方のテーブルに座っている、青いウールのジャケットを着た肩の広い農夫が、憑かれた声で叫んだ。「おーここ、きれげな人だねか！　俺ゃ、家ん帰っても、もうかかあなん、かもてらんねぃや。」

　ウンラートは、この男を見ながら、蔑みの混じった好意を感じた。「その通りだとも、君。」

　あの男は、女芸人フレーリヒが生まれたときその場にいなかった。あの男は、美とはどんなものかを知らず、美を判断する権限を持たず、提供されるがままに美を受け入れねばならぬのだ。そして、美が己の女房に対する己の嗜好を台無しにしてしまっても、喜ばねばならぬのだ。

　歌の一節目は嘆くような調子で終わった。

「あなたの鼓動に合わせて、あたしの小舟は揺れるのさ、
　あたしの心が泣いてるのに、星たちゃみんな笑うのさ。」

聴衆の中からも、ひどくハアハア言う笑い声が再び聞こえた。気分を害されたウンラートは、聴衆のうちにその声の主を探したが、見分けられなかった。フレーリヒは、第二節をもう一度、「月はまーん丸で……」と歌い始めた……。「星たちゃみんな笑うのさ」というリフレインのところで、今度は六、七人が笑い声を立てた。真ん中辺に座っていた男が、黒人のようにクックッと笑った。ウンラートはその男を見つけた。「あいつは、黒んぼだ！」この「有色人種」は、笑いを周囲に伝染させた。ウンラートには、他の人びとの顔が陽気そうな笑顔に変わるのが見えた。あの笑い顔を作っている筋肉を無理やり引っ張って元の状態に戻したい、という衝動が、ウンラートのうちで大きくなった。彼は片方の足からもう片方の足へ体重を移動した。一種の苦しみが、彼の体を通り抜けた……。

女芸人フレーリヒは三たび歌った。

「月はまーん丸で。」

「そんげんこたぁ知ってらぁ」と、誰かが、大きな声ではっきり言った。次第に騒々しくなっていくことに対して、善意ある人びとが抗議した。だが、黒人の哄笑は周りに壊滅的影響を広げていた。ウンラートは、何列にもわたって人びとがパクンと口を開けているさまを見た。二、三本の黄色い出っ歯が暗い口腔から覗いている顔や、白い歯並びが耳から耳へ半月を描いている顔、顎の下に冠形の船乗り髭を生やした顔、上唇の上に縒りあげた口髭を持つ顔があった。ウンラートは、観客の中に例の商店の徒弟を見分けることが出来た。昨日、急勾配な坂道の縁で、軽蔑するようにニタリと彼に笑いかけた、昔の教え子だった。その教え子は今、女芸人フレーリヒのために、下顎を開くだけ大きく開けていた。ウンラートは、怒りが頭にのぼって眩暈を覚えた。それは、不安に駆り立てられた暴君の怒りだった。女芸人フレーリヒは、彼自身の個人的問題なのだ。彼はフレーリヒを承認したのであり、今、書割のあいだから彼女の仕事を目で追い、彼女と結びついているのであって、彼女をいわば、自ら皆に披露したのだ！　彼女を認めないなどという不遜な態度は、彼自身への冒瀆だ。彼は、柱につかまって身を支えた。さもないと、自分が舞台に飛び出しかねないと思った。逃げた生徒からなるこの猛り狂った集団を躾け直すため、彼らを脅したり、小突いたり、罰を与えたりしかねない、と……。

　ときと共に彼は観客のうちの五、六人を見分けることが出来た。ホールは昔学校にいた反抗的生徒でいっぱいだった！　太っちょのキーパートと、同じく太っちょのグステは、あちこちのテーブルにまわり、グラスから飲み物を飲み、人懐こく振舞っていた。

ウンラートは彼らを軽蔑していた。二人は汚辱の中へ降りて行ったのだ。一方、緑の絹服をまとい、ねじれの入ったダイアデムを頭に載せて荘厳なる高みに立っていたのは、女芸人フレーリヒだった。しかし観客は彼女を望んではいなかった。観客は、「もうよっぱらだいや！」と叫んでいた。

だが、ウンラートはそれを変えることが出来ないのだ！　これはひどいことだ。彼は生徒を納戸に閉じ込めることは出来た。彼らに、存在しない事柄について作文を書かせることは出来た。自分に仕えるよう彼らを強いることも出来たし、彼らの志操を訓練して、不遜にも誰かが何か考えようとしたら、そいつに、「考えてはならぬ！」と、怒鳴りつけることが出来た。しかし彼は、自分の評価や規範から見て美しいものを、美しいと思うよう彼らに強いることは出来なかった。ひょっとするとこの点にこそ、彼らの反抗心の最後の逃げ道があるのかもしれない。ウンラートの暴君としての衝動はここで、人間の服従能力のぎりぎりの壁に突き当たった……。ウンラートにはそれがほとんど耐えられなかった。彼は呼吸しようと喘（あえ）いだ。自分の無力から逃れる術（すべ）を求め、彼らの頭蓋を一度かち割って、中にある美意識を指でひねって調節したい、という欲求にのたうった。

女芸人フレーリヒがこれほど自信満々としていて、朗らかさを失わずにいられるとは！　その上、叫んだり罵ったりしている客に、投げキスを送ることが出来るとは！　彼女は敗北しながらも、独特な大きさを持っていた……。すると彼女は、観衆から半分身を背け、後ろのピアニストに何ごとか言った。ところがこのとき、彼女の上機嫌で仕事熱心な顔つきは不意に、苦々しい、怒った表情に変わった。映画に見られるような、ちょっとした瞬間の変化だった。ウンラートには、彼女がピアニストとの相談を出来る限り引き伸ばそうと、出来るだけ観客からそっぽを向こうとしているように思えた。しかし、これ以上背を向けているのは不可能だった。背中の塗料のシミが見えてしまうだろうから……急に彼女は、すっかり陽気さを取り戻して再び跳び上がると、緑の絹服をからげ、オレンジ色のスリップを両足から高く振り上げ、弾むような調子で歌った。

「あたしーはーまだこんなにちっちゃくてーけーがーれーをしらーなーいんだからー。」

彼女の勇気は報われた。人びとは喝采し、この歌を初めからもう一度リクエストした。彼女は、ドアをバタンと閉めて楽屋に戻って来ると、息を切らしながら尋ねた。「さあ、どうだった？　うまく終わりにしたでしょ、ええ？」

災いは避けられた。誰も彼も満足だった！……ただ、ホール後ろの出口の横で壁に寄り掛かったローマンだけは、青白い顔をして、遠くを見るような眼差しを組んだ両腕の上に落とした。彼は、自分の作った詩が、卑俗な男たちの笑いから逃れ、暗い通りへ出て、震えつつ夜気の波に乗って、ある寝室の窓へと向かうさまを空想した。そして彼の詩が、ごく弱々しく窓を叩いても、中では誰も気づかぬのであった……。

太っちょグステがキーパートと一緒に楽屋に入って来た。女芸人フレーリヒは頭をのけぞらせ、気を悪くした面持ちで言った。「二度とあたしに歌わせないで！　あの馬鹿な坊やのゴミみたいな歌！」

ウンラートは聞いていたが、すぐには何も気づかなかった。

「お前ねえ、」とグステは言った。「観客は当てにならないものだよ。分かってるだろ。あそこに黒んぼさえいなけりゃ、みんな、笑う代わりにさめざめと泣いただろうよ！」

「勿論そんなこと屁とも思わないわよ。」女芸人フレーリヒは言った。「勿論、教授先生が飲み物を奢ってくれたらね。あなたは何を奢ってくれるんでしょうね？」と言って彼女は、昨日したように二本の華奢な指を彼の顎の下に当てた。

「ワインかな？」ウンラートは言ってみた。

「いいわね！」彼女は認めるように言った。「でも、どんなワインをくれるの？」

ウンラートは、ワインの専門家ではなかった。彼は、先が分からなくなった生徒のように目で助けを求めた。キーパートとその細君は彼を注視していた。

「Sの文字で始まるものよ。」勇気づけるようにフレーリヒは言った。

「シャトー……」ウンラートは言って汗をかいた。彼は現代語の教師ではなかったから、そうした酒場言葉がどんな綴りなのか知る必要もなかった。彼は繰り返した。「シャトー……」

「シャトーじゃとーいわ。」彼女は韻を踏んだ。「Sの次はeが来るのよ。」

ウンラートにはもう分からなかった。

「そのあとはk……、駄目ね。何にも分からなそうね。ホント、珍しいわね、こんなに勘が悪いなんて。」

不意に、ウンラートの顔は素朴な幸福感に輝いた。分かった！「シャンパン(Sekt)だ！」

「ようやくね！」女芸人フレーリヒは言った。グステとキーパートも答えが正しいことを認めた。キーパートは出て行って注文した。彼がホールを通って戻って来たとき、彼に先んじて店主自らが大きなバケツを片手に入って来た。バケツから瓶の首が二本覗いていた。トリコット服を着たままのキーパートは頬っぺたを膨らませた。周りから「アー」とか「ホーホーホー」という声が上がった。

楽屋は以前より朗らかな気分に包まれていた。ウンラートは、各人のグラスが満たされるたびに、注がれているのは自分のワインなのだ、ローマンはこれに少しも関与していないのだ、と考えた。不意に、女芸人フレーリヒも言った。「シャンパンはあんたの馬鹿な生徒らがまだ一度も差し入れなかったものよ。」

彼女の目はくすぐるような親しみのニュアンスをいっそう強めた。

「あたしも、あの子たちにシャンパンを頼んだりする気はないわ。」

それでもウンラートの顔が無邪気なままだったので、彼女は溜息をついた。キーパートはグラスを上げた。

「教授先生！　我々が愛する人のために、乾杯！」

そう言って彼はにやにや笑いながらウンラートとフレーリヒを見比べた。彼女は不機嫌そうに呟いた。「駄目駄目！　この人、ホントに勘が悪いのよ！」

太っちょ女は次の出番のために着替えなくてはならなかった。というのは、歌のあとにはまた体操が続くのだ。彼女は言った。「あたしがトリコットの服を着るところは、教授先生に御披露するわけにはいかないからね。いいえ、友達でも、そこまでは駄目ですよ。」

グステは三脚の椅子を積み上げて、背もたれの部分にスカートを掛け、その後ろに隠れた。椅子の壁は彼女の背丈こそ隠したが、両横から体がはみ出ていた。みんなは、彼女が動くたびに見え隠れする体の一部分を目撃して、叫び声をあげた。フレーリヒは両腕をテーブルの上全体に投げ出して笑い、ウンラートまでひどくはしゃいだ気分にさせた。ウンラートは幾度も首を伸ばして、グステの隠れているところを覗き見するほどだった。彼女は「フー！」とか「キー！」と叫んだ。ウンラートはびっくりして首を縮めたが、また改めておどおど首を伸ばした。

しかし、フレーリヒは大儀そうに身を起こした。彼女は一旦息を止めると、言った。

「この人、あたしにはこんな風にはしてくれないでしょうよ。賭けてもいいわ。」

そして彼女は強く息を吐いた。

ホールの観客は出し物を求めて叫び声をあげていた。ピアノ演奏だけで客を大人しくさせるのはもう無理だった。太っちょ二人は舞台に出なければならなかった。

二人っきりになると、フレーリヒは神経を使った。ウンラートは急に硬くなった。しばらくのあいだ二人は黙ったままで、外から歌声が聞こえてきた。女は拒むような素振りを見せた。「また鉄棒に乗って、あの馬鹿っぽい艦隊の歌を歌ってるわ。反吐が出そうよ！……でもあんた、ここの様子が変わったのにちっとも気づかないのね。」

「この納（なん）……いや、この楽屋がかい？」ウンラートは吃った。

「いいわよ。あんた、何にも気づかない人なのね……。そこの鏡んとこに昨日は何か挿してなかったかしら。鏡の右と左に。」

「ああ、そうだ。勿論だとも。……花束が二つかな?」

「ところがあんたときたら、人に感謝するってことを知らないのね。気づかないいんだもんね。あんたのためにストーブで燃やしちゃったのに。」

彼女はふてくされたように、下から上へと、顔を膨らませた。ウンラートはストーブの方を覗き込み、満足感に顔を赤らめた。フレーリヒはローマンの花束を燃やしたのだ。不意に彼は激しい動揺を覚えた。「代わりに、自分が花束を二つ買ってやろう。」そう思った!……彼は、赤いカーテンに人影がないのを確めた。そして、ローマンと張り合いたいという衝動に興奮して、「敬愛する――なんといっても――フレーリヒ嬢、あなたはきっと昨日の晩、あのあとまた若者たちと過ごしたのだろうね。」

「何であんた、あんなに早く帰っちゃったの? あの子たちがこそこそ入って来たら、あたしはどうすればいいってのよ? でもあたし、あの子たちに……特に一人には、ホントのこと言ってやったわ。」

「おお、それは偉いことだ……。そして今晩もあなたはきっと、店に着いたとき外で――いやはやまた――あの三人に会ったのかね?」

「何て運が良かったのかしら。」

「敬愛するフレーリヒ嬢。あなたが花束とシャンパンが必要というなら、私が差し上げよう。こうしたものを学校の生徒から贈られるなど、許されぬことだからね。」

そして日暮れどきの雲のように顔を赤らめ、生気を取り戻し、全神経を不可思議に研ぎ澄ましたウンラートは、不意に悟った。彼女が二度と歌いたくないと言った「あの馬鹿な坊やのゴミみたいな歌」とは、丸い月の歌のことであり、ローマンの作だったのだ！　彼は言った。「丸い月の歌は二度と歌ってはならん。そもそも、生徒ローマンの歌は向後一切歌ってはならん！」

「で、あたしが歌なしでいられなきゃ、」彼女は絶えず下から見上げるようにして、微笑みながら尋ねた。「あんたがあたしのために歌を作ってくれるの？」

ウンラートはこの問いを予期していなかった。にもかかわらず彼は請け合った。「私に何が出来るか、考えてみることとしよう。」

「ええ、考えてみて頂戴！　そのほかにも出来ることは沢山あるわ。ただ、それに気づかないといけないわね。」

そう言って女は尖らせた口をウンラートに近づけた。

が、ウンラートは何をしたらいいのか分からなかった。彼は途方に暮れ、不審げに女を見つめた。彼女は尋ねた。「あんた、一体何しに来たの？」

「生徒はこういうところには……」彼は始めた。

「ふん、しょうがないわね……」言って女は体をあちこちに動かした。「あたし、短い服を着なけりゃならないの。ちょっと手伝ってくれない?」

ウンラートは言われた通りにした。太っちょ二人は出し物を成功裡に終えて、喉をカラカラにして帰って来た。瓶にはシャンパンがグラス半杯分しか残っていなかった。「あっしが新しいのを取って来やしょうか。」キーパートが申し出た。ウンラートはそれを彼に頼んだ。すぐに注いでもらったのはフレーリヒだった。飲んだらまた舞台で歌わねばならなかったから。舞台に出ると彼女は歓声に包まれた。シャンパンは甘い味がして、ウンラートはみるみる幸福になっていった。キーパートは、再び出番が来ると逆立ちしながら舞台に出て行き、途方もない喝采を浴びた。彼はこれをきっかけに、前進するときは逆立ちすることにした。フレーリヒの気分は、舞台に出るたび高揚した。嵐のような喝采はそのたび激しさを増した。ウンラートは、いつか椅子から立たねばならないなどとは、考えることが出来なくなっていた。最後まで残っていた客も既に帰った。生の喜悦に顔を輝かしながら、フレーリヒは言った。「あたしたち、いつもこんな風に生きてるのよ、教授ちゃん。日曜はもっとずっと気合が入ってんだから!」

そう言ってすぐさめざめと泣き出した。ウンラートはびっくりして、彼女がテーブルの上に乗せた両手のあいだに鼻を押し付ける様子や、ねじりの入ったダイアデムが女の頭からぶらぶら揺れる様子を、まるでヴェール越しに見るように眺めた。

「これは輝ける外面なのよ。」女は言い放った。「中身は、惨めったらしいもんだわ……」

フレーリヒは嘆き節を続けた。ウンラートはいたたまれない思いで、彼女に何と言ったらいいのか考えた。そのうちキーパートが入って来て、ウンラートを椅子から立たせると、玄関まで送ろうと申し出た。玄関まで来たところでウンラートは一つの言葉を思いついた。彼は身を翻し、闇の中を手探りしながら、苦労してフレーリヒのいる部屋に戻った。そして、もう眠ってしまった彼女に向かって、約束した。「あなたがこれを乗り越えられるよう、私が何とかしてみよう。」

この台詞(せりふ)は、教師が進級審査の前に、印象の良い生徒に向かって言ったり、考えたりする言葉であっただろう。だがウンラートはこれまで、こうしたことを生徒に対して言ったり、考えたりしたことはなかった。

七

八時を十五分も過ぎていたが、ウンラートはまだ教室に現れなかった。この自由な時間を利用し尽くそうという衝動に駆られたクラスは、麻痺状態になり、痴呆化したといってもいいほどうるさかった。誰も彼も、意味も考えずに、「汚物（ウンラート）！　汚物（ウンラート）！」と叫んだ。幾人かは、「ウンラートは死んだそうだぜ」と伝えた。ほかの数人は、ウンラートは家政婦を納戸に閉じ込めて餓死させたので、今刑務所にいる、と請け合った。ローマン、エアツム、キーゼラックの三人は黙っていた。

　ところが、誰も気づかぬうちにウンラートは忍び足で教壇に向かい、足腰でも痛むのか、用心深くそっと椅子に腰を下ろした。多くの生徒は、彼が来たことにまだ気づいておらず、「汚物（ウンラート）！」と咆哮（ほうこう）し続けた。しかしウンラートは、それを彼らに「証明」出来るかどうか、少しも気にしていない様子だった。彼はひどく顔色が暗く見えた。教室が静かになって、話が出来るのを辛抱強く待った。生徒の答えを評価する段になると、病的なほど気まぐれだった。いつもならしつこく何度も問い質す生徒に対して、十分ものあいだ、間違いだらけの訳をなすがままにさせた。ところが他の生徒には、毒々しく最初の数語に嚙みついた。エアツム、キーゼラック、ローマンの三人を、彼は、今日もはっきりと無視し続けた……。ところがウンラートは、実はこの三人のことばかり考えていたのである。彼は自問した。自分が昨日の晩苦労して家へ向かっているとき、三人は建物の角に立ってはいなかったか。その角を自分は、両手で壁を探りながら、とても心細い思いで通り過ぎたのだ。彼らにぶつかったときウンラートは、自分の方から「失礼！」と言ったような気すらしていた。

しかし、彼の頭はあのときもまだ、曇りなくはっきりしていた。しかも一瞬たりとも忘れることはなかった。あの精神状態で見たもの感じたもののすべてが、外側の世界に属するとは限らないことを……。

ことが明瞭ではなかったので、彼は大きな不安に苦しめられた。あの三人の悪餓鬼どもは何を知っているのか？……そして昨日、ウンラートが去ったあと、まだ何か起こったのだろうか？　彼らは「青き天使」に戻ったのだろうか？　ローマンは納戸に戻ったのだろうか？……女芸人フレーリヒは泣いていた。彼女が既に眠り込んでいた、というのはありえることだ。しかしローマンは、ひょっとすると彼女をまた起こしたのではあるまいか？……

ウンラートは、一番難しい箇所の説明をローマンにさせたくてうずうずしていたが、その勇気がなかった。

ローマン、エアツム伯、キーゼラックの方は、ウンラートを絶え間なく観察していた。その際、キーゼラックはひどく滑稽だと感じたし、エアツムは屈辱感に苛まれ、ローマンは「何もかも惨めだ」と思った。しかしそれとは別に、三人とも、暴君と暗黙の了解のうちにあることに、恐ろしくも厳粛な心持ちがしていた。それは、一種の戦慄だった。

休み時間になるとローマンは校庭に出て、陽の当たる塀に身をもたせた。腕を組んだまま、昨日、煙の漂う大ホールの壁に寄りかかっていたときのように、自分の不幸が自分の詩の中に響くのを心で聴いた。エアツム伯が偶然を装いながら近づいて来た。押し殺した声で彼は尋ねた。「あの娘がテーブルの上に突っ伏して眠ってたって？　ありえないぜ、ローマン。」

「彼女が鼾をかいてたって言ってもかい？　ウンラートはあの娘を酔っ払わせたんだ。」

「悪党め！　もう一度奴を見たら！……」

エアツムは、自分の大言をどう終わらせたらいいか考えると恥ずかしくなった。彼は学校という軛を掛けられ、黙って歯軋りしていたのだ。ウンラートへの嫌悪よりも自分の無力に対する嫌悪の方が大きかった。「俺はローザに値しない男だ！……」と思った。

他の生徒が行き交う中を、キーゼラックは何気なく共犯二人のそばに来た。ぞくぞくする歓びに密かに身を震わせて、手で口を隠し、口を斜めに寄せて囁いた。「ざまあ見ろ。奴ぁ引っ掛かったぞ、奴ぁまんまと引っ掛かったぞ！」

通り過ぎる前にキーゼラックは急いで問うた。「お前ら今日も行くか？」

問われた二人は肩をすくめた。それは、恐らく馬鹿馬鹿しいほど当たり前のことだったから。

ウンラートにとってそれは義務だった。そしてこの務めは、女芸人フレーリヒの楽屋に慣れるにつれて、日ごと楽しいものとなった。彼はローマンに先を越されないよう、「青き天使」にいつも一番乗りでやって来た。そして衣装を整理し、一番清潔なスリップとショートパンツを探し出して、修繕が必要なものは隅の椅子に置いた。ローザはあとからやって来た。というのも彼女は、ウンラートを当てにし始めたのである。間もなくウンラートは、灰色の指を尖らせて、衣装の結び目を解いたり、リボンを真直ぐ伸ばしたり、隠れた留め針を外に出したり出来るようになった。彼女がお化粧しているときは、そのピンク色の腕が素早い動きで何をしているのか、次第に飲み込めるようになった。彼は、彼女の顔というパレットの中で勝手が分かるようになり、色とりどりの棒や小瓶、埃っぽい小さな袋や小箱、脂の入った缶や壺が何という名前で、どんな効果があるのか覚えた。そして、黙ったまま熱心にそれらの使い方を練習した。ローザは彼の進歩に気づいた。ある晩、彼女は化粧台の前に座って、後ろへ体をもたせると、「さあ始めて！」と言った。

　するとウンラートは彼女の顔を完全に作り上げてしまい、ローザ自身一度も指に化粧品をつける必要がなかった。女は彼の技(わざ)に驚き、どうやってこんなに早くその技を身に付けたのか、知りたがった。ウンラートは顔一面を赤くして、何かぼそぼそと言った。しかし女の好奇心は満たされぬままだった。

　ウンラートは、自分が楽屋で重要な存在となったことを喜んだ。もはやローマンなどがウンラートの代わりを務めようなどと目論(もくろ)んではならぬのだ。例えば、あそこにあるピンク色のボレロ[18]は染色に出さねばならぬ、などということをローマンが覚えていられようか？　奴め、宿題に出したホメロスの詩の暗記をもっと熱心にやって、記憶力を鍛えておけばよかったろうに！　こういうところで怠け癖が災いするのだ！……。そして床や家具の上に散らばっている白い洗濯物のあいだをウンラートは、大きな黒い蜘蛛のように、湾曲した細い腕を敏捷に伸ばしながら、あちらこちらへと音を立てずに歩き回った。その鼠色の角ばった両手の下で柔らかい生地がサラサラ、パチパチ音を立てて広げられた。ほかの布地は、何もせずともするりと広がって、それらが無言のうちに保っていた形、つまり腕や脚の形をとった。ウンラートは、こだわりある目つきで斜めにそれをじっと見つめながら、声にならない声で言った。「勿論だとも。何と言ってもだ。」

それから彼は、少し開いたドアへと忍び寄り、ローザの方を窺(うかが)った。彼女の声は、雷のようなピアノに混じってヒューヒュー、キーキー鳴り、腕と脚は煙を裂いてあちこち投げ出された。花壇に並ぶ膨らみ過ぎのチューリップのような愚衆の頭が、ポカンと彼女に見とれる様子も見えた。彼はローザに鼻高々で、観衆が拍手すればそれを蔑み、沈黙すれば憎しみをこらえ切れずに跳び上がった。そしてフレーリヒが深々と客席にお辞儀してコルサージュの開口部を気前よくそちらに向けると、たまらず客はゴクリと唾を飲み、ウンラートは彼らに特別な気持ちを抱いて、ムズムズする不安に耐えた……。突風のような喝采に包まれて彼女がドアから入って来ると、肩に夜会用コートを掛けてやり、首に少々白粉(おしろい)をつけてやるのは、ウンラートの役目だった。

そうすることで彼は、その日のローザの気分を感じ取ることが出来たのだ。彼女が気前よく両肩を向けてくれるか、それとも彼の顔に白粉のパフをぶつけて、彼が何にも見えなくなるか。あとのひとときが心地良くなるかどうかは、そこにかかっていた。女の表層の裏側に向けられた彼の視線は、衣服がなくなるところより、さらに奥へと向かった。彼は、布や白粉を通して心まで嗅ぎ分けたり操ったり出来るということ、白粉や布は心と比べても無意味なものではないということを、発見した。

ローザはウンラートに対して、あるときはじれったそうに、あるときは優しく接した。そして、彼女が不意に優しい態度を見せると、彼はどぎまぎした。叱られた方がずっと落ち着いていられたのだ……。だが、ローザはおりに触れ、彼の扱い方についての計画を思い出した。計画を実行するのはひどく退屈だった。それは彼女が教わり、従うことにしたある種の振舞い方だったが、彼女自身、このやり方を心底確信していたわけではなかった。その計画を思い出すとにわかに彼女は、落ち着いた、情感ある表情を作って、彼の足下に座しているかのような顔つきになった。真面目な男に何か仕掛けようとするとき作らねばならない表情だ……。だがしばらくするとまた、彼を一束のスリップのように椅子から押し退けた。なぜか、ウンラートはその方がホッとするのだった。

あるとき、彼女はウンラートの頬を撫でてみた。そして慌てて手を引っ込めると、その手を眺めて匂いを嗅ぎ、強ばった声で言った。「脂がついてるじゃない。」

ウンラートは途方に暮れ、顔を赤くした。女は声を高くした。「この人、お化粧してるわ！　こりゃ驚いた。だからあんなに早く勝手が分かったのね。こっそり自分にお化粧して覚えたんだわ。ホントにあんた、汚れ物（ウンラート）ね！」

ウンラートはギョッとした。

「そうよ。汚れ物（ウンラート）よ！」彼女は踊りながら彼の周りを回った。

ウンラートは幸せそうに微笑んだ。彼女は自分の名前を知っていたのだ。ローマンその他の生徒から聞いて、恐らくずっと前から知っていたのだ。そのことが彼を激しく揺さぶった。しかしそれは、ばつの悪いことではなく、むしろ彼を愉快な気分にした。ローザが自分をあの下等な名前で呼ぶことが、どうして自分を幸せにするのか、それを思うと彼は、一瞬の疑いと少々の恥じらいに捉えられたが、とにもかくにも幸せだった。それに、ゆっくり考える暇などなかった。ビールを取ってくるようにと、ローザが命じたから。

ウンラートはビールを注文しただけでなく、店主が大ホールを通ってグラス・ビールを運ぶ際、まるで監督するようにあとからついて来た。飲み物を運んでいるのを彼が後ろから隠したので、他の客は途中でビールを横取りすることが出来なかった。自分で持って行くよう店主がウンラートに言ったこともあったが、これを拒否したときのウンラートの態度は、いかにも不満げな、威厳に満ちたもので、以来店主は同じ間違いを二度とは繰り返さなかった。

フレーリヒは飲む前に言った。「乾杯！　汚れ物（ウンラート）さん！」

そのあと飲むのを一休みして、「あたしがあんたを汚れ物（ウンラート）なんて呼ぶのも変だわね？　やっぱり、ホントはおかしいことなのよ。お互い何てこともない関係なんだから。知り合ってどのくらいになるかしら？　習慣て恐ろしいものね……。でもね、あんたに言っとくけど、キーパートとグステはいついなくなったって構やしないわ。涙の一滴も出ないでしょうよ。……でも、あんたは違うのよ……」

ローザの瞳は、次第に官能的な、据わったものになった。彼女は、深く沈んだ調子で問うた。

「でもあんた、一体何がお望みなの？」

八

それについてはウンラート自身、一度も考えたことがなかった。そして夜遅く女芸人フレーリヒと別れるとき、彼を不安にするものが一つだけあった。それは、キーゼラック、フォン・エアツム、ローマンに関するものだった。「奴らはこっそり何をしているのだろう?」という不安から、次第に彼は、極端なことをしても許されると思うようになり、人と人とのあいだのどんな垣根も越えることが出来ると思うようになった。「青き天使」の前の路地で、彼はあるとき、背中に三人の足音を聞いた。そこで彼は、自分が立ち止まっても三人が気づかぬよう、自分の足音を殺した。角を曲がったところで待ち構え、斜めに頭を傾けた姿勢で、不意に三人の前に姿を現した。

三人は驚いて飛び退いたが、ウンラートは、勇気づけるように毒々しい瞬きをしながら、言った。「さあて、見たところ諸君は、——いやはやまた、——芸術鑑賞をしたようだな。それは実際また、正しいことでもあるのだがね。いいかな、ここで聴いたものを、一度一緒に復習しようではないか。さすれば私も、この課目で諸君がどの程度進歩したか、把握出来るというものだ。」

三人は立ったまま動かなかった。彼らは暴君の不気味な親密さに明らかに戸惑っていたので、ウンラートは付け加えた。「これによって私は、諸君の一般教養の度合いを評価することが出来る。その評価は次回の成績表に——まさしく——何がしかの影響を及ぼすことになるだろう。」

そう言ったあとウンラートは、ローマンをそばに引き寄せて、他の二人を先に行かせた。ローマンは不承不承ウンラートと並んで歩いた。ウンラートはすぐに、丸い月についてのローマンの歌の話を始めた。

「あなたの恋の、むせび泣く声がする」とウンラートは言った。「抽象概念としての「恋」は、なるほど泣くことは出来ないが、その一方で君は「恋」を君の精神状態の人格化として表現しており、今やこの詩的存在が君のうちから出て君が想像した湖の畔(ほとり)でむせび泣いているわけだから、このままでよいということにしておこう。しかし教師として付け加えねばならないのは、当該の精神状態が、中学校(ギムナジウム)の六年生には……しかも、到達目標に達する見込みが定かでない生徒には、決してふさわしくないということだ。」

ローマンは、ウンラートがその干からびた指で自分の精神状態を裏返してみせたことに驚き、また憤って、言った。「あれは全部、初めから終わりまで詩的逸脱ですよ、先生。かなり軽薄な作り物、「芸術のための芸術（ラール・プール・ラール）」ですよ。この表現は御存じだと思いますが……。精神状態とはまったく何の関係もありません。」

「なるほどな……そうかも知れん。」ウンラートは繰り返した。「したがってあの歌から情緒に満ちた効果を生んだ功績は、――まったくもって――歌っていたフレーリヒさんのみに、帰せられるわけだな。」

女芸人フレーリヒの名を挙げたことは、ウンラートのうちに誇らしい気持ちを生んだ。彼はそうした感情の高まりを、息を止めることによって抑え込んだ。彼はすぐ彼女から話を逸（そ）らした。ローマンの作風がロマン的であることを非難し、もっと熱心にホメロスを研究するよう勧めた。ローマンは答えて、ホメロスには真に詩的といえる箇所はわずかしかない、しかもとうに凌駕されている、と言った。オデュッセウスが帰還する際の瀕死の犬の描写は、ゾラの『生の悦び』のそれに遥かに及ばない、とローマンは言い張った。

「先生もゾラは御存じだと思いますが。」ローマンは付け加えた。

彼らはとうとうハイネ記念像[19]のところまで来た。ウンラートは復讐心に燃え、命令するように叫んだ。「決して！　まったくそんなことはない！」

彼らは市門のところに来ていた。本来ならウンラートは、ここで曲がらねばならなかった。しかし、そうする代わりに彼は、暗い草地の中で、キーゼラックを自分の方へ呼び寄せた。

「では君は友人のフォン・エアツムと歩きなさい。」ウンラートはローマンに言った。この瞬間、ウンラートの心配はすべてキーゼラックに向けられた。この生徒の家庭環境はウンラートにとって何の保証にもならなかった。キーゼラックの父親は夜間勤務の港湾職員だった。キーゼラックは、祖母と二人だけで家にいる、と言った。そんな老婦人がいてもキーゼラックの夜の行動はほとんど束縛されまい、とウンラートは考えた。「青き天使」の入口はずっと遅くまで開いているのだ……。

キーゼラックは、ウンラートが何を心配しているのか嗅ぎつけた。彼は断言した。「祖母(ばあ)ちゃんは俺を殴るんです。」

ウンラートの注意深い眼差しに曝(さら)され、少し前方を歩いていたフォン・エアツムは、下げた両腕の先でこぶしを痙攣的に握り締め、ローマンに鈍い声で言った。「やり過ぎないがいいぜ。それだけはあいつに忠告してやる。何にでもケリというものがなきゃいかん！」

「これで終わらないといいけどね。」ローマンは応じた。「この物語はどんどん胡散(うさん)臭くさくなってきてるぜ。」

エアツムはまた口を開いた。「ローマン、君に打ち明けるけど……ここには俺たち以外誰もいない。一番近い街灯も、保安警官がいるところも、寡のブレースさん宅の前だ。俺が今振り返ってあいつをぶち殺しても、君らは引き止めはしないだろ？……あの娘が、あの娘がこんなしょうもない奴の、こんな甲虫みたいな奴の手に落ちたなんて！あの娘の清らかさが！……おい、ローマン、やってやるぜ！」

エアツムが激しい調子を高めたのは、自分を滑稽に感じたからだった。しかしそんなことはどうでもよくなった。そして自分の脅し文句を恥ずかしがることも、もうなかった。というのも彼は、今、自分たち三人を代表することが出来ると感じていたのだ。

ローマンは躊躇した。

「君があいつを打ち殺せば、事件と言えるものにはなるだろうね。それは確かに否定出来まい。」ローマンの声の調子は、最後は気だるく響いた。「とにかく何とかしようって素振りを見せたことにはなるだろうね。ドアが内側から急に開いて、見つかるんじゃないかって、いつもびくびくものでドアの後ろに立っているのと違って、……少なくともドアを開けた、ということにはなるだろうね。」

ローマンは口を閉じ、張り詰めた気持ちで、友人が面と向かって、「君はドーラ・ブレートポートを愛しているのだな」と言うのを待った。彼は、そうした場合のために用意しておいた銃を使うことを想像した……。しかし彼の想念は、誰に聞かれることもなく、雲散霧消した。

ローマンは口をゆがめて言った。「もっとも、君がそれを実行に移すかどうかは別問題だけれどもね……。君は結局何にもしないわけだから。」

フォン・エアツムは後方へ向かって荒々しい素振りを見せた。次第に近づいてくる寡婦ブレースさんの家の街灯に照らされ、ローマンは、友人の瞳の中を眩暈(めまい)のようなものが走るのを見逃さなかった。彼は友人の腕をつかんだ。

「馬鹿な真似はよせ。フォン・エアツム!」

そう言ってローマンは、信じられないという振りをした。

「そんなことってないよ。そんなこと真面目に考える奴があるものか！　あいつをよく見ろ！　こんな奴を殺すって言うのか？　せいぜい肩をすくめりゃいい程度の人間だよ。やっちまったあと、ウンラートの老いぼれと並んで新聞に載りたいっていうのか？　君の格を下げるだけだよ。」

悟りの悪いエアツムの逆上も次第に収まってきた。ローマンは、エアツムがまた大人しくなったのを見て、この友人を少し軽蔑した。

「その上、君はもう少しましなことが出来た筈なのに、それをやらなかったじゃないか！　君はブレートポートに金を出すよう言ったかい？」ローマンは訊いた。

「い、……いいや。まだ言ってない。」

「そら見たことか。君は、君の後見人に自分の情熱を打ち明けて、彼女のあとを追う決心を伝えるんじゃなかったのかい？　自分も男だってことを宣言するんじゃなかったのかい？　恋人がその辺のごろつきに捕まって駄目になるのを指をくわえて見てるより、二年間兵役をやった方がましだって、宣言するんじゃなかったのかい？　君は、彼女のために自分を解放しようとしてたんじゃなかったっけ？」

エアツムは小声で言った。「そんなことしても無駄さ。」

「どうして？」

「お金なんか一銭もくれなかっただろうよ。手綱をきつくしただけさ。そうなりゃローザには二度と会えなくなるのさ。」

ローマンも、後見人がそうした態度を取ることの方が本当らしいと思った。

「君に三百マルク貸してもいいぜ、君が彼女と逐電しようっていうのなら。」ローマンは投げやりな調子で言った。

エアツムは歯のあいだから圧し出すように、「ありがとう」と答えた。

ローマンは弱々しく嫌味な高笑いをした。

「でも、君は正しいよ。一人の女を伯爵夫人にする前に、我に返るのさ。彼女の方も同じだと思うよ。」

「俺の方はそうしたかったんだよ。」エアツムは打ち萎(しお)れて朴訥(ぼくとつ)に言った。「あの娘(こ)の方が望まないんだ……。ああ、君は知らないんだよ。誰も知らないんだ、俺が日曜からどん底を彷徨(さまよ)ってるってことを。本当は滑稽なことなんだ。君らが、以前と同じ人間みたいに俺とつきあうのは……それに、俺の方も同じ人間みたいに振舞ってるのは……」

二人は黙った。ローマンはひどく不機嫌だった。自分の気持ちを害されたように感じた。ドーラ・ブレートポートに対する自分の情熱を傷つけられたように思った。というのは、この馬鹿らしいフレーリヒのお陰で、今やフォン・エアツムまでが悲劇の主人公になったからだった。エアツムとフレーリヒは、彼の気持ちを逆撫でした。

「どういうことだい？」彼は額に皺を寄せて問うた。

「日曜日のことだ。君とキーゼラックと、ローザと一緒に巨人塚へハイキングに行ったときのことだよ。久しぶりにウンラートなしでローザを独り占め出来るってわけだから、俺はとても嬉しかった。俺は自分がやろうとしていることにひどく自信を持っていたんだ！」

「確かにその通りだ。君は初めひどくはしゃいでいた。巨人塚を壊せるだけ壊してしまったからね。」

「ああ、そうだ。そのことを考えると……。俺が巨人塚を壊したのは、あのことの前だ。俺はまだ、今とは別の人間だった……。朝食のあと俺たち、つまりローザと俺は、森の中で二人っきりだった。君とキーゼラックは眠ってたからね。俺は勇気を奮い起こした。最後の瞬間俺は不安になっちまったのさ。でもあの娘は、君に対するときとまるで違って、俺にはいつも丁寧に接してくれた……。違うかい？……どう見ても俺が宣言するのを待ってる風だった。俺は、額は少ないが、全財産を懐に入れていた。そして俺たちがもう町へ戻ったりせず、すぐ森を抜けて駅から出発するんだってことを、ちっとも疑っていなかった。」

フォン・エアツムは黙った。ローマンは彼を急き立てねばならなかった。

「彼女は君を愛してはいないのかい……充分に？」

「あの娘は言うんだ。俺のことをまだよく知らないからって。そりゃあ口実に過ぎないんだろうか？……それに、俺たちが捕まっちまうじゃないかって、言うんだ。そうしたら……未成年を誘惑したかどで自分は牢屋に入っちゃうじゃないかって。」

ローマンは、腹に湧き上がる笑いの発作と戦わねばならなかった。

「そんなに冷たい計算をするとは、」ローマンは苦労して言った。「真のものじゃないね。少なくとも彼女の愛は君の愛の高みにまで来ていないよ。君は君で考えた方がいいと思うよ。彼女に捧げた情熱の幾分かを引っ込めた方が良くはないかってね……。巨人塚のとこでローザと話してみて、将来を捧げるに値しない女だって思わないのかい?」

「いいや。そんな風には思わない。」フォン・エアツムは真剣に言った。

「それじゃどうしようもないさ。」ローマンはきっぱり言った。

彼らは牧師テランダーの家の前に来ていた。フォン・エアツムは柱をバルコニーまでよじ登った。ウンラートはキーゼラックとローマンのあいだに立ち、エアツムを目で追った。エアツムが自分の部屋の窓に入ると、ウンラートは物思いに耽りつつ歩き出した。「その気になれば奴は、また柱を降りてくることが出来るではないか」とウンラートは考えた。しかし彼は、エアツムをそれほど恐れてはいなかった。単純なエアツムを、むしろ軽蔑していた。

ウンラートは残りの二人を町まで送り、まずキーゼラックを祖母の権力圏に戻した。

そのあとローマンを家の前まで同伴し、門が閉まる音を聞いて上の階に明りが灯るのを見ると、いたたまれぬ思いでその明りが消えるのを待った。消えたあとも、まだしばらくそこにいた。もう何も起こらなかった。
ようやくウンラートは、床に就こうという気持ちになった。

九

ウンラートは、興味津々で楽屋に近づく客がいると、誰彼構わずドアから追っ払った。よそから来た船乗りは、ウンラートを船員周旋人と思い込み、一座の雇い主と考えた。そう考えなかった者は、彼をローザの父親だと思った。そうした二つのグループのあいだに、ウンラートを知る人びとがいて、自信なさそうにニヤニヤ笑っていた。

初めの幾晩か、彼らは大きな声で嘲笑(あざわら)った。しかし、ウンラートは見下すように平然と彼らを無視した。この店では、様々な面でウンラートの方が優遇されていたのだ。間もなく彼らもそれを感じた。しばらくして彼らは、屈辱的立場に置かれている、と思った。彼らは木戸銭を払ってそこに座り、ポカンと舞台を見ているだけだった。一方ウンラートは、万事了解済みという顔つきで、みんなが入りたくてうずうずしているフレーリヒの楽屋へ入って行ったのだ。心ならずも彼らは、ウンラートへの敬意を抑え切れなかった。ウンラートを物笑いにしようとする努力は、日に日に窮していった。復讐として彼らは、大きな商店の帳場の奥で、ウンラートのことをぼそぼそと話した。そこから、彼の素行についての最初の風聞が、町に広がったのである。人びとはすぐには信じなかった。彼が担任する生徒らは、「ウンラートは家政婦を納戸に閉じ込めたんだよ」と、今日言ったかと思うと、明日には別のことを言った。つまり今までと変わらなかった。町の人びとはそうした噂にほくそ笑むばかりだった。

一人の若い中学教諭が、耳の遠い最長老の教授と共に「青き天使」を訪れ、真実を目の当たりにした。翌朝教員室では、耳の遠い老教授がウンラートに、教育者という身分の品位について、お願いじみた言葉を幾つか述べた。若い中学教諭は疑り深く微笑んだ。他の諸氏はあらぬ方を見ていた。何人かは肩をすくめた。ウンラートは驚いた。彼は、自分のまったき権力圏に信じがたい介入がなされるのを見た。ウンラートの下顎はパクパクと開いた。彼は言葉を搾り出した。「それは、――いやはやまことに――あなたの知ったことではないでしょう。」

彼は再度こちらを向いて言った。

「私の品位は、――よく覚えておいていただきたい！――私自身の問題ですよ。」

彼は喘（あえ）ぐように何度も口をパクつかせ、身をブルブルさせてそっと立ち去った。途中まで来てもまだ、引き返したい気持ちに駆られた。自分がはっきりしない言葉であの場をやり過ごしてしまったことに、一日中腹を立てた。本来なら宣言すべきであったのに！ 女芸人フレーリヒは、どんな中学教師より気高い存在で、耳の遠い老教授より美しく、校長より崇高なのだ！……と。彼女はたぐい稀なる存在であり、ウンラートの側に属する人間で、人類の上に位置し、人類が彼女をもてあそぶか疑うかすれば、それは同じくらいの冒瀆なのだ！……と。

しかし、こう考えるための思考の道筋は、充分整っているとはまだ言えなかった。ウンラートが人びとを導くには、陰気過ぎ、深過ぎる言わば地下道だった。こうした考えは、地の底にいるウンラートを興奮させた。彼は静かな自分の部屋で怒りを爆発させ、歯軋り(はぎし)して両こぶしを振った。そして日曜日には、芸人キーパートと連れ立って選挙に出掛けた。コールマルクトにある社会民主党本部に赴いたのである。それは急な決意の実行だった。ローマンが属する階級の権力は、へし折らねばならない、と彼は思い至った。これまで彼は、キーパートがどんなに誘っても、嘲るような人を食った薄笑いを浮かべるばかりだった。それは、教会やサーベル、無知、そして硬直した道徳を支持しながら、自らの動機を明かそうとしない、啓蒙された暴君の笑いだった。しかし今日、急に彼は、そうしたものすべてを御破算にし、思い上がった支配階級に反旗を翻す暴徒に加担して、彼らを宮廷に引き入れ、幾人かの抵抗を全体の無政府状態の中に葬り去ってしまうことに決めた。投票所の天井の下に重く垂れ込める民衆の心情のいきれに、ウンラートの想念は捉えられた。そして彼は性急な破壊欲に駆られて燃えた。彼は指の関節を赤くしながら、ビール・ジョッキのあいだのテーブルを叩き、「さあ進め！　私はこうしたことをこれ以上我慢する積もりはないぞ！……」と言った。

それは陶酔だった。翌日彼はこの陶酔を悔いた。その上、彼が転覆活動に時間を費やしていたあいだ、ずっとローザの姿が町から消えていたということを聞いた。瞬間彼は不安に苛(さいな)まれ、ローマンのことを考えた。

ローマンは今朝から学校に来ていなかった！　こうしているあいだにもローマンはどんな悪事を働いていることだろう？　いつであれ、ウンラートが注意を逸(そ)らしたその瞬間、ローマンはローザのところにいるに違いなかった。奴はとうとうローザの許(もと)に逃げた！　奴はローザの部屋にいるのだ！　ウンラートは、彼女の部屋を見たい、捜索したい、という衝動に駆られた……。

数日間ウンラートは、疑念に震えつつ過ごした。教室では、「お前らの経歴を滅茶苦茶にしてやる！」と息巻いた。楽屋では、女芸人フレーリヒに罪深い影響を与えたと言って太っちょグステを非難した。グステは寛大に笑うばかりだった。ローザ自身は答えた。「あの三人と遠足に行けって言われるくらいなら、顔をはっ倒された方がましよ。

あんたの生徒と一緒じゃ、退屈で死んじまうからね。」

ウンラートは彼女を驚いた目でじっと見た。そして彼女を、罪のない、穢(けが)れない存在として扱いたい衝動に駆られ、再度矛先を太っちょグステに向けた。

「申し開きをしなさい！　君の庇護に任されたフレーリヒさんに、君は何をしたのだ！」

グステは興奮することもなく言った。「あんた、今日は大体おかしいわね。」

彼女はドアを開けたが、もう一度振り返ると、言った。「あんたに飽きる人はいないでしょうよ。」

そして出しなに付け加えた。「幸せになる人もいないでしょうけどね。」

この言葉を聞くと、ウンラートは雲のように顔を赤らめた。ローザは笑った。

「この人、気づかないんだから仕方ないのよ。」二人きりになったというのに、女は説明した。そして二人は、それ以上言葉を交わさなかった。

しかし、太っちょ夫婦が現れるたび、ウンラートは闘争心を膨らませた。彼は、二人に対してずっと厳しく接していた。ウンラートの意識の中でフレーリヒはどんどん重きを増した。彼はフレーリヒを守り、彼女一人を全人類に対置しようとした。だからこそ、楽屋の椅子にグステのスカートや、キーパートのトリコットなど、置くスペースはないのだった。ウンラートは、二人が舞台で博する喝采を悪く取ったし、彼らの騒々しい上機嫌を悪く解した。キーパートが出し物で体を動かした結果ひどく汗をかいていると、フレーリヒのような御婦人がいる場所にふさわしくない、と言ってキーパートを楽屋から追い出した。キーパートは気前よく出て行きながら、言った。「臭いが染み付いちまうとはねぇ……ローザはきっとバターで出来てるんでしょうな。」

妻のグステは少し気を悪くしたが、笑ってウンラートを突っついた。突っつかれた袖をウンラートがぬぐう仕草をすると、グステは本気で怒り出した。

フレーリヒはそれを見てクスクス笑った。ちやほやされて悪い気はしなかった。そうでなくとも彼女は、太っちょ夫婦の艦隊の歌がいつも成功を収めるので、苦々しく思っていたのだ。ウンラートは、芸術家と言えるのは彼女だけだ、と繰り返し訴えた。フレーリヒの嫉妬心をかきたて、世界を蔑むよう唆し、彼女にとっての絶対的騎士である自分を頼るよう仕向けた。それは、策略家としては稚拙な彼が、女を自分に近づける手段だった。彼女は観客の喝采を博すためあくせくしていたが、その観客こそ最も軽蔑せよと、ウンラートは求めた。そして、彼女を好きになった一人一人の客も、同じように軽蔑せよと求めた。彼は太っちょグステを特に憎んでいたが、それはこの女がいつも、ローザが客に与えた印象を知らせに来るからだった。

「何だと！　そんなことがあっていいものか！」と、ウンラートは叫んだ。「あの男がつまり、浅ましくも口を開こうというのか！　十九になってもまだ到達目標に達することが出来なかったあの男が？　自分に兵役短縮資格は与えられないってことを、やっとのことで悟った男なんだぞ。」

貶(けな)されたマイアがまんざらでもなかったローザは困惑したが、笑みを浮かべて誤魔化した。彼女は、自分がマイアなどを良く思ったりすることがないようにと願った。生来飲み込みが早い彼女は、ウンラートほどの知的水準にある男が自分に何か教えようとしてくれることを、ありがたく思っていた。こうしたことは彼女には初めてだった。マイアを弁護するため太っちょグステが口を開きかけると、ローザは怒ってさえぎった。

ローザが花を持ってきてウンラートの鼻の下をくすぐったこともあった。

「このかじった痕のついてる薔薇は、ピアノのすぐ後ろの小太りした小父さんからよ。」

「お前、ありゃマルクト広場の葉巻屋さんじゃないか。素敵な男だね。キーパートはあの人んとこで買ってるよ。大きなお店だよ」とグステは応じた。

「ウンラートはどう思うの？」フレーリヒは尋ねた。

ウンラートは言った。「あいつは一番出来の悪い生徒の一人だった。商売人としても大したことは出来んだろう。私の名前を書くとき、いつも間違ってウの字を最初に書くくらいだからな。」グステが、「そんなこと何でもないわよ」と応じると、ウンラートは、あの男は商売の方でも不安定で評判だ、と嘘ぶいた。彼のひどい剣幕を見て取ったフレーリヒは、腰をぐるりとひねって後ろを向くと、かじった痕のついている薔薇の匂いを嗅いだ。

「あんた何にでもケチをつけなきゃ気が済まないのね。」グステが言った。「一体あんたは何がお望みなのかねえ？　あたしらにそれを話しておくれよ。」ウンラートが黙っているので、グステは続けた。「あんた御本人はここで何にもしないじゃないかい。」

「駄目よ。この人は何にも気がつきゃしないわ」と言ってフレーリヒは自分の膝を叩いた。ウンラートは顔をピンク色に染めた。

「それじゃお前、この人が一人で知ったかぶりなお説教するのは放っといて、ほかの馬鹿どもで満足しなくちゃね。」グステは言った。「あの人たちだってどっかいいとこはあるわよ。少なくとも、ごく単純なことにときどきは気づいてくれるよ。分かるね、ローザ。あたしがお前にこういうお説教をするのも、もっともだよね。永遠に待ってるわけにゃいかないんだから！」

そう言ってグステは、キーパートと『艦隊の歌』を歌いに出て行った。あとに残ったローザは、泣き出さんばかりに怒っていた。

「なんてことなの。あんなに苛められたら青痣が出来ちゃうわ！」彼女は腕を組んでいた。

「ホントにあの人、ひどく癪に触るわ。」彼女は気を取り直したように付け加えた。立ったまま絶望した様子でさらに、「あんたもちっとも同情してくれないし！」

ウンラートは、急に罪悪感の重みを背中に感じた。それは、ほとんど気づかぬうちに日ごと増してきた罪の意識だった。同時に彼は、この重荷から逃れる力を少しも持たないことを感じていた。

『艦隊の歌』が会場を盛り上げているあいだ、ローザは呻き声をあげながら楽屋を歩き回った。

「もう堪忍袋の緒が切れちゃった。……いつも言ってるのに！　太っちょ二人がこれを歌うと反吐が出るってね。そう言わなかったっけ。とうとう堪忍袋の緒が切れちゃったわよ。」

そして夫妻がドイツの海の英雄の歌を終えるやいなや、ローザは突風のように出て行くと、愛国心に駆られ未だ興奮冷めやらぬ客席に向かって、金切り声を張りあげた。

「あたしの旦那はね。艦長さんなの。
ドイツ艦隊のね。
家に帰ってくるとね、
あたしの〇〇〇をぶちのめすの。」

初め客席は皆凝固したように動かなかった。そのあと彼らは騒々しく憤ってみせた。あとになってやっと彼らにも『艦隊の歌』との対照の妙が分かってきた。フレーリヒは大胆な試みを最後までやり遂げた。小躍りするように女は戻ってきた。

太っちょグステは今度は真剣に怒っていた。

「あたしたち二人が逆立ちまでしてみんなに崇高さを表現してんのに、あんたがそのあと出てってあたしたちの神聖な宝を茶化すんだからね。これがひどい仕打ちでなくて何でしょうよ！」

フレーリヒの肩を持つためウンラートはこれを否定した。彼は、芸術においては如何なる方向も許されているのであり、芸術とは偉大な芸術家が作ったもののことであって、この上なく神聖な宝とは女芸人フレーリヒの才能以外ない、と主張したのである。ローザは彼のこの詳しい説明に付け加えて言っただけだった。「グステ、あんたは私に何にも……」

このときキーパートが入って来て、赤味がかった顔の周りに丸く赤いヘアバンドをした、ずんぐりした男を前に引き出した。男は両眉を上げると言った。

「おーここ、たまげたねか。お嬢さん。あんたぁすげえおなごだねかぁ。ふーふー。あたしの〇〇〇をぶちのめすの」……俺(おい)も実は船長なんだがのぉ。俺(おい)と一緒に何か飲まん……」ここでもうウンラートが割り込んだ。

「女芸人フレーリヒさんは……まさしく……誰とも飲んだりはしない。君は誤解しているのだ。そもそも君はこの納(なん)……いや、この楽屋がプライベートな場所だということを明らかに見過ごしているではないか。」

「旦那、冗談を言ってるんだね」と言って船長は両眉をさらに高く上げた。

「断じて冗談ではない!」ウンラートはきっぱり言った。「むしろ私は君に、ここから出て行きたまえ、と教えているのだ。」

キーパート夫婦は我慢出来なくなった。

「教授先生。あっしがたった今、義兄弟の杯を交わした男をここへ連れて来ても、あんたに係わりあることじゃ御座んせんぜ。」侮辱されたと感じたキーパートは口うるさく言った。

妻のグステはついに怒りを爆発させた。「とっちめてやろうかい、この人はもうっ。何の褒美も出さず、くさい臭いを撒き散らすばっかりで、その上連れて来た人をいびり出しちまうんだから！　ローザ、とにかく船長さんについて行きな！」

ウンラートは青くなり、体を震わした。

「女芸人フレーリヒさんは」と、彼は奈落から響くような声で、不安のあまり毒々しくローザの方を藪睨みしながら言った。「君にビールを奢ってもらうような、そういう質の女ではないのだ！」

ウンラートの視線は彼女を貫いた。ローザは溜息をついた。

「ここから出てってください」と彼女は船長に言った。「何にも出来ないから、出て行ってください。」

ウンラートは勝ち誇り、両頬骨の上を急に赤くして、跳び上がりながら、「聞いたかね、君？　フレーリヒさん自身が言っているのだよ。フレーリヒさんは君を追放に処するのだ。従いたまえ！　さあ、進め！」

言いながらウンラートは船長を捕まえると、脇の下に両腕を差し込んで、彼を出口へ引っ張って行った。頑強な男は激しい攻撃に抵抗もせず、されるがままになっていた。

男は、ウンラートが彼を放したとき、身震いしただけだった。それも、もう敷居の外に出たあとだった。驚いて眉を釣り上げた彼の目の前で、ドアは激しく閉められた。

芸人キーパートは強く机を叩いた。

「まったく、あんたときたら……」

「それから君、」

ウンラートは息をハアハア言わせながらキーパートに近づいた。キーパートは怖くなった。

「……覚えておきなさい、——すなわち——女芸人フレーリヒさんは私の庇護下にあるのであり、私は、彼女に対する侮辱を甘受する積もりはないし、彼女の指導権を引き渡す積もりもないのだ。このことを繰り返し暗唱して、ノートに書いておきなさい。いいな！」

芸人キーパートは何かぶつぶつ言ったが、去勢されたように大人しかった。しばらくするとこっそり出て行った。ローザはウンラートを見つめ、声に出して笑った。それは、ずっと小さい笑い声に変わった。嘲笑的で、しかも慈しみのある、彼のことを、そして自分について考え込んだような笑い方だった。なぜ、ウンラートを滑稽だと思いながらそれでいて誇らしく感じるのか、それを考えているような笑い方だった。

太っちょ女は、自分の意地悪な気持ちを封じ込め、ウンラートの肩に手を置いた。

「ちょっと聞いてくれる？」グステは言った。

ウンラートは、半分横を向いたまま、すっかり落ち着きを取り戻して、額の汗をぬぐった。抵抗勢力に対し闇雲に怒りを爆発させた暴君は、パニックが収まると、またしてもかなり疲弊していた。

「つまりそこのドアからキーパートは出て行って、そこにローザはいるし、あんたはそこにいるし、あたしはここにいるわ……」

迫るような声で彼女は現実を確認してみせた。

「そしてさっきまでそこに船長さんがいて、その船長さんをあんたは追い出したんだよ。あの人はフィンランドの人でね、すっごい商いをしたのさ、って言うのはね、持ち船が沈んじまって、船には保険が掛かってたんだとさ……。あんたは多分、船に保険を掛けたことはないよね。まあ、そんなことなくてもいいんだけどね。その代わり、あんたには別の知恵があるからね。ただその知恵を働かせなくちゃ駄目よ。あたしが言いたいのはそれだけさ……。そこにつまり今ローザがいてさ、分かるかい？　船長さんはお金を持っていて、見栄えのする男で、この子は気に入っているのさ。」

ウンラートはうろたえたようにフレーリヒの方を見た。

「嘘っぱちよ」とフレーリヒは言った。

「お前が自分で言ったんじゃないか。」

「おやおや、嘘言ってるわ。」

「教授先生の生徒の、目の上に黒い巻き毛を垂らしてるあの坊やが、お前に至極真面目な申し込みをしたよね。それも嘘だって言うのかい？」

ウンラートは荒々しく立ち上がった。女芸人フレーリヒは彼をなだめた。

「それは意地悪な間違いだわ。あたしと結婚したがってるのは、酔った月みたいな顔の、赤毛の子よ。伯爵家の坊やだわ。でも何でもないわよ。あんな子、好きでもないんだから……」

彼女はウンラートに子供のように微笑みかけた。

「まあ、嘘をついたって言われても、あたしは構わないけどね。」グステは言った。「でも、お前があたしに二七〇マルク借りがあるってことは本当だよね。ええ？　ローザ？　いいですかい、教授先生。普段あたしはこんなことは言いませんよ。あんたがいるところでこんなこと口に出すぐらいなら、指でも食いちぎった方がましなんですがね、でも結局、自分しか信じられませんからね。先生、あんたはほかのみんなをここから追い出しちまうんですけどね、――怒らないでくださいよ――代わりのものを何にも入れてくださんないんだからね。お金の話なんかしてるんじゃありませんよ。でもね。この子だって若いんだから、当然恋だってもしたいでしょうよ。ところがあんたにはそういったとこはちっとも見えないし、そもそも気がつきもしないんだからね。いたたまれないって言うのか、お笑いぐさって言ったらいいのか、それすら分かんないわよ。」

フレーリヒは叫んだ。「あたし自身が文句ないんだから、あんたにとっても問題ないでしょ、キーパート小母さん！」

しかし太っちょ女はとんでもないという振りをした。彼女には、風紀良俗のために分別ある言葉を述べた、という意識があった。そして昂然と出て行った。

女芸人フレーリヒは両肩をすくませた。

「グステは教養がないだけで、心は優しいのよ。ほっときましょ。あたしが小母さんとつるんで、あんたを手に入れようとしてるなんて思わないでね。」

床に目を落としていたウンラートは、視線を上げた。いいや、そうした推測は思いもしなかった。

「そもそもあたしは誰ともつるんでなんかいないわ……」

彼女は下目使いで嘲けるようにおどおど微笑んでみせた。

「あんたとすらつるんでない……」

少し間があって、「そうでしょ?」

彼女は何度も問わねばならなかった。ウンラートは、彼女が出してくれた助け舟にまったく気づかなかった。ただウンラートは、ここに生じた雰囲気に捉えられたのを感じた。むせ返るようだった。

「そうかも知れぬが……」彼は答えて、震える両手をローザの方に伸ばした。女は彼に両手を委ねた。彼女の、少々灰色で脂っぽい小さな指は、柔らかく彼の指関節のあいだをすり抜けた。彼女の髪、彼女の着けた花飾り、彼女の華やかな顔が、ウンラートの眼前で極彩色の車輪となって回った。彼はなんとか言葉を発した。

「君はあの婦人に借金などすべきではない。私は決心した……」

彼は唾を飲んだ。生徒ローマンが自分よりも早く同じ決心をして、自分の先を越したかもしれないと思い、ギクリとした。学校には現れず、ひょっとするとローザの部屋に隠れているのかも知れぬあのローマンが……。

「私は――まさしく――君の家賃を払うことにする。」

「そんなこと話すのはやめましょ。」女は小声で応じた。「それはあたしたちにとって二の次だわ……。それにあたしの部屋なんか大して掛からないし……」

少し間があって、「この家の上の階よ……。結構綺麗にしてるわ……覗いてみる?」

彼女は両まぶたを下げ、真面目な男が何か宣言したときに示さねばならないような、びっくりした風をしてみせた。そして彼女は、少しも可笑(おか)しいという気がせず、ちょっとした厳(おごそ)かな興奮が胸を高鳴らせるのを、不思議に思った。

ローザは、ひどく暗い風情の瞳を開けて言った。「さっ、先に行ってて。ホールの猿どもに気づかれないようにしなくちゃね。」

十

キーゼラックは外から大ホールのドアを開け、青白い指を口に持って行くと、押し殺した音で口笛を鳴らした。すぐにエアツムとローマンが出て来た。

「お前ら、走れ！」キーゼラックは二人に呼びかけると、励ますような素振りで踊りながら二人の前を後ろ向きに進み、廊下の端にある階段のところへ着いた。

「いよいよそのときが来たぞ！」

「何のときが来たって？」ローマンには、キーゼラックの言う意味がよく分かっていたし、実は自分でもそれを待っていたのだが、さも関心がないという風に尋ねた。

「二人は上に上がったぞ。」キーゼラックは口をゆがめて囁(ささや)いた。彼は靴を脱ぐと、黄色い欄干の付いた平べったい木の階段を忍び足でのぼり始めた。段はギシギシ言った。最初の、低い踊り場にドアがあった。キーゼラックはこのドアを知っていた。彼は鍵穴の前に屈んだ。しばらくすると、黙ったまま、熱の籠もった手招きをした。それでも、鍵穴から離れようとはしなかった。ローマンは肩をすくめ、階段の下でエアツムと並んだまま動かなかった。エアツムは口を開け、上を凝視していた。

「気分はどうだい?」ローマンはいたわるように尋ねた。

「俺にはもう、何が起こってるのか全然分からん。」フォン・エアツムは言った。「あの中で何かが起こってるなんて、君は思わないだろう? キーゼラックの奴、勿論俺たちをからかってるのさ。」

「勿論だよ。」ローマンは憐れみを感じて同意した。

キーゼラックの素振りは次第に荒々しいものになった。彼は、鍵穴に向かって声に出さずにクスクス笑った。

「俺が奴をぶち殺すかもしれないって、あの娘も考えてみなくちゃならんだろうに!」

エアツムは言った。

「またそれかい?……ところで、彼女にとっては、そりゃかえって魅力的かもしれないぜ!」

エアツムは、もう一緒に来ようとしなかった。彼の抱く愛の概念は、自分の家の牛飼い女中によって形づくられたものだった。三年前、彼が屈強な家畜番の少年に勝ったのを見た女中は、彼に抱きついて、干し草の中へ倒した……それに比べてここにいるのは、肩を聳やかしただけの軟弱者じゃないか！　ローザは、俺がこんな男を怖がってるなんて、思っちゃいないだろうに……。

「あの娘は、俺が奴を怖がってるなんて、思っちゃいないだろう？」彼はローマンに訊ねた。

「君はウンラートを怖がってないって言うのかい？」ローマンは問うた。

「今に分かるよ！」そう言ってエアツムは、背筋を伸ばすと、六段ある段を大股の二歩でのぼった。

しかし、鍵穴から離れたキーゼラックは、靴下のまま勝利の舞を舞った。突然、舞をやめると、「この野郎！」と囁いた。彼の両眼はチーズのような黄色い顔の中で火花を放った。エアツムは火のように赤くなり、ゼイゼイ息をした。二人の眼差しは互いを測りあいながら、戦った。エアツムはその眼差しで、これは本当であってはならんのだ、と願っていたし、キーゼラックは睫毛の隅を少々痙攣させ、かすかな軽蔑を浮かべてこれに答えた……。急にエアツムは、キーゼラックと同じくらいまで顔色を失ってくずおれた。胃を一突きされたように屈みこんで、痛みのあまり呻き声をあげた。彼は、よろめきながら手探りで六段の階段を降りて来た。ローマンは腕組みしたまま、生に敵対するような皺を口の周りに作って、友を迎えた。エアツムはまるで袋のように一番下の段の上に倒れ込み、頭を両手で抱えた。しばらく黙ったあと、陰鬱に下から、「ローマン、こんなことが理解出来るか？　俺がこんなに崇めた女なのに！　俺はまだ、あの反吐野郎のキーゼラックが、まやかしを言ってるんだと思ってるよ。可哀想な奴だ、キーゼラックは！……あんなに、あんなに高尚な真心を持った女なのに！」

「あの娘が今やってることは、真心がどうのというもんじゃないと思うよ。単にメスとして振舞ってるだけさ。」

ローマンは残酷に微笑んだ。彼はこの言葉を言うことで、ローザ・フレーリヒと共にドーラ・ブレートポートを汚濁の中へ突き落としたのだ。女の中の最高の女であるドーラ・ブレートポートを……。どれほど彼はそれを楽しんだことか！

「キーゼラックの奴、また鍵穴を覗き込んでるぞ。」

あらぬ方へと顔を背けたエアツムに、ローマンは見たままを報告した。

「キーゼラックの奴、ひどく合図してるぞ。このウンラートという奴め……、エアツム、もう帰ろうか？」

彼は友人を床から引き起こし、玄関へ引きずって行った。外に出るとエアツムは、その場から動こうとしなかった。彼は自分に失望をもたらした建物に、鈍重に、ぼんやり寄り掛かっていた。ローマンはしばらく彼に話し続けたが、甲斐がなかった。自分は帰る、と言ってローマンが脅かしたとき、キーゼラックが姿を見せた。

「お前らもつまらん奴らだな。何で入って来ねぇんだよ。ウンラートの奴、新婦と一緒にもう大ホールにお出ましだったぞ。二人がどこに行ってたかホールの奴らには俺が教えてやったから、大歓声で迎えられてたぞ。おい、こんなこたぁ二度とねえ。奴ら納戸でいちゃついてるぜ。可笑しくて死にそうだ。行こう、三人で堂々と納戸に入って行こうや。」

「キーゼラック、君はきっと……」ローマンは応じたが、キーゼラックの提案は本気だった。

「お前らウンラートが怖えのか！」彼は怒って言った。「あいつは深入りし過ぎたから、俺たちをどうかすることなんか出来ねぇよ！　こんだぁ俺らがあいつを苛める番だぜ。」

「興味ないな。ウンラートは苛めるにも値しないぜ。」ローマンははっきり言った。キーゼラックはしつこく誘った。「あんまり気取るなよ。怖えだけなんだろ？」

エアツムが突然きっぱり言った。「行くぞ！　納戸の中へ！」

荒々しい好奇心がエアツムを捉えていた。彼は、あれだけの高みから転落したこの女に対峙したく思っていた。ずっと上から彼女に一瞥を投げて、女の哀れな誘惑者を投げ飛ばし、女がその光景に耐えられるかどうか見届けたかった。「お前ら、趣味悪いな。」

ローマンは言いながら、やはりついて来た。

楽屋で彼らを待っていたのは、グラスを鳴らして乾杯する音だった。店主はすぐ二瓶目のシャンパンを開けた。キーパート夫妻は顔を輝かせ、テーブルの向こうに座って一つに溶けあっているウンラートとフレーリヒを見下ろしていた。三人の生徒は、まずテーブルの周りを一周した。そしてウンラートと花嫁の前に根を張ったように立つと、「今晩は」と言った。キーパート夫妻だけが挨拶に答え、彼らと握手した。エアツム一人、荒れた声で挨拶の言葉を繰り返した。ローザはいぶかしげに眼差しを上げたが、こだわることもなく、エアツムがこれまで聞いたことのないクークー言う囀り声で、「あら、あんたたちいたのね。ほら、あなた、この子たちここにいたわよ。まあ座りなさい。乾杯しましょ」と言った。

それだけだった。それで彼女の視線はもうエアツムから離れてしまった。ローザのあまりに無関心な様子に、エアツムは震え出した。

ウンラートは、恵み深く手を挙げた。

「勿論だとも。そこに座って、一杯飲みなさい。今日は私の奢りだぞ。」

彼は、早々と腰を下ろして紙巻煙草を巻いているローマンを横目で窺った……。ローマン、……安月給の権威にとって侮辱的なほど気品を備えた最悪の生徒……彼をあの名前で呼ぼうともしない恥知らずな輩……。鼠のように陰気な卑屈漢でもなく、馬鹿でもなく、無関心な風をしているかと思うと、教師の怒りを物好きそうに憐れんでみせて、権力者を疑ってかかるローマン……。「その上奴は、女芸人フレーリヒにまで係わろうとしたではないか！　しかしこの点では、わしの強固な意志にぶち当たって失敗しおった。奴は、納戸の中でローザの横に座ってはならぬ者なのだ！」ウンラートはそう誓った。ローマンは彼女に関与してはならない。この誓いはうまくいった。しかも、ローマンがローザの横に座らなかったばかりではない。ウンラート自身が今そこに座っているのだ！　この結果は当初の目標を超えるものだった。彼は驚いた。そして不意に、より熱い満足感に打たれた。彼は、ローマンとその二人の仲間から、……ホールにいる逃げ出した生徒どもから、……この町の五万人の反抗的な生徒どもから、ローザを奪い取ったのだ。納戸の中の独裁者となったのだ！

彼らには、ウンラートが目に見えて若返ったように見えた。ネクタイを耳の後ろに巻き、シャツのボタンが幾つか開いたままで、髪の毛は乱れていた。ウンラートには、何か軌道を外れたような、落ちぶれはしたが、勝ち誇った、ぶざまに酩酊したところがあった。

ローザがウンラートにもたれてテーブルに座っている様子には、とろけるような、けだるく温かい、幼児化したところがあった。彼女のそうした様子を見ると、この女に係わることの出来ないすべての男は、惨めな気持ちになった。なぜならこれは、ウンラートのあまりにも明瞭な勝利だったから……。

三人はそれをはっきり意識した。キーゼラックはそれどころか爪を噛み始めた。三人ほどはっきりそれを感じていなかったキーパートは、不愉快な気分を晴らすため、騒々しく一人一人のために乾杯した。太っちょグステは、ローザが幸せな変身を遂げたことや、みんなが和解したこの宴に、さっきから恍惚としていた。

「先生、あんたの生徒さんたちも一緒に喜んでくれてますよ。この子ら、すっかりあんたになついてるんですね。きりがないくらいだね。」

「何はともあれ、」ウンラートは言った。「彼らは真の美や善についての感覚をまったく持ち合わせていないわけではなさそうだな。」

言いながらウンラートは嘲るような笑みを浮かべた。

「おい、キーゼラック、いやはや、またここに来たのかね。私には不思議でならぬのだよ。お祖母さんが注意深く見張っている筈なのになあ。どうやって君は家を抜け出したんだね？……この生徒にはつまりお祖母さんがいて、躊躇なくこの子を殴るんだよ。」キーゼラックの男としての体面を傷つけようと、ウンラートはローザに説明した。

しかしキーゼラックには、男の体面とはまったく別の方法で、フレーリヒについての到達目標に達しているという意識があった。彼は臀部をこすり、ひどく両眼を寄せて自分の鼻先を睨みながら、喚(わめ)いた。「宿題のノートを失くしたって言うと、祖母ちゃんに打(ぶ)たれます。このテーブルの下に落っことしたに違いありません。」

そう言うと彼は突然、滑るように下に潜り込み、ローザの脚をつかむと、キーパート夫妻が立てる叫びに紛れ、下から女に低い声で何やら要求した。「さもなきゃウンラートに全部ばらすぞ」

ローザは、「小さな洟垂(はなた)れ小僧ね」とだけ下に向かって言うと、脚でキーゼラックを押し退けた。

ちょうどそのときウンラートは次の生徒に話しかけた。

「さてと、フォン・エアツム、……いやはや、まただな。君の表情を見ると、君の理解力が、学校と同様ここでも不足していることがよく分かる。――よいかね？――君ではなかったかな、女芸人フレーリヒさんに結婚の申し込みなどという大それたことをしたのは？……君の単純なポカンとした顔つきを見ていると、もう答えが分かるぞ。だからこそフレーリヒさんは君に、生徒というものの身のほどを教えたのだ。私はそれに何も付け加えることはない。起立！」

エアツムは従順に立ち上がった。というのも、ローザは笑っており、その笑いが、激昂しようとする彼の最後の力と、自負心の残りかすを奪ってしまったからだった。女の笑いは彼を萎えさせた。

「それから、一つ教えてもらいたいものだが、君が学校で最も出来の悪い生徒の一人であることは誰でも知っているが、その君は、「青き天使」に足繁く通うことによって、学校で出された課題をこなせぬようになったばかりでなく、この課題を軽い気持ちで無視するようになったのではないかね？　どれ、明日の宿題になっている讃美歌集の詩を暗唱してみなさい！」

エアツムの目は見開かれたまま、部屋の中を彷徨（さまよ）った。彼の額には汗が浮かんでいた。彼は軛（くびき）に掛けられたように感じ、頭を下げ、ゆっくりと暗唱を始めた。

「神様のために歌わずにいられましょうか？
神様のために喜ばずにいられましょうか？
なぜなら、何を見るにつけても、神様が
私に良かれとお思いなのが分かるのですから。」

ここでローザは、はしゃぐように笑い始めた。キーパート夫人もクックッと笑った。グステの笑いが善意であったのに対し、ローザの笑いには、エアツムを侮辱しようという意図があった。その柔らかく高い笑い声は、彼女が今腕をつかんでいるウンラートへの愛から出ていた。それは、強張(こわば)った卑屈な声で敬虔な詩を唱えるこの厳(いか)つい赤ら顔の人間をウンラートが支配下に置いていることを讃えるための、ウンラートを喜ばせるための笑いだった。

フォン・エアツムはさらに続けた。

「なぜなら、神様の偽りない心にあるのは、愛ただそれのみなのですから……」

このとき、エアツムには芸人キーパートの振舞いが耐え難くなった。キーパートは状況をようやく楽しみ始めたのだ。今や彼は、エアツムに面と向かって怒鳴りながら、自分の膝まで叩いた。

「駄目だよあんた。あんたときたら！　一体何を言ってるんだい！　気分でも悪くなったんかい？」

キーパートはウンラートに目配せした。それは、彼が「青き天使」の楽屋で賛美歌を唱えるエアツム伯をどう見たらいいか、心得ているということ、貴族や宗教へのこうした当てこすりに心から同調するということを、ウンラートに知らせる目配せだった。

キーパートはドアを開け、まるでピアニストにコラールをリクエストするときのような仕草をした。仕舞いには彼自身、エアツムの声に和して歌い出した……。しかし、エアツムの方が暗唱をやめた。

なるほどエアツムは、先を言おうにもこれ以上覚えてはいなかった。それはともかく、彼は、この笑いながら歌う太った男に、急に抑えがたい怒りの発作を起したのである。彼は目の前がぼんやりしてくるのを感じた。両こぶしでこの人間をぶちのめし、両膝でキーパートの胸を押さえつけないでは、生きていくことが出来ない、と思った。エアツムはその場で体を何度かピクピクさせた。両手を握り締め、肩の前に上げると、……突進した！

笑いこけて息を切らし、何も予期していなかった運動家のキーパートは、この上なく真剣なエアツムに対して不利な状況に置かれた。エアツムの方は水を得た魚のようだった。こうして筋肉の欲求不満を発散することが出来たから。二人は一方の隅から他方の隅へと転げ回った。殴り合いのさ中にエアツムは、ローザが小さく叫ぶ声を聞いた。女が自分を見ているのが分かった。それゆえ彼はより強く息をし、敵の手足を自分の手足の下に、より強く固定した。幸せな解放感を味わい、本来の自分に戻った気がした。なぜなら、昔、牛飼い女中のことで家畜番の少年と闘ったときのように、女の前で闘うことが出来たからだった。

ウンラートは、この決闘にほんの一瞬関心を向けただけで、今度はローマンに矛先を向けた。

「しかし君と来たら、どうしたことだね、ローマン？　こんなところに座って……いやはやまた……煙草をふかしておる。ところがその君は、今朝学校に来ていなかったではないか。」

「気分じゃなかったんですよ、先生。」

「しかし「青き天使」に来ることについては、――まさしく――常にその気分なのだな。」

「それはちょっと違いますよ先生。今朝は頭痛がしたんです。医者は僕に精神的労働を禁じて、気晴らしをするよう命じたのです。」

「そうかね。まあどうであるにせよ……」

ウンラートは、まず何度か口をパクパクさせた。そしてようやく言うべきことを見つけた。

「こんなところに座って煙草をふかしておる。」ウンラートは繰り返した。「これが教師の目の前で生徒がとる態度かね？」

しかし、ローマンが、半分閉じた目蓋の下からけだるい好奇の目でこちらを眺めるばかりだったので、ウンラートはいきり立った。「煙草を捨てなさい！」鈍い声で彼は叫んだ。

ローマンはしばらく動かなかった。そのあいだにキーパートとエアツムが、取っ組み合いながらテーブルの方によろめいて来た。ウンラートは自分とフレーリヒと、テーブルの上のグラスや瓶を守らねばならなかった。

危険が去るとウンラートは言った。「どうしたのだ！　さっさと煙草を捨てないか！」

「煙草は、」ローマンは答えた。「この状況に合ってますよ。今の状況は我々二人にとって普通じゃないのですよ、先生。」

この反抗的態度に驚いたウンラートは、地獄のような身震いをして言った。「煙草を捨てろと言っているのだ！」

「残念ですが出来ません。」ローマンは言った。

「生意気なことをしてくれたな！……小僧め！……」

ローマンはそのとんがった手で上品な拒絶の仕草をしてみせただけだった。

ウンラートは、脅（おびや）かされた暴君の眩暈（めまい）に囚われて、椅子から跳び上がった。

「煙草を捨てろ！　さもないとお前の経歴に傷が付くことになるぞ！　お前を目茶目茶にしてやるからな！　私は……」

ローマンは肩をすくめた。

「大変残念ですが、先生。すべては終わったのですよ。あなたが今の状況をこれほど理解出来ないとはね。」

ウンラートは息をプーッと吐いた。今や、怒った猫の目をしていた。筋の浮かんだ首が前に突き出され、歯と歯の隙間に涎（よだれ）が見えた。肘を曲げて身構えたウンラートの人差し指は、黄色い爪で敵に襲い掛かろうとした。

ローザが彼にしがみついた。享楽を味わったあと、満ち足りた幸せに浸っていたところを急に驚かされたので、まだ少し現実感を欠いたまま、闇雲に甲高い声でローマンを罵った。

「一体どうしろって言うんだい？　むしろこの人の方を落ち着かせてくれよ！」ローマンは言った。

このときエアツムとキーパートが、椅子を二つバタンと倒して、絡み合ったままのウンラートとローザの背中にぶつかって来た。二人は鼻先からテーブルの上に突き倒された。ローザの化粧台の向こうの、かなり静かな一隅から、キーゼラックの明るい歓声が響いた。彼は、邪魔されることもなくグステといちゃついていたのだ。

ウンラートとその恋人は、身を立て直すと、再びがなり始めた。

「あたしから見たらあんたなんか一番のびりっけつよ。」ローザはローマンに大声で言った。

「覚えてますよ、お嬢さん。あなたは同じことを前にも断言しましたよね。僕には願ったりかなったりですよ。」

言いながらローマンは、この女が髪を乱し、白粉（おしろい）も落ち、ボタンも半分開いたまま、野卑なしわがれた声で懸命に罵るさまを前にして、急に彼女への激しい欲望を覚えた。またしてもあの欲望、陰鬱に悪徳を愛撫することで自分の残酷な恋人を貶（おとし）めたいという、あの欲望だった！

だがその気持ちはすぐ消えた。不安の痙攣に襲われたウンラートが、次のような脅迫を思いついたからである。「ただちに煙草を捨てなければ、これからすぐ君を父親のところに連れて行くぞ！」

ところが、今夜ローマン家には、幾人かの客が来ていたのだった。客の中には、ブレートポート領事とその夫人もいた。ローマンは、ウンラートがサロンに突入して行くさまを思い浮かべた……。昨日、ドーラ・ブレートポートが妊娠していることを知ったローマンは、こうしたすったもんだを彼女の前で演じる勇気がなかった。ドーラが懐妊したことを聞いて来たのは彼の母親だった。そして、ローマンが今日学校を休んだ理由もまた、それだった。彼女の腹の中にいるその子供……クヌースト試補か、フォン・ギールシュケ少尉か、あるいはひょっとするとブレートポート領事の子かもしれないその子について、ローマンは、頭を両こぶしの上に載せたまま、責め苛むように考え込み、一日中自室に籠もっていたのだ。責め苛まれた思考は、仕舞いには、詩の形となった……。

「私と一緒に来なさい！」ウンラートは叫んだ。「君に命令する。六年生のローマン、私と一緒に来なさい！」

ローマンは慌しく煙草を投げ捨てた。それを見るとウンラートは、満足して自分の席に座った。

「それ見たことか。勿論だとも。教師に仕えようという生徒はそうでなくてはならん……。ローマン君、君を許してやることにしよう。というのも君は――いやはやまた――正気を失っているのだからな。失恋をしたわけだから。」

ローマンは両腕を下げた。彼は幽霊のように青くなり、両眼は黒く焼けるようにぎらついたので、フレーリヒは感嘆する思いで彼をじっと見つめた。

「失恋していないとでも言うのかね？」ウンラートは、小躍りしたい気分で毒々しく言った。「君は詩を書いている……ところが、それにもかかわらず……」

「……学年の到達目標に達していない？」と、躊躇いがちにローザがあとを引き継いだ。彼女は、この常套句をキーゼラックから聞いていたのだった。

ローマンは思った。「このならず者は知っているんだ。こうなったら僕は、回れ右して家に帰り、倉庫にのぼって銃を胸に当てよう。すると、階下のピアノにドーラが座り、彼女の歌う小さな歌は飛び立って、翼から落ちる羽毛が、僕の死の中へ、ほのかな光を放つのだ……」

フレーリヒは言った。「あんたまだ覚えてる？　あんたがあたしをどんな詩にして歌ったか。」

彼女は、ひどく柔らかく溜息をつきながら問うた。彼女はローマンからもっと多くを望んでいたのだった。いつもずっと多くのことを彼から望んでいたのだった。それを彼女は今思い出した。そして彼を残酷だと思った。また随分馬鹿だとも思った。

「君がいよいよ産褥についたら……ちょっと、誰がお産するって言うのよ？」

それもか。二人はそのことも知っていたのか。ローマンは踵を返し、ドアの方へ歩いた。死刑宣告を受けたのだ。ドアのノブをつかんだとき、ウンラートの言葉が彼の耳に聞こえた。「勿論だとも、君は失恋したのだ。女芸人のフレーリヒさんにな。けれども、彼女は君を見限ることに決めていたのだよ。したがって、例の破廉恥な詩に君が曝け出した願望にも、いやはやまた、応えようとしなかったというわけだ。ローマン、君は今、フレーリヒさんと二人で納戸に籠もってはいない。君はフレーリヒさんと関係することが出来なかったのだ、ローマン。家に帰ってもよいぞ、ローマン。」

咄嗟にローマンはもう一度振り返った。それだけなのか?

「その通りよ、」ローザも言った。「その通り。いちいち当たってるわ。」

この歳取った馬鹿者は老人特有の虚栄に沸き返っていた。隣に座っているのはちっとも愛らしくない若い女であり、それ以上ではなかった。二人ともすこぶる他愛なく、まったく何も知らなかったのだ。数分前までのあの悲劇性、あの悲劇性をローマンは誤って、必要もなく味わったのだ。もはや銃で自殺などすまい。彼は幻滅して、自分をほとんど馬鹿だと思った。ことの滑稽に再び品位を落として、ぶざまに、しかもこの納戸の中で依然として生きている自分を感じた。

「さて、フォン・エアツム、」ウンラートは続けた。「そろそろ君も——いやはやまた——退却しなさい。それから、厚かましくも教師の前で喧嘩をおっぱじめた罪滅ぼしに、暗唱出来なかった聖歌集の詩を六回書き取ること！」

エアツムは熱から醒め、立ち尽くしていた。たった今味わった筋肉の喜びが単なる錯覚だったということ、運動家に勝ったことが自分には何の役にも立たないということ、ここには勝者は一人しか、つまりウンラートしかいないということを悟って、認識の重みに苦しんだ。そしてローザが無関心な顔をしているのを見て愕然とした。

「行きなさい！」ウンラートは大声を出した。

キーゼラックもエアツムに続いて出て行こうとした。

「どこへ行くのだ！　教師の許しも得ないで！……君はウェルギリウスの詩を四十行暗唱すること！」

「なぜですか？」キーゼラックは怒って訊いた。

「教師がそれを望むからだ！」

キーゼラックは伏し目でウンラートをちらりと見た。そして言い争う気力をすっかり失った。彼は大人しく出て行った。

他の二人は少しばかり前を歩いていた。

フォン・エアツムは、ローザをその情夫ともども軽蔑し、中傷する必要に駆られていた。「あの娘(こ)はつまり、失われたものと見做(みな)さねばなるまい。俺はそう考えることにしたよ。誓って言うが、ローマン、俺はこのことで自殺したりしないよ……。しかし、ウンラートときたらどうだい？　こんな破廉恥、見たことあるか？」

ローマンは苦々しく微笑んだ。彼には分かっていたのだ。エアツムは敗北し、泣く泣く昔ながらの道徳をよすがにしようとしている。敗れた者の永遠の逃げ場である道徳を……。エアツムと同様ローマンも今日の敗北者だったが、彼は道徳をよすがにすることは拒んだ。

彼は言った。「納戸に入って行けば奴は困惑する、なんて考えたのは僕らの誤りだった。奴がそんなレベルを超えてるってことを、考えるべきだった。僕らはとうに奴の共犯になっているんだ。ここで何度も奴と鉢合わせしたじゃないか。僕らがフレーリヒと関係したりしないよう、奴は僕らを家まで送ったこともあった。それにしても奴は、そのあいだにほかの誰かが彼女と何とかなるかもしれないって、考えなかったんだろうか？」

エアツムは驚いて唸(うな)り声(ごえ)をあげた。

「だってエアツム、このことで君にまだ幻想を抱かせたりしたら、君にとって不幸だよ。君も男だろ？」

エアツムは、ローザは自分にとってどうでもいいし、彼女に穢(けが)れがあるかないかもどうでもいい、と声にならない声で断言した。ただ、ウンラートだけが自分の倫理感を憤らせるのだ、と。

「僕は憤ったりしないよ。」ローマンは告げた。「このウンラートという奴に、僕はだんだん興味を持ってきているんだ。奴はどうにも興味深い例外的存在だよ。どんな状況の中で奴が行動しているか、考えてもみろよ。奴は自分の損になることばかりしでかしてるんだぜ。普通だったら、そういうことをする前に自覚しなけりゃいけないだろ？　僕だったらあんなことはしない。ああいうことをしでかす人間のうちには、アナーキストが潜んでいるに違いないんだ……」

ローマンの話はフォン・エアツムの理解を超えていた。彼は不平がましくぶつぶつ言った。

「えっ、何だって？」ローマンは問うた。「なるほど、納戸での出来事は不愉快だった。でもあれは、不愉快なほどに凄いところがあった。いやむしろ、凄いって言えるほどに不愉快なところがあった。でも凄いっていうことは言わねばならない。」

エアツムはもう我慢出来なかった。

「ローマン、あの娘（こ）はホントに前から穢れていたのかい？」

「まあ、どっちみち今は汚物（ウンラート）にまみれてるよ。だから以前の彼女っていうのは考えないことだね。」

「俺はあの娘が穢れを知らないって思ってたんだ。とにかく夢の中にいるようだ。君は笑うだろうな、ローマン。でも俺はピストル自殺だって出来るよ。」

「君がそれを望むなら、お笑いぐさだね。」

「どうやって俺はこの状況を乗り越えたらいいんだろう。かつてこんなことを味わった人がいただろうか？　あの娘は俺にとって、とてつもない高みにいたんだ。よく考えてみると、あの娘を手に入れたいなんて、俺は一度も考えなかった。覚えてるかい？　このあいだ巨人塚を壊したとき、俺がどれほど興奮していたか。正直でいたいだけなんだが、あれははしゃいでいたわけじゃないんだ。ただ決心することに怯えていたのさ。もし彼女が俺なんかについて来たら、俺はホントに不思議に思っただろう。どうしてそんなに自惚れたり出来るものか。あの娘は俺なんかにはあんまりにも優し過ぎるんだから。……そしてそのあと、賽が投げられたとき、」

ローマンはエアツムを横からじっと検分した。「賽が投げられた」などということを口にするとは、エアツムは尋常ならぬ精神状態にあるに違いなかった。

「俺はやっぱり絶望の淵にいた、と言っていいだろう。でも今日に比べたら、天国にいたっていう感じさ。ローマン、分かるかい？　あの娘が今どれほど転落してしまったか？」

「汚物のレベルまで転落さ！」

「考えても見ろよ。あの娘にこんなレベルはふさわしくないんだ。穢れのない娘なんだから。穢れてるとすれば、あらゆる女の中で最低の女だ。」

ローマンはギブ・アップした。エアツムにとって、ローザ・フレーリヒが近づき難い雲の上の存在であることはとてつもなく重要なのだ。明らかに彼はそれを必要としていた。ローザと一緒になれるなどという大それた望みを本気で抱いたことは一度もない、とエアツムは、自分より愚かなもう一人の自分に思い込ませようとしていた。そうやって自分を欺くことによって、次の結論を導くためだった。自分ですらそうなのだから、ウンラートなどがその汚れた水溜りの中から手を伸ばし彼女を穢したなどということは、一層ありえない、という結論を。

牛飼い女中に関する彼の人生経験が、こうした考えの後ろに隠れていた。そうして赤ら顔の田舎貴族から、ひどく緊張した夢想家が生まれたのだ。なぜならそれは、エアツムの自己愛にとって必要なことだったから……人間とはそうしたものだ、とローマンは思った。

「そして、なぜそうなのかを自問してみても、」エアツムは続けた。「俺にはホントに説明がつかない。俺は彼女に、一人の人間が提供出来るものすべてを提供した。もっとも彼女が俺を愛するなんてことは、正直言って、まず信じることが出来なかった。あの娘は俺を君より丁重に扱ったわけじゃないんだからね。何でまた選りに選って俺なんかを好きになったりするもんか。……でも、代わりにウンラートを好きになるだって？ こんなこと信じられるかい？ ウンラートをだぜ！」

「女は奇なり、だよ。」ローマンはそう言って、物思いに沈んだ。

「俺には信じられない。きっと、奴はあの娘の前で詐欺まがいのインチキをやったんだ。これから奴はあの娘をどん底に落とすだろうよ。」

そう言ってエアツムは心の中で付け加えた。「そのときこそ俺が……」

このときキーゼラックが二人を追い越した。大分前から彼は二人のあとをこっそりつけていたのである。キーゼラックは金切り声で告げた。「おい。ウンラートは一〇マルク払ったぞ。鍵穴を通してこの目で見たんだ。間違いない。」

「嘘つき野郎！」エアツムは咆哮し、背の低いキーゼラックに飛びかかろうとした。が、キーゼラックはこれを予測していて、あっという間に逃げてしまった。

十一

キーゼラックの言ったことは嘘だった。女芸人フレーリヒに金を渡そうなどという考えは、ウンラートにはこれっぽちもなかった。それは彼が高潔だったからではないし、吝嗇(りんしょく)ゆえというわけでもなかったのである。ローザには分かっていたのだが、ウンラートはただ、そうしたことに気づかなかったのである。彼女のために住居を借りてやろう、と、以前ウンラートは言った。が、そのことを彼が思い出すまで、ローザは何度もほのめかさねばならなかった。ようやくそれに思い至ったウンラートが、彼女を家具つきの部屋に住まわせよう、と言ったとき、ローザは我慢し切れず、単刀直入に、自分の家具が欲しいのよ、と応じた。ウンラートはひどく驚いた。

「でも、お前はキーパート夫婦と一緒に暮らすのが習慣になっているようだから……」

彼の精神は保守に向かっていた。これほど大掛かりな変革を行うには、まずよく考えてみなければならないのだ。彼は全神経を動員した。

たらどうするのだ?」

「しかしだな——いいか、注意して聞けよ——キーパート夫婦がこの町から出て行ったらどうするのだ?」

「しかもあたしが一緒に行きたくなかったら?」彼女は補足した。「あたしはどうしたらいいの?」ウンラートは返事に窮した。

「ねえ、ウンラートちゃん、どうしたらいいの?」

彼女は彼の両足の前を飛び跳ね、勝ち誇ったように言った。

「そしたらあたし、ここに残るわ!」

彼の顔は輝いた。そうした変化を思いつくことは、彼には不可能だったろう。「そしたらお前……ここに残るのかい?」この考えに慣れるため、何度も彼は同じ言葉を繰り返した。

「それはなかなか殊勝なことだ、勿論。」彼は承認するように付け加えた。彼は幸せだった。それにもかかわらず、数日するとまたローザは、あらゆる手段を駆使して彼にほのめかさねばならなかった。「青き天使」の店内ではなく、上等なホテルで彼女に食事を取らせ、代金は彼が払うべきだということを……。

それを了解したときウンラートは、フレーリヒと共にホテルで食事すると言い出した。

彼女は断り、彼はがっかりした。その代わりローザは、ホテル「スウェーデン・ホーフ」での食事代をウンラートが払うばかりでなく、住まいが整うまでこのホテルに部屋を借り、家賃もウンラートが払うことに同意した。

ローザをこれまでの環境から切り離して、自分に強く結びつけることが出来るなら……、彼女を世界に向けて対置することが出来るなら、どんな機会にでもウンラートは少年のようにがむしゃらに跳びついた。ただ、跳びつくために彼はそうした機会に気づかねばならなかった。「女芸人フレーリヒさんが住むのだからな！」と言って彼は、壁紙職人を急がせた。「女芸人フレーリヒさんが満足していないのだ！」と言って家具屋を脅かした。食器店やクリーニング店ではローザの贅沢趣味を盾に取った。そこら中で彼女に合うものを買ってやり、そこら中で彼は、不審気な他人の目など気にすることもなく、女の名前を公言した。いつも彼は、荷物を担いで女の部屋から出てきたか、女のもとへ向かうところであった。いつも彼は、急いで片付けねばならぬ大事な用で大忙しだった。それはローザにとってとても重要なことだから、彼女と一緒に考え、彼女に相談しなければならないのだった。この幸せな仕事のため、彼の灰色の頬には、近頃よく、上気した赤い斑点が浮かんでいた。夜はよく眠り、充実した毎日を生きた。

ウンラートの唯一の悩みは、彼女が一度も彼と外出しないことであった。彼は町の中で彼女をあちこちエスコートしたかった。女王である彼女にその王国を見せてやり、臣下どもを紹介し、謀反人たちから守ってやりたかった。というのも彼は、近頃どんな反乱も恐れてはいなかったのだ。彼はローザに外出するよう訴えた。しかし彼女は、今ちょうど舞台稽古があるとか、疲れているとか、気分が悪いとか、太っちょグステが気に障ることを言ったとか、そういう言いわけをして断った。このことでウンラートは太っちょグステに詰め寄ってみたが、グステによると、その日彼女は一度もローザに会っていないというのだった。

ウンラートには理解出来なかった。グステは意味ありげに微笑むばかりだった。途方に暮れて彼はフレーリヒのもとに帰った。すると女はまた理由を作って外出を引き延ばした。

ローザがウンラートとの外出を避けた本当のわけは、単に、二人が一緒のところを人に見せるのはまだ早い、と考えたからであった。彼女がウンラートの横にいるのを見たら、人びとは、彼に自分の悪口を言って、ウンラートを自分から引き離そうとするだろう、と思った。ローザは、ウンラートへの自分の影響力がまだそれほど大きいとは思っていなかったから、人びとが自分について話すだろうことのすべてを、彼に対して打ち消す自信がなかったのである。彼女は本当に自分を品位に欠ける人間だと思っているわけではなかったが、しかし実のところ、どんな女であれ色んなことを経験してきているもので、それらは話す価値もないものとはいえ、真面目な男には、とにかく聞かせてはならないのであった。男というものがもっと物分かりのいい生き物だったら、どれほど簡単だったことか！　可愛いウンラートの顎の下に手をやって、これこれこうなのよ、と話して聞かせれば済んだだろうに！　が、今のところは誤魔化さねばならない。そして彼女が最も恐れていたのは、彼が愚かな考えに捉えられるかもしれない、という点であった。女が独りで家にいたがるのは、自分のいぬ間に楽しみを享受するためだ、と勘違いするかもしれない。が、それはまったく見当違いだった。ローザはそうしたことを充分楽しんできたから、今はこの可笑しな老ウンラートと少しばかり落ち着いた生活が出来るのを喜んでいたのである。ウンラートは、彼女のこれまでの人生では例のないほど熱心に仕えてくれたし、ホントに（彼女はときおり、物思いに耽るように長いこと彼を眺めた）、素敵な男だったのだ！

ローザの危惧は、ウンラートには無縁だった。例の勘違いは、彼には思いもよらぬことだった。

別の見方をすれば、ローザは人びとの誹謗に対して、彼の傍らに立ったまま落ち着いて反論すればよかったのである。ウンラートは彼女が思っているよりも強かった。彼のもとには不平不満を唱える分子が押し寄せたが、そのつど彼はそれらを跳ね除けた。それはローザに話すほどのことでもなかった。それに、そうしたことのほとんどは、学校のうちで起こった。

学校では、キーゼラックのお喋りのお陰で、ウンラートの校外での素行を知らぬ者はなかった。どう振舞うのが自らの出世に有利なものか、考えあぐねた若手教員らは、挨拶しなくて済むようウンラートを避けた。同じく若手で、中学教師には高嶺の花といえる富豪の娘に狙いをつけていたリヒターは、ウンラートに会うと蔑むような薄笑いを浮かべて挨拶した。だが他の教師は、ウンラートと同席することをきっぱり断った。そのうちの一人は、ウンラートが担任するクラスを前にして、「君たちは、モラルの汚れ(ウンラート)、いや、むしろウンコと言うべき者に悪影響を受けてはならぬ！」と言った。そう言ったのは、かつてウンラートの息子の非道徳的行状について軽蔑的言辞を吐いたあのヒュベネットその人だった。当時もヒュベネットは、ウンラートが担任するクラスを前にして、同じことを言ったのである。

今では、ウンラートが校門を入るやいなや、監督役の教師は嫌そうに顔を背け、生徒の方は誰も彼も闇雲にこう叫んだ。「おー。ここはモラルの汚臭(ウンラート)がするぞ！」老教授が近づいて毒々しい横目で睨みつけると、騒ぎは次第に萎(しぼ)んでいった。すると彼の歩いているすぐそばにキーゼラックが立ちどまり、目を伏せたまま、ゆっくりと、はっきり言った。「むしろウンコだぜ！」

するとウンラートは痙攣的にぎくりと身をすくめ、先へと歩いた。彼はキーゼラックにこのことを「証明」出来なかったのである。

彼は、キーゼラックに対し、もはや何も証明することは出来なかった。キーゼラックはもとより、フォン・エアツムもローマンも、二度と捕まえることは出来なかった。ウンラートはそれをよく分かっていた。ウンラートと三人の生徒は、今や互いの存在に耐えつつ生きていたのだ。だからウンラートは、ローマンが授業にちっとも耳を傾けず、自分が当たると俳優のような声で、「今忙しいんです」と応じるのに、なす術がなかった。長いこと座っていても自分の頭から何も出て来ないことに業を煮やしたフォン・エアツムが、隣の生徒から課題帳をもぎ取って写すのを見ても、ウンラートにはどうすることも出来なかった。どんな質問をしても、キーゼラックがナンセンスな答えを叫んで、当たった生徒を混乱させた。その上キーゼラックは大声で雑談し、用もないのに教室を歩き回り、授業中に殴り合いを始めることさえあったが、ウンラートは傍観していなければならなかった。ウンラートが、脅かされた暴君のようにパニックを起こして、謀反人どもを納戸に幽閉すると、さらにまずいことが起きた。教室全体に、瓶の栓を抜くポンという音と、グラスに液体を注ぐドクドクという音が聞こえ、大きな乾杯の声と、いかがわしいクスクス笑いと、キスの音が聞こえた……。慌ててウンラートは納戸のドアに走りキーゼラックを教室に呼び戻した。他の二人も、呼ばれもしないのに一緒に出て来た。脅すような、蔑んだ顔つきをして……。

一瞬、ウンラートは激昂したように見えた。しかし、こいつらの振舞いが何だというのだ！　結局奴らは敗北者であり、女芸人フレーリヒと懇ろになれなかった。ローザと納戸でいちゃついているのはローマンではない……。ウンラートは、校門を出るやすぐに不機嫌な気分を振り払い、クリーニング店に取りに行くことになっていたローザのグレーのスカートや、ボンボン・キャンデーを買って彼女を驚かしてやろう、という計画に頭を切り替えた。

一方、校長は、六年生のクラスの状況をこれ以上傍観しているわけにはいかなくなった。彼はウンラートを校長室に呼ぶと、ウンラートのクラスが明らかな倫理的崩壊に陥っている、と非難した。「私はね、こうした悪い傾向の感染源がどこなのか、調査しようとは思いませんよ」と校長は言った。「もっとも、もう少し若い教員のクラスであれば、調査するでしょうな。だが、あなたは立派に経験を重ねてこられた方だ。ですからね、御自身で自らの行動には責任を持っていただきたいですな。それからね、御自分の学級に手本を見せなければならないですよ。そういう義務があることを忘れないでいただきたいですな。」

ウンラートは応じた。「校長、アテネ人ペリクレスは——まさしく——あのアスパジアを恋人にしていたのですぞ。」

「それは関係ないのではないですかねえ。」校長は言った。ウンラートは応じた。「生徒の前で、古典的理想を意味のない童話のようにしか語ることが出来ないとしたら、私は我が人生を——いやはやまた——まったくの徒労と見做(みな)さざるを得ませんな。人文的教養を積んだ者は、下層階級の倫理的迷信など、当然無視して構わんのです。」

これ以上何も言うことの出来なかった校長は、ウンラートを放免し、なお長いこと考えに沈んだ。結局彼は、今聞いたことを自分の胸に秘めておくことにした。素人がこんなことを聞いたら、これを学校や教師という職業にとって不利な意味に解釈してしまうかもしれない、と恐れたのである。

ウンラートは、女芸人の訪問に機嫌を損ねた家政婦を、勝ち誇ったように平然と家から追い出した。彼女がいくら感情を爆発させ、頑として居座ろうとしても無駄だった。代わりに、「青き天使」で働いていた女中が雇われた。この女は雑巾のような顔をして、肉屋の小僧や、煙突掃除夫、ガス屋の店員など、要するに町中の男たちを自分の部屋に招じ入れた。

ウンラートがローザの用事を片付けるために訪れることの多い、黄色い顔をした洋裁師は、いつも冷たく、叱るような口調の女だった。ある日、ウンラートがかなり大きな注文の代金を払ったちょうどその瞬間、彼女は口を切った。「教授先生、一度みんなが言ってることをよく聞いてみなさいよ。こんなことはスキャンダルじゃないですか？年甲斐もなく……いいえ、歳を取ってないとしたってねえ。」ウンラートはこれには答えず、つり銭を財布に入れると、そこから立ち去った。しかし、半分閉じかけたドアからもう一度微笑を浮かべた顔を覗かせると、寛大そうに言った。「あんたが口を開くために選んだタイミングからして、奥さん、あんたは、あんまりあけすけにものを言って金銭的不利益を被りはすまいか危惧しておるようだね。ところが、何にも恐れなくていいのだよ。これからも女芸人フレーリヒのために働くことを許してあげよう。」

そう言ってウンラートは引っ込んだ。

しまいには、次のようなことが起こった。ある日曜日の午前、ウンラートが彼の労作『ホメロスにおける不変化詞』の原稿を一枚使って、裏にフレーリヒ宛て手紙の下書きをしていたとき、ノックの音が聞こえた。そして、丈の高い帽子をかぶり、皺だらけの黒い上着を身に付けた靴屋のリントフライシュが入ってきたのである。彼は古めかしい格式ばったお辞儀をして、布袋腹の向こうから、困惑した調子で言った。

「教授先生、おはようさんで御座えます。先生に一つ質問だけさせていただきてえと思いまして、参ったんで御座えます。」

「言ってみたまえ。親方。」ウンラートは応じた。

「長えこと考えてみたんで御座えます。そいでもこんげんこと申すのは易しいことじゃ御座えません。ただ、主がどうしてもとお望みなもんですけぇ。」

「いいから先を言いなさい。」

「特に、教授先生がそんげんことするとは、わしにゃどんげんしたって信じることが出来ねえですけぇ。町じゃ先生んことをそりゃあちこちで喋っておるで御座えます。きっと先生御自身が一番よく御存じだとは思いますですが。しかし信心するものぁそれを真に受けるなんてこたぁしちゃならねぇんです。ホントで御座えます。信じちゃいけねえんで。」

「そういうことなら、」ウンラートは口を挟み、手振りでやめるよう促した。「それでよいのだろうね。」

リントフライシュはシルクハットを回し、床に目を落とした。

「ですけれどもね、神様がお望みでねえってことを、教授先生にお知らせするように、神様がお望みなんで御座（ごぜ）えます。」

「神は何を望んでおらんのかね？」ウンラートは尋ね、うす笑いを浮かべた顔をあげた。「女芸人フレーリヒさんを望んでいないとでも？」

靴屋は自らの使命の重さゆえに深く呼吸した。彼の長く垂れ下がった頬はその楔形（くさびがた）の髭の中で揺れた。

「わしは先生に何度もお伝えしたんですが……」と言って彼の声は秘めやかに陰気なものに変わった。「神様がそれをお許しなさるのはただただ……」

「天使を増やすためだけなのだね。よろしい、親方。それでは私は、どうしたらいいものか考えてみることとしよう。」

そしてその陰険な薄笑いをやめることなく、ウンラートはこのヘルンフート派の男を玄関から追い返した。

こうしてウンラートは、こだわりなく有頂天の気分で日々を送っていた。そこに恐ろしい事件が持ち上がった。一人の耕地監視員が、森の巨人塚が故意に壊されたという告発をしたのである。この不法行為が行われたと彼が推測する日曜日、彼は、田舎道で一組の若者たちにすれ違っていた。検察の長い調査が徒労に終わったあと、とある月曜日の朝、この耕地監視員は校長に伴われて、中学校（ギムナジウム）の講堂に現れた。礼拝の時間、校長が聖書の一節を読んだり、全校がコラールを歌ったりしているあいだ、ずっとこの平民出の監視員は、壇上から全校生徒を検分した。彼はその際、何度も手の甲で額をぬぐった。気分が良いという風には見えなかった。最後に彼は壇から降りて、校長に伴われ、並び立つ生徒のあいだを歩かねばならなかった。そのあいだ彼は、自分には身分の高過ぎる人びとの集まりに来てしまった人間のように、おどおどして、誰の顔もまともに見ることが出来ず、自分の足を踏んづけたエアツムにぺこりとお辞儀までした。

　中学校（ギムナジウム）の域内で犯罪者を発見するという望みが一切失われたように見えたとき、校長は究極の試みに出た。彼は、聖書からもう一節余計に朗読したあと、自信ありげに、今の朗読は、罪を犯した者のうち少なくとも一人の心を動かして、自責の念を抱かせたことだろう、その者は良心の呵責に耐えられず校長室に来て、共犯者を告発し、正義の裁きに委ねようと思うだろう、と述べた。その者が正直に打ち明けた御褒美としては、彼自身の罰を免除するのみならず、報奨金も与えよう……この言葉で礼拝の時間は締めくくられた。

　三日もするとその効果が現れた。ウンラートのティトゥス・リウィウス[20]の時間は荒廃を極め、生徒は騒いだり勝手気ままな内職をしたりしていたが、突如ウンラートは教壇から飛び降りると、次の如く叫び始めたのである。「ローマン、お前はその私的読書をまもなく学校以外のところで続けることになるだろう。キーゼラック、お前がここで口笛を鳴らすのもようやく終わりだな。フォン・エアツム、お前は間もなく自宅で——いやはやまた——堆肥運びに従事出来るだろうて。私は、この三人のならず者を納戸に追放するなどということは、もう決してせぬ。この悪餓鬼三人組の滞在場所としては、納戸はあまりにもったいない。私はむしろ全力を挙げて、彼らの経歴が分相応にも、低劣なスリや盗賊の仲間として終わるよう配慮する意向だ。上流階級に属することは間もなく出来なくなるだろう。彼らが我々のそばにいられるのも、もう長くはあるまい！」

ローマンは立ち上がり、眉根を寄せて説明を求めたが、ウンラートの墓場のような声は、報いられた憎しみでいっぱいで、その顔はゾッとするような勝利の表情を浮かべ、誰もが打ち負かされたように感じた。ローマンは残念そうに肩をすくめると、再び腰を下ろした。

次の休み時間、ローマンは、キーゼラックやフォン・エアツムともども、校長のもとに呼び出された。校長室から戻って来ると彼らは、大したことじゃないさ、という風を装いながらも、例の馬鹿らしい巨人塚のことさ、と言った。だがそれを聞くとすぐに他の生徒が三人を取り囲んだ。キーゼラックはつぶやいた。

「畜生！　誰だ！　告げ口したのは！」

他の二人は怒りに駆られて互いに視線を交わし、キーゼラックに背を向けた。

ある日の午前、三人は授業を免除され、裁判所の委員会に伴われて森へ行き、彼らの暴力行為の対象である巨人塚の前に立たされた。すると耕地監視員は、この三人が例の若者たちであることに気づいた。彼らは、調査のためなお数日間授業を免除され、ついには被告として州裁判所に出頭する身となった。証人席から、ウンラートが毒々しい薄笑いを浮かべて彼らを見ていた。法廷にはブレートポート領事とローマン領事もいた。影響力の大きいこの二人に対して、検察側代表も頭を下げずにはいられなかった。彼は、最後まで名乗り出なかったローマンとエアツムの愚かさを、内心悔しく思っていた。犯人が彼らだと分かっていれば、検察も裁判沙汰にはしなかっただろうに！　当局は、勿論キーゼラックのような身分の卑しい不良どもが犯人と考えていたのである。

審理が始まると裁判長は、三人の被告に、自分の罪を自覚しているか、と尋ねた。キーゼラックはすぐ否定した。「しかし君自身が校長に自首したのではないのかね？　それに裁判前の聴取でもすべてを認めたのではなかったかね？」裁判長のこの言葉を受け、校長が前に出て、その通りであることを詳しく述べた。校長は、自分の証言は真実である、と宣誓した。

「校長先生は今嘘をつきました。」キーゼラックは言い張った。

「校長先生はしかし、真実であると誓ったのだよ!」

「何でや。」キーゼラックは応じた。「なら、ますます嘘こいたんだ。」

彼は制止を振りほどいて前に出ようとしたが、引き戻された。その上憤りに駆られ、人間への信頼を揺るがされていた。約束の報奨金を受け取る代わりに、裁判にかけられたのだから……。

ローマンとフォン・エアツム伯は、犯行を認めた。

「俺はやってねーぜ。」キーゼラックは甲高い声で叫んだ。

「僕らがやったじゃないか!」ローマンは、自分の仲間意識にひどく感動して、決然と言った。

「失礼ですが、」エアツムが口を挟んだ。「俺が一人でやったんです。」

「どういたしまして」と言ってローマンは、疲れた、厳しい顔つきをした。「この、公共財産と言われるものの損壊に僕が果たした役割を、僕は断固主張せずにはいられないね。」

フォン・エアツムは繰り返した。「俺がたった一人で壊したんです。それが真実です。」

「おい、お願いだから馬鹿なこと言うのはやめてくれ。」ローマンは言った。エアツムは、「もう一度……。君はかなり離れたところにいたじゃないか。君は座っていたじゃないか、あの人と……」

「誰と座っていたのかね？」裁判長は尋ねた。

「誰でもありません。」フォン・エアツムはひどく顔を赤らめた。

「キーゼラックとですよ、確か。」ローマンは述べた。

検察代表は、罪を多くの人に配分することによって、ローマン領事の息子とブレートポート領事の被後見人に帰せられる罪の配分を出来るだけ小さくするのが得策と考えた。彼はエアツムに対して、一人でやったと言っている行為の難しさを指摘してみせた。

「あなたは一人でやったと述べていますが、どれほどの力持ちでも、これを一人でやるのは無理でしょう。」

「出来ますとも。」エアツムは、誇らかに、謙虚に応じた。

裁判長は、エアツムとローマンに、共犯者の名を挙げるよう促した。

「恐らくあなた方は、もっと大勢の悪戯仲間だったに違いありません。」彼は好意的な推測をした。「参加者の名前を言いなさい。そうすれば、あなた方にとっても我々にとっても好ましいこととなります。」

三人の被告は黙った。この沈黙は、仲間を思う彼らの気高い心の表れである、と弁護人は指摘した。「裁判前の捜査段階からずっと、この二人の若者は毅然として、これ以上誰の名誉も傷つけまい、という意志を貫いておりました。」

キーゼラックもずっと沈黙は守っていた。しかし、彼の態度は評価の対象とならなかった。なぜなら、彼は自分の愚行を隠そうとしただけだったから。

「では、ほかには誰もいなかったのだね?」裁判長は繰り返した。

「いませんでした。」エアツムは言った。

「いませんでした。」ローマンも言った。

「いたよ。」キーゼラックが潰(つぶ)れた高い声で叫んだ。まるで、答えを知っている熱心な生徒が教師の問いに応じるように……。「女芸人フレーリヒさんもその場にいたよ。」そして、誰もが耳に全神経を集中した中で、「そもそもあの人が、巨人塚を壊すよう俺らに命じたんだから。」

「嘘だ。」エアツムは言って、歯軋(はぎし)りした。

「彼の言うことはすべて嘘です。」

「こりゃ正真正銘の事実だよ!」キーゼラックは請け合った。「先生(せんせ)に聞いてくれよ。あの女(ひと)を一番よく知ってるのは先生(せんせ)なんだから。」

彼はニヤリと笑って証人席の方を見た。

「先生、フレーリヒさんはあの日、あんたの前からいなくならねかったかい？　あの女はあの日俺らと一緒に巨人塚の前で朝食を食ってたんだぜ。」

誰もがウンラートを見つめた。ウンラートの方は狼狽している様子だった。彼は顎をパクパクさせた。

「その女性はそこにいたのかね？」判事の一人が驚いて、純粋に人間的好奇心に駆られた声で他の二人の被告に尋ねた。二人は肩をすくめた。しかし、ウンラートは、ほとんど窒息しそうな声で言った。

「これで貴様も終わりだ、ならず者め。これで――いやはやまた――一巻の終わりだと思いたまえ！」

「その女性というのは一体誰のことですか？」検察側代表は、体裁を作るため質問した。というのは、この場にいる誰もが、彼女とウンラートのことは知っていたのだ。

「ラート教授が我々に情報提供してくださるでしょう。」裁判長は推測を述べた。ウンラートはただ、「彼女は女性芸術家です」と述べるにとどまった。それを受けて検察側代表は、当該の女性をすぐ召喚するよう提議した。理由は、どの程度この女性が当該違法行為に知的首謀者として係わっているか、突き止めねばならない、というものだった。法廷はこの提議を認める決定をして、彼女を連れてくるため、職員が派遣された。

そのあいだに、ローマンとエアツムの若い弁護人は、黙ってウンラートの精神状態を検分していたが、この男に思いのままを吐露させるのに良い時分だと判断した。彼は、被告人である三人の生徒の、一般的、精神的、倫理的状態について、ラート教授の所見を聴くことを提議した。法廷はこの提議を認めた。ローマン領事の息子とブレートポート領事の被後見人にとって不利になる証言を恐れていた検察側代表は、これを阻もうとしたが、無駄だった。

ウンラートが裁判官席の前に出ると、傍聴席から笑い声が聞こえた。彼は不安な興奮状態にあった。悩める者の怒りが彼を苛(さいな)んだ。彼は涙ぐんで見えた。

「女芸人フレーリヒさんがこの非難すべき犯罪行為に係わっていたとか、そもそもこの馬鹿らしい遠足に同行していたなどということは、まったくありえない。」

こう言ったあと彼は、証言の前にまず宣誓するよう促された。宣誓のあと彼はすぐ同じことを繰り返そうとしたが、裁判長は再度さえぎった。彼が証言を求められているのは、三人の生徒についてであった。するとウンラートは両腕を上げて叫び始めた。墓場から響くようなその声から、彼の焦りが限界に達していることが分かった。彼はまるで、塀際まで追い詰められ、逃げ道を失った獣のようだった。

「この三人は、人類最悪の人間である。その顔をよく見たまえ。前科者の子そのものではないか！　もともと彼らは、教師の支配を不承不承我慢していたに過ぎなかった。教師に反抗したばかりか、周りにも反抗を説いておった。この三人の扇動により我がクラスは大部分がならず者と化した。三人が行ったこと、それは、革命的企てや、不埒な詐欺行為、低劣思想から来るほかの様々な行為であるが、すべてが、この場に被告人として立つという今の姿を、——まことに——予見させるものだった。この被告席こそ、彼らが将来座るだろうと私がまさに予測していたところなのだ！」

こう言ってウンラートは、ひどいショックを受けた人間があげる復讐の雄叫びをあげ、ローザを誘惑した三人に顔を向けた。

「貴様に面と向かって言おう、ローマン！」

彼は三人の生徒のそれぞれの素行を、裁判関係者と聴衆の前で暴き始めた。ローマンが恋愛詩を書いていること、フォン・エアツムがテランダー牧師の家のバルコニーから夜の遠足に出ていること、キーゼラックが禁止された店に図々しくも通っていること。すべてが暴露され、聴衆はウンラートの爆弾証言に身を震わせた。フォン・エアツム伯の落ちぶれた叔父が貶されたかと思うと、町の名士たちの無節操な拝金主義や、酒癖の悪い港湾職員、つまりキーゼラックの父が貶められた。

法廷にいる人びとは、狂信的憎悪に駆られた男の発言に驚愕した。検察側代表は丁重に詫びるような視線をローマン領事とブレートポート領事に送った。若い弁護人は満足して、嘲るように廷内の様子を見渡した。ウンラートは、喋り続けることで人びとを笑わせたり、怒らせたりした。ついに裁判長は、「あなたと生徒との関係については充分分かりました」と言って、ウンラートを黙らせようとしたが、ウンラートは構わず喚いた。「この破壊分子どもは、その悪辣な所業によってこの大地をどれほど辱めることか！　奴らは、フレーリヒさんもその犯罪的狂宴に加わっていたなどと主張しているではないか！　まこと奴らは、フレーリヒさんの名誉を傷つけること以外、眼中にないのだ！」

　自分の言葉によって沸き起こった哄笑の中で、ウンラートはほとんどくずおれそうになった。というのも、自分が言ったことを彼は、内心信じられなかったのである。心の底で彼は、選挙日であった例の日曜日、ローザが見当たらなかったのは、巨人塚のところにいたからだ、と思っていた。それだけではない。これまで知らなかった状況を一瞬にして悟った彼は、息を飲んだ。ローザはいつも、彼と外出するのを拒んでいた。独りで家にいるために彼女がした多くの言いわけは、本当は何のためだったのか？……ローマンのためではなかったか？……

ウンラートは改めてローマンのもとへ突進すると、彼に向かって、「お前の階級の権力は、へし折らねばならぬ！」と、叫んだ。だが裁判長は、傍聴席に戻るようウンラートに促し、証人フレーリヒの入廷を命じた。

ローザの登場によって廷内にざわめきが起こった。騒ぐ者は退席させる、と裁判長は警告した。人びとは静けさを取り戻した。ローザの風貌が人びとをうっとりさせたためだった。彼女はグレーのウール服を着て、感じのいい落ち着いた優雅さを有していた。さっぱりした髪型で、ダチョウの羽根が一本付いた大き過ぎない帽子をかぶり、顔にはほんの少し紅を入れただけだった。「あの女の人、なんて綺麗なの！」と、一人の少女が隣に座っている母親に言うのが聞こえた。

ローザははにかむ様子もなく、裁判官席の前に出た。裁判長は軽い会釈をして彼女を迎えた。検察側代表の申請により、彼女は宣誓なしで尋問され、人好きのする微笑を浮かべて、自分の方から、「勿論あの遠足について行ったわ」とはっきり言った。キーゼラックの弁護人は、ようやく高飛車に出ることが出来る、と考えた。

「聞きましたか？　三人の被告のうち、真実を述べていたのは私の依頼人だけではないですか！」

しかし、キーゼラックに関心を示す者はなかった。

検察側代表は言った。

「今や教唆があったことは証明されました。そしてこの二人の若者が、女性に好意を示そうという素朴かつよく理解しうる動機から行った違法行為の発端が、フレーリヒ証人であることは疑う余地がありません。」

キーゼラックの弁護人は、この機会を利用して次のような指摘をした。彼の依頼人の態度が共感しがたいものであることは彼自身認めざるを得ないが、そうした態度は、フレーリヒのような生業(なりわい)の女性とつきあうことで若者が陥る退廃ゆえなのだ、という指摘だった。

「この子たちがあの古い巨人塚に何をしたか、あたしにはよく分かんないし、ずっと分からずじまいかもしれないわ。」ローザは無造作に言った。「あたしが知ってることって言えばね、この人今、退廃とかって言ったけど、あの日の午後、ここにいる坊ちゃんたちの一人が、あたしに真面目な結婚の申し込みをしたわよ。可哀想だったけどあたし、お断りしちゃったの。」

人びとは笑い出し、頭を振った。証言台のローザは肩をすくめたが、三人の被告に視線を向けることはなかった。突然、エアツムが顔を赤くして言った。「この人が言ったことは本当です。」

「勿論、」彼女は付け加えた。「あたしとこの子たちのつきあいは、実に上品なものだったわ。言ってみれば、子供の悪戯の域を出なかったわよ。」

彼女がこう断言したのは、ウンラートのためだった。彼女は話しながら横目で素早くウンラートを探した。しかし、彼は頭を伏せていた。

検察側代表は尋ねた。「つまり証人は、被告人たちとの交流は道徳的に許される範囲を決して超えるものではなかった、と言うのですね？」

「決して、と言ったら言い過ぎよ。」こう言いながら彼女は、法廷での証言、という回りくどいやり方でウンラートに真実を言おうと決心した。誤魔化してばかりでは、物事をこじらすだけだった。「決して、って言うわけじゃないけど、でも、ほんのちょっとしたとこでその範囲を超えたくらいよ。」

「証人がちょっとしたところと言うのはどういうことかね？」裁判長は尋ねた。

「あの坊やのことよ。」彼女は答え、キーゼラックを指した。キーゼラックはみんなの視線を一身に浴び、自分の鼻先を睨み始めた。そうでなくても人びとの嫌悪を買っていた彼は、一人だけ幸福を味わったがゆえに、なお人びとの憎しみをかき立てた。しばらくしてキーゼラックは、「この人は嘘をついてます」と言い張ったが、裁判長は彼から顔を背けた。裁判長までが今の証言に刺激され、他の人びとと同じく、公平さを欠いた、人間的な気分になっていた。ローマンは、友人であるエアツムがローザに求婚し断わられた事実が暴露されたため、ひどく気分を害していた。彼はこのタイミングを捉えて、社交家の余談といった調子で口を挟んだ。「仕方ないですよ。この御婦人の趣味の問題ですから。キーゼラックの求めには応じるわけですよ。もっとも、僕も今始めて知ったんですがね。この人が可愛がっているもう一人については、もっとよく知られていますよね？　この人は、伯爵夫人になることはきっぱり拒否します。それに、何の申し込みもしたことのない僕に、「あんたはびりっけつ」っていつも言うんです。」

「その通りよ」と、証人フレーリヒは言い、ウンラートがこの言葉を聴いて心に留めてくれることを望んだ。笑い声が起こった。裁判長は、今度は激しく体をゆすった。裁判官の一人は笑いをこらえるあまり鼻から高い音を漏らして、腹を抱えた。検察側代表は意地悪そうに唇をゆがめ、弁護人は懐疑的に唇をくねらせた。フォン・エアツムはローマンに囁(ささや)いた。「キーゼラックとも関係があったのか。……これでお仕舞いだ。俺にはあの娘(こ)はどうでもいいよ。」

「やっと目が覚めたね……。ところで、僕らはうまく切り抜けたようだよ。罠にはまったのは、ウンラートの方だ。」

「俺が巨人塚のことを一人でやったと言ってるときに口を挟むのはよしてくれ。俺はどのみち学校なんかやめて報道関係の仕事に就くんだ。」
このとき、平常心を取り戻した裁判長は、父親のような声で再度、「騒ぐ者は退席させます」と言った。そして彼は、証人フレーリヒの尋問は終了すると宣言して、「退出してよろしい」と彼女に言った。ローザは、出て行く代わりに傍聴席に座った。彼女はウンラートを探したが、見当たらなかった。

ウンラートは、廷内が笑いに包まれているあいだに大股で逃げ出した。大雨のとき、水があふれそうになった堤防を越えて避難するように、火を噴く火口から逃れるように、逃げた。ウンラートを取り巻くすべてのものは崩れ去り、彼を奈落へ突き落とした。なぜなら、ローザは浮気していたのだ！　永遠に自分が勝利し、打ち負かしたと思っていたローマンその他の者どもは、彼が目を逸（そ）らしたその瞬間、虚無の中から蘇った。ローザは少しも躊躇（ためら）うことなく、奴らと係わりを持ったのだ。キーゼラックについては真実を打ち明けたが、ローマンについてはまだ否定している。しかしウンラートは、彼女の言葉をもう信じなかった！　ローザが信用出来ない女と分かり、途方もなく驚いていた。今日の恐ろしいこの瞬間まで、ローザはウンラートの一部だった。ところが突如彼女は、その身を無理やり引き離したのだ。ウンラートは、心の傷から血が流れるのを見て、それがなぜか理解出来なかった。一度も人間と連帯したことのない彼は、裏切られたこともまたなかった。ところが今、ウンラートは、少年のように苦しんだ。生徒エアツムが同じ女に苦しんだのと同様に苦しんだ。彼は不器用に、とめどなく苦しみ、その苦しみに驚いた。

ウンラートは自宅に帰った。女中が何か言った途端、彼は跳び上がって彼女を追い出した。自分の部屋に逃げ込むと、ドアをロックしてソファーに突っ伏し、しくしく泣いた。だが、羞恥に駆られて飛び起きると、『ホメロスにおける不変化詞の研究』の原稿を取り出した。彼は立ち机の前に再び立った。三十年のあいだに彼の右肩を不釣合いに上げた立ち机だった。原稿の裏には何ページにもわたってローザに出した手紙の下書きがなされ、うち数枚には彼女のためのメモがほんの一行書かれていた。欠けているページもあった。彼は不注意にもそのページを彼女に送ってしまったのだ。ウンラートは自分の労力がすっかり女に従属していたことに気づき、自分の意思が大分前から彼女だけに向いていたこと、人生のすべての目標が彼女のうちに流れ込んでいたことに気づいた。このことに気づくと、彼は再びソファーに横たわった。

夜になった。すると、暗闇の中でウンラートの眼前に、ローザの小さくて気まぐれな、華やいだ顔が現れた。ウンラートは不安に思いながらその顔を覗き込んだ。この顔の中にはあらゆる疑いの根っこがある、と思った。ローザは誰とでも親しくなったのだ。ウンラートは、血の気の引いた自分の顔前で両手を組み合わせた。遅れてきた彼の官能……干からびたその体から、秘かな誘惑によってゆっくりと醸成された官能、荒々しくも不自然に燃え上がり、彼の人生を変え、彼の精神を極端へと駆り立てたこの官能が、今、多くのイメージでウンラートを悩ました。彼は、「青き天使」の狭い自室にいるローザを思い浮かべ、彼女の、秘密を露わにしていくその仕草を見た。あの、初めてのときの彼女の仕草と、くすぐるような彼女の眼差しを眼前に見た。今、ローザはその眼差しと仕草を、ウンラートを通り越して別の男の方へ……ローマンの方へ向けていたのだ！　ウンラートはこの情景を終わりまで思い浮かべた。そして彼のむせび泣きに応じて、情景は踊るように躍動した。

十二

そのうち学校に行くのも終わりになるだろうと考えてはいたが、自分の国を守ろうとする習慣の名残からウンラートは、なお職場に通った。同僚は、もはや例外なく彼を無視することに決めていた。添削するノートを抱えて彼が教員室に現れると、皆新聞を広げて顔を隠したり、机から逃げ出したり、部屋の隅に唾を吐いたりした。教室にはローマンとフォン・エアツム、キーゼラックの姿がなかった。ウンラートは、ほかの生徒のことは軽蔑していたので、したい放題にさせた。ときおり息を荒くして、誰かを半日監禁処分にしようと考えたが、しばらくするとこの措置を用務員に執行させるのを忘れてしまった。

校外に出ると、誰を見ることもなく、罵りにも賞賛にも耳を貸さずに、脚を引きずるようにそっと歩いた。日雇い馬車の御者が馬を止め、町の名物であるウンラートを観光客に示しても、本人はそれに気づかなかった。彼がどこを歩いても、彼を見た人びとは裁判のことを噂した。彼らにとってウンラートこそが本来の被告人であった。法廷での彼の振舞いは嘆きと憤りを呼び起こした。ウンラートが教員になった年に初めて担任した生徒は、もう年配となり、ウンラートのことを、歳月によって美化された朗らかな青春の思い出として懐かしんでいたが、本人を見るやいなや立ち止まって頭を振った。

「昔のウンラートは一体どうなっちまったんだ。情けないじゃないか！　最近ウンラートが起こした騒ぎときたら！」

「教師が生徒に向かってあんなことを言うもんかね？　これが果たして青年教育に携わる者かい？　それに、商人や上流階級に向かって何てことを言うのだ！　それも選(よ)りに選って法廷じゃないかね！」

「年を取って突飛な脱線をすると、みんなの前で報いを受けるんだよ。そもそも衆目の中にいるんだからね、教師は。市議会で議題になったそうだよ。ウンラートはもう学校には置いておかないそうだ。ブレートポートから聞いたんだがね。奴は女を連れて町から出るがいいのだ。」

「それにしても可愛い子だって話だな。」

「だからいけねえんだよ。」

男たちは視線を交わして笑い、誰もが瞳に小さな火花を散らした。

「ウンラートはどうしてまたそんなのに引っかかっちまったんだろうな。」

「ちぇっ、いつも言ってるだろ？　あんな名前にゃ誰も長くは抵抗出来ないんだよ。今じゃ、ホントに古びた汚物（ウンラート）になっちまった。」

ほかの人びとは、ウンラートの息子のことを指摘した。かつて、いかがわしい商売女と連れ立って公然と市場に現れたあの不良息子である。彼らは、蛙の子は蛙、という諺（ことわざ）を引いて、中学教師ヒュベネットの先例に倣い、父親ウンラートの道徳的堕落は確かに予見出来た、と言い張った。人びとは、前々からウンラートには、人を嫌った、気味の悪い、根本的に胡散（うさん）くさいものがあることに気づいていた、と言い、ウンラートが法廷で上流階級を罵ったことを、ちっとも不思議に思わない、と言った。

「こういう反吐（へど）の出るような古くさい奴は、とうの昔に打ち殺しとくべきだったんだ。」ウンラートの名前を聞くと、葉巻商の店主マイアは、店の扉にもたれながらそう言った。マイアがラート教授に渡す請求書にはいつも「ウ」の字が書かれ、それが線で消されたあと、「ラート様」と続くのであった。カフェー・ツェントラールの店主は朝、ウンラートが店の前を通り過ぎると、店内を掃除している給仕たちに言った。

「モラルの汚れ（ウンラート）は何でも捨ててしまえ！」

一方で、ウンラートの解放を歓迎する不満分子の一派もあった。彼らは、現行制度に反対する同志としてウンラートを迎え、集会を開こうと呼びかけていた。集会では、町の特権階級に対するウンラートの勇気ある振舞いについて議論される予定で、ウンラートはスピーチを求められた。彼らが公にした呼びかけには、次のように書かれていた。

「この人に敬礼しよう！」

ウンラートは招待状に返事を書かなかった。彼らが寄越した使者は、ドアを閉めたまま追い返した。彼は座ったまま、憎悪と憧憬と残酷の入り混じった気持ちでローザのことを考え、どうしたら彼女を町から追い出し、遠くの土地へ転居させることが出来るか、思いをめぐらした。初めて会ったとき彼女にそれを厳しく命じたことが思い起こされた。彼女があのとき教師の言葉に従っていたら！　今や彼女は沢山の悪さをはたらき、災いをもたらした。ウンラートは、狂おしくてきりがないほどの復讐欲に駆られ、フレーリヒが深い真っ暗な納戸の中で生命を終えてくれることを、何にもましてこいねがった。

明るいうちは、彼女に出くわす可能性のある道をびくびくと避けた。夜のあいだだけ、そうした付近をこっそり歩いた。彼が歩く時刻にはもう、飲食店の窓のカーテンに、顎をパクパクさせる中学教師の頭のシルエットが浮かぶことはなかった。ウンラートは、おどおどと、敵愾心（てきがいしん）を持って、苦い欲望で胸をいっぱいにして、ホテル「スウェーデンホーフ」の周りを大きく一巡りした。

あるとき、彼がそうした散歩をしていると、闇の中から人影が現れ、彼に挨拶した。ローマンだった。ウンラートはギョッとして飛び退くと、空気を求めてもがいた。そして彼は両手を広げ、両手で同時にローマンをつかもうとした。ローマンは、礼を失しないような動作で、これを逃れた。ウンラートは、再びしっかと両足で立つと、息をゼイゼイ言わせながら次のように言った。「ならず者め！　お前はなおもわしの前に現れるのだな！　女芸人フレーリヒの住むすぐ近くでお前をとっ捕まえることになるとは！またもや夜遊びをやらかしたな！」

「断言しますが、」ローマンは穏やかに答えた。「先生は誤解されているのですよ。最初から最後まで誤解なさっているんです。」

「ここでほかに何をしたと言うのだ！　不埒（ふらち）な若者め！」

「残念ですが、それについてお話しすることは出来ません。ただ、先生には少しも係わりがないということだけは確かです。」

「お前を完膚なきまでに打ちのめしてくれよう！」

ウンラートは怒った猫のような目をして予言した。「待っておるがいい、恥辱にまみれて学校から追い出される日を……」

「それで先生が満足なさるのでしたら、嬉しい限りです。」ローマンは、嘲る気もなく、むしろ憂鬱な気持ちで言った。そして、ウンラートの罵りを背中に聞きながら、ゆっくり先へと歩いた。

ローマンはもはや、ウンラートを怒らしてやろうという気分ではなかった。何もかもウンラートの頭上で崩壊しようとしている今、彼をからかうのは、ローマンにとって恥ずべき行為だった。彼はこの老人に同情した。自身の解雇が決定されたというのに、学校から追い出してやる、などと言って生徒を脅しているのだ。ローマンは、同情と同時に一種の淡い共感のようなものを、この孤独な、すべてを敵に回した男に感じた。冷静に考えることもなく、これほど多くの不利を自分の身にもたらしてしまったこの男、今まさに爆発せんばかりのこの興味深いアナーキストに、淡い共感を覚えたのである。

フレーリヒゆえにしつこくローマンを疑うウンラートの様子は、情けなくも感動的だった。それどころか、ローマンが夜の街へ出掛けずにいられなかった本当の理由と考え合わせると、ウンラートの猜疑心は悲劇的イロニーに満ちていた。ローマンはカイザー通りから来たのだった。ドーラ・ブレートポート夫人は、今夜分娩したのである。ローマンの人知れぬ愛は、彼女が悪阻（つわり）をこらえるベッドに向けられた。彼の胸に、実りなく、恭（うやうや）しく燻（くすぶ）る情熱は、この小さな震える赤ん坊の体を温めてやりたいと、こいねがった。

その子は、試補クヌーストか、あるいはフォン・ギールシュケ少尉か、あるいはまた、ひょっとするとブレートポート領事の子供かもしれないのだが……。ローマンは今夜、ブレートポート家の前まで行き、閉まったままの玄関のドアに口づけしたのであった。

わずか数日後、宙ぶらりんになっていた運命が定まった。ローマンは、イギリスに出発するまでのあいだ、学校に留まることが許された。本人は学校にいたいなどと望んではいなかったが、放校処分を受けるには親戚の力があまりに大き過ぎた。キーゼラックは放校となったが、それは巨人塚の件よりもむしろ法廷での場所柄をわきまえぬ振舞いのせいだった。とりわけフレーリヒが法廷で暴露したキーゼラックとの関係が、処分の大きな要因となった。こうした関係は中学生(ギムナジウム)にふさわしくない、と見做(みな)されたのである。フォン・エアツムは自分の意思で学校を去り、報道関係の仕事に身を委ねることにした。ウンラートは免職となった。彼は、秋まで仕事を続ける権利を与えられたが、管轄官庁と合意の上、すぐに学校を辞めた。

それから間もないある日の午前中、ウンラートが何もせずに、また、将来について何を考えることもなくソファーに座っていたとき、クヴィットイェンス牧師が訪ねてきた。彼は、一人の人間が罪と困惑の中に深く深く落ちて行くさまを見た。その人間がどん底に至った今このとき、キリスト教のために何か出来るのではないか、と、牧師は考えたのである。

クヴィットイェンス牧師はさっそく、ほかの誰もがするように葉巻をくゆらせながら、ウンラートの悲しい身の上を哀れみ始めた。ウンラートの孤立や、ウンラートが曝(さら)されている身分の高い人びとからの嫌がらせを残念がった。こうしたことを望む者はどこにもいない。これに対しては何かしなければならぬ、と牧師は言った。「せめてあなたが今までやってきた仕事を続けられたらいいのですが！　免職となったことで、あなたの不幸はこの上ないものになるでしょう。なぜならあなたは、苦々しい考えに囚われて、救われなくなってしまいますから……。いや、救いがない、というのは言い過ぎかもしれません。」クヴィットイェンス牧師は、ウンラートがもう一度上層の人びとに受け入れられるよう、彼をある政治団体に、つまり、あるボウリング・クラブにエスコートしよう、と申し出た。「ただし、その条件は」――これを牧師は嘆き、無視出来ない禍根と考えているようであった――「あなたが、神と人びとの面前で過ちを後悔し、これに終止符を打つことです。」

ウンラートは、この言葉にほとんど反応しなかった。提案は彼の関心を引かなかった。どのみち女芸人フレーリヒを失うのであれば、その代わりにボウリング・クラブに入っても意味がないと思ったのだ。

　そこでクヴィットイェンス牧師は、より大きな観点から話し始めた。彼はウンラートの生徒を哀れんだ。青年期に入ったばかりのときに、選りに選って指導者からこんな悪い例を見せられたのだ。それも六年生ばかりではない。他の生徒もみんな同じ目にあったのだ。他の生徒みんなというのは中学校（ギムナジウム）の中だけではない。中学（ギムナジウム）の塀を越え、以前生徒だったすべての人びと、つまり町中の人が同じ目にあったのだ。「そうした人びとは、」——と言ってクヴィットイェンス牧師は葉巻の火を消した——「青年時代に教わったことを疑わずにはいられないでしょうし、彼らの素朴な信仰も揺るがされるでしょう。あなたはそうした重大な罪を良心に引き受けるお積もりですか？　既にキーゼラックという少年が不幸に落ちてしまいました。この子の場合、あなた御自身が共同責任を負っていることを否定はされないでしょうね？　しかしこれは、あなたのような方が信仰と倫理から逸脱したことによって生ずる、唯一の災いではないのです……」

　ウンラートは啞然とした。キーゼラックが奈落に落ちたことを今初めて知ったのだ。それを引き起こしたのは自分なのだ、という不意の喜びに、ウンラートは燃え上がった。自分の例が他の人間にとって危険を意味しうること、町に破滅の種を蒔（ま）きうること、このことに彼は今まで気づかなかった。今や、復讐の望みが開かれ、彼を鼓舞した。頬に赤い斑点を浮かべてウンラートは、ほとんど息もせず、深い物思いに沈んだ。まばらな不精髭をつまんでは、引っ張った。

クヴィットイェンス牧師はウンラートの態度を誤解した。「あなたがこのことを深刻にお受けとめになるだろうと思っておりました。特に、あなた御自身や人びとに大きな不幸を招いた女のことを考えれば、過ちは、たちどころに明らかではありませんか。」

ウンラートは、牧師の言うのは女芸人フレーリヒのことか、と尋ねた。

「勿論です。公判の場であの女が行った告白を聞いて、あなたは目を開かれたことでしょう。愛は人を盲目にするものです。これは、」——言いながらクヴィットイェンス牧師は葉巻に再度火を点けた——「認めねばなりません。その一方で、御自身の学生時代のことを思い出してみてください。あの頃ベルリンで経験した色々なことを思い出してください。当時は我々も若くて、朴念仁ではなかったですよね？　ハッハッハッ。だからああいった女のことはかなりよく知っていますよね？　ああいった女には実際、自分や他人の人生をひっくり返してしまうほどの値打ちなど、なかったでしょう？　とにかくベルリン時代のことをよく考えてくだされば……」

クヴィットイェンス牧師は幸せそうに微笑んで、人懐っこいところを見せようとした。ウンラートはイライラする気持ちを次第に募らせて、突然さえぎった。今の話はひょっとするとすべて女芸人フレーリヒについてのことか？　クヴィットイェンスは不思議に思いながらも肯定した。するとウンラートはソファーから跳び上がり、息をハアと言わせると、重く脅すような声で、牧師に向かって唾を飛ばしながら言った。「あんたはフレーリヒさんを侮辱したな。あの女性は私の保護下にあるのだ。この家から立ち去りなさい！　さあ、進め！」

牧師はびっくりして、椅子に座ったまま大きく後ろへ退いた。ウンラートは急いでドアの方に向かうと、それを開けた。怒りに震えたウンラートが再び牧師につかみかかると、牧師はおっかなびっくり弧を描いて、椅子ごとドアから外へと滑り出た。ウンラートはドアを閉めた。

なお長いこと息を荒げて、ウンラートは部屋の中を行き来した。自分がローザの身にひどい災いを望んだことを自覚せずにいられなかった。彼女について最悪のことを考えたのであった。しかし、それを考える権利がウンラートにはあったとしても、クヴィットイェンスには絶対になかった。女芸人フレーリヒは、牧師クヴィットイェンスより上に位置しているのだ！　彼女はすべての人の上に君臨していた。人類の面前に、孤高に清らかに立っていた……。こうして彼が物事を再び認識するようになったのは良いことだった。ローザの問題はまた、彼の問題でもあるのだから！　彼女を認めないなどということは、彼自身に対する暴挙だった。不安に駆られた暴君の怒りが、ウンラートを襲った。彼は自分で自分を支えねばならなかった。ちょうど、「青き天使」の観衆が彼女を嘲ったときのように……。彼自らが化粧を施したローザを笑い飛ばすとは！　彼女の演技にけちをつけるとは！　それは彼自身が演じたに等しいというのに……。勿論ローザが巨人塚でしたことは決して褒められることではないし、ウンラートを苦しめた。しかしそれは二人で、つまり、ウンラートとフレーリヒが二人きりで話すべき問題だった。彼は彼女のところに行こうと思った。これ以上行くのを躊躇う積もりはなかった。ウンラートは帽子掛けから帽子を取り、そしてまたそれを元に戻した。

ローザは私を、――何と言っても――裏切ったのだ。一方で彼女は、キーゼラックを奈落に落とす手段となった。これによってローザの行為は正当化されないだろうか？　そこまでは言えないだろうか？　だが、彼女が他の生徒どもを奈落に落とすことになるとしたら？

ウンラートは、頭を垂れたまま立ち続けた。頭の中には赤い雲が立ち込めていた。復讐欲と嫉妬が、じっと動かぬ彼のうちで戦った。だがついには復讐欲が勝った。女芸人フレーリヒの正当性は認められたのだ。

そしてウンラートは、フレーリヒが奈落へ落とすべき生徒どものことを夢想し始めた。

マルクト広場で葉巻屋を営むマイアがもう生徒でなかったのは、何と無念なことか！　そしてあの、挨拶もせずににやけ笑いを浮かべる徒弟や、町のすべての住民が学校にいなかったのは、何と残念なことか！　彼らすべてをローザは奈落に落とすべきだったのだ！　みんながローザのために罵りと恥辱にまみれて学校から追い出されるべきだったのだ。ウンラートには、これ以外の破滅のありようを思い浮かべることが出来なかった。退学になること以外、人間の破滅というものを想像出来なかった……。

彼がフレーリヒの住まいのドアをノックしたとき、彼女はちょうど外出の支度をして、ドアの後ろに来たところだった。

「ふー。ちょうどいいところだったわ。たった今あんたのとこに行こうとしてたのよ！　勿論、信じてくれないでしょうけどね。でも、これが嘘なら死んじまいたいぐらいだわ。」

「そうかも知れぬ。」ウンラートは言った。

フレーリヒの話は本当だった。彼女は、ウンラートがまったく現れなくなると、初めのうちは、「そんならしょうがないわ」と思っただけだった。新しい住居に入ることはやめ、プレゼントに貰った家具を売ることでしばらくその日暮らしをし、それから新しい仕事を探そうと心に決めていた。キーパート夫婦は他の町で仕事を見つけて、既に旅立っていた。「ウンラート爺さんを一番大事に思ってあげてたのに……。まあ、そういう思いなんか、鉄棒技みたいに見せられるわけじゃないし、信じたくないっていうのなら、そのままにしておかなくちゃね。」ローザにはローザの哲学というものがあった。何かしでかしてしまったあとで誤魔化すことの方が、何もしていないときに無実を証明するよりも、ずっと簡単だった。そもそも、巨人塚の件のようなままごと遊びのあとで、髪の毛一本を見つけて、自分と知り合ったあとなのに誰にでもついて行くのだな、などと男が思い込んでしまうなら、過去に何があったとかなかったとか、そういう諍いからいつまで経っても抜け出すのは無理だった。そうなってしまうなら、結局ウンラートは彼女のタイプではなかったということだ。間違いというのは起こりえるのだから、甘受するしかなかった。道で、誰かが誰かのあとを三十分も追いかけたあと、ついに勇気を出してその人を追い越し、横からじっと見る。ところが急にそっぽを向いて何もなかった振りをする。ときおりそんなことがあるものだが、ウンラートもこれまで彼女を後ろから見ていたに過ぎないのだ。正面からまともに顔を見る段になると、もう終わりなのだった。ウンラートは放っておこう。

ローザはその後、時間が経つのを見て退屈した。現金の不足を感じたとき、この関係をたやすく断つのはやっぱり愚か過ぎる、と思った。老人は結局恥ずかしがっているだけで、意地を張って、ローザがその小さな指を差し出してくれるのを待っているのだ。「そうしてやってもいいわね」と彼女は思った。ウンラートはいわば歳取った子供で、ちょっと可笑しなくらい強情なのだ。彼女は、ウンラートが船長を楽屋から追い出し、そのためキーパートと喧嘩までしたのを思い出して、笑った。しかし、すぐ彼女は、あの硬く物思いに沈んだ目を取り戻した。この目でときおりウンラートを眺めたことがあった。ウンラートは嫉妬深い。それは間違いなかった。そしてこのことは、彼女のうちに敬意を生んだ。ひょっとすると彼は今、自室に籠もって憤りに苛まれ、ひどく彼女を憎んで、癇癪のあまり食事も喉を通らないかもしれない。「そんなことになってたら困るわ！」女の善良な心は動かされた。そして、単に自分の利益のためではなく、同情と敬意の念から、出掛けようとしたのであった。

「長いこと会わなかったわね。」ローザは引っ込み思案に、しかし皮肉っぽく言った。

「それは理由のないことではない。」ウンラートは応じた。「私は、——いやはやまた——忙しかったのだ。」

「あら、そう。で、何が忙しかったの？」

「当地の中学校を免職となったことで、色々手続きがあった。」

「なるほど。あたしを非難してるわけね。」

「お前の正当性は理解しておる。キーゼラックは放校となったからな。奴は、学歴を持った者に開かれる出世から、永遠に遠ざけられた。」

「あのしょうもない子には、いい気味だわ。」

「だが、勿論こうした運命が他の大勢の身の上にも及ぶことが望ましいのだ。」

「そうね。でも、どうやったら出来るかしら？」そう言って女は上目がちに微笑んだ。ウンラートは赤くなった。しばらく沈黙が続いた。この沈黙を利用してローザは、ウンラートを中に招じ入れ、座らせた。彼女はウンラートの膝の上に滑るように腰掛けると、顔を彼の肩の後ろに隠して、卑屈に冗談ぽく尋ねた。「ウンラートちゃんは、可愛いローザのことをホントにもう怒ってないの？　いい？　あたしが法廷で言ったことは、ホントに真実のすべてなのよ。神様は御存じです、って言いたいぐらいだったわ。そう言っても取り合ってくれないでしょうけど。でもあんたはあたしのこと信じてね！」

「そうかも知れぬ。」彼は繰り返した。そして、物事の成り行きを明らかにし、要約することによって、彼女に自分の考えを分かってもらいたいという欲求から、言った。

「私は――まこと――よく知っているのだ。道徳と呼ばれるものは大抵、愚かさとごく密接に結びついている。この点を疑うことが出来るのは、人文的教養を持たぬ輩（やから）ぐらいのものだ。とはいえ道徳は、これを意に介さぬ人間にとって有益だ。これなくしては生きられぬ者どもを容易に支配出来るからだ。それどころか、臣民根性の持ち主どもには、いわゆる道徳を厳しく躾けねばならぬ。このことは主張出来るし、また、証明出来るだろう。だが、――いいかね！――こうして道徳を求めながら、私は一度として忘れたことはない。低劣な俗物の道徳とはまったく違った、別の道徳的要請を持つ人びとが存在しうる、ということを……」

彼女は注意を集中し、不思議に思いながら聴いていた。

「えーそうなの？　一体そんなのどこにあるのかしら。ペテンじゃないの？」

「私自身が、これまで……」ウンラートは続けた。「俗物の道徳的慣習に個人的に関与して来た。しかしそれは、そうした慣習に価値を見たからではないし、自分がそうしたものに結びついていると考えたからでもない。それは、――さあ進め……いやはやまた！――私がそうした慣習に決別する機会に出会わなかったからなのだ。」

彼は、話しながら自分を鼓舞しなければならなかった。強い羞恥で顔を上気させ、無力感に苛まれながら、つっかえつっかえ、自分の大胆な人生観を披瀝した。ローザは話に感嘆し、得意な気持ちになった。なぜなら、ウンラートはこれを、彼女だけに打ち明けてくれたのだから。彼は付け加えた。「それとは異なり、我が人生の転変に見合うような転変をお前の身に期待したことは、一度もない。……これは確認しておかねばなるまいて。」このときローザは、驚きと感動のあまり、しかめっ面をしてみせると、彼に口づけした。女が口から離れるとすぐ、ウンラートは解説を続けた。「だがこの思想は、免疫とはならなかった。」

「えっ、何？　何の免疫にならなかったの？　ウンラートちゃん？」

「私がお前に抱いた好意のせいだ。本来なら許されるべきことが、この具体的事例に関しては、私にはひどく受け入れ難かった、それどころか、私を苦しめるに至ったのだ。」

女はウンラートの意図をおおよそ理解した。そしておべっかを使うように、斜めにその小さな頭を男にもたせ掛けた。

「というのも私は、お前を、そうそう誰でも係わりになれるような女とは見ていなかったのだ。」

彼女は真剣な、思慮深い表情になった。

ウンラートは少し言葉を和らげた。

「かも知れぬ、ということだが。」

しかし急に恐ろしい記憶に襲われ、ウンラートは口走った。「ただ、一人だけ、決してお前に許すことの出来ない者がいる。その者からお前は——まこと——遠ざからねばならぬ。その者に二度と会ってはならぬ。それは、……生徒ローマンだ！」

彼女は、ウンラートが疲れて汗まみれになっているのを見たが、それがなぜなのか理解出来なかった。以前彼を打ちのめしたあの狂おしいイメージ、ローザと悪戯するローマンのイメージについて、彼女は何も知らなかったから……。

「そういえば、」ローザは言った。「あんたいつもあの子をひどく怒ってたわね。八つ裂きにしたがってたもんね。八つ裂きにしていいのよ。ウンラートちゃん。だから御機嫌直してね。あんな馬鹿な子、あたしには何てことないわ、ありがたいことにね。あんたに分かってもらえたらなあ。でも、何て言っても信じてもらえないわね。泣きたくなるくらいよ。」

女は本当に泣き出したいと思った。それは、彼女自身、ローマンへの気持ちが冷たいということをちっとも信じていないせいだった。そして心の奥に、ローマンへの一種の感情を抱いていたからだった。この感情は、本来なら彼女の信頼性を奪ってしまう類のものだった。そして歳取った子供とも言うべきウンラートは、愚かにも、ひどく不器用に、彼女のこの感情を何度も刺激したのである。当たり前のことだが、彼女が憧れているような平和は、人生にはありえないのだ。

だがウンラートは涙のわけを理解出来ないだろうし、状況を不必要に混乱させたくもなかったので、女は泣きたい気持ちを押し殺した。

それにしても、今や幸せな日々が訪れた。二人は一緒に外出して、ローザの住まいの調度を整えた。毎晩のように彼らは市立劇場の桟敷に座った。ローザはハンブルク製の衣装を着ていた。ウンラートは隣に座って、羨望と憤りの混じった、意地悪くかつ物欲しそうな男たちの視線を受け取り、陰険な満足感に浸った。今や夏の演劇祭も幕を開けた。二人は裕福な上流階級に交じって庭園に座り、サーモン入りのバターパンを食べながら、それを貰えない人がいると、その不運を笑った。ローザは、ウンラートを敵の影響下に曝すのではないかという懸念を、もう持ってはいなかった。危険は乗り切った。免職になったことや仲間外れとなったことを、ウンラートは既に受け入れていた。それはローザのためだったのだから……。

彼女にしてみれば、初めのうちは少し不気味だった。どうして選りに選って自分なのかと密かに思った。選りに選って自分のためにこれほどの厄介を背負い込む人間がいるとは！　初めのうち彼女は肩をすくませた。「男ってのはそういうもんなんだわ。」

ところが次第に彼女は、ウンラートの言うことは正しく、自分はこうした扱いを受けるに値する、あるいはそれ以上に価値ある人間だと思うようになった。ウンラートは、彼女がどれほど気高い存在か、いかに人類というものが彼女を眺めるに値しないか、毅然とした調子で何度も説いた。仕舞いにローザも、自分をひどく真面目に考えるようになった。自分のことをこれほど真剣に考えてくれた人はこれまでいなかった。だから彼女も、これまで自分をたいして真剣には考えて来なかった。逆のことを自分に教えてくれた人間に、彼女は感謝した。自分にこれほどの地位を与えてくれた男を、自分の方でも高く評価しなければと思った。ローザはそれ以上のことをした。ウンラートを愛そうとしたのである。

出し抜けにローザは、ラテン語を学びたい、と言い出した。ウンラートはすぐその意に応じた。ローザは彼に喋らせて、間違った答えをしたり、質問を聞き逃したり、自分に関するほかの質問で頭をいっぱいにして、いつも彼を見つめるばかりだった。三度目の授業のとき、ローザは尋ねた。

「ねえ、ウンラートちゃん、一体ラテン語とギリシャ語のどっちが難しい?」

「普通はギリシャ語だろうて。」ウンラートはきっぱり言った。それに対して彼女は、

「そんなら私、ギリシャ語を学びたいわ。」

ウンラートは感激した。彼は問うた。

「でも、どうしてだい？」

「理由はこれよ。ウンラートちゃん。」そう言って彼女はウンラートに口づけした。それは愛撫のパロディーであるようにも見えたが、本心から出ていた。彼はローザの野心をかきたてたのだ。彼女はウンラートの名誉のため、より難しいからという理由で、ラテン語よりもギリシャ語を学ぼうとしていたのだ。彼女の申し出は、愛の告白だった。彼女が無理に愛そうとしているウンラートへの、先取りされた愛の宣言だったのだ。

とはいえローザは、年老いた「ウンラートちゃん」を愛すのはとても難しいと感じていた。それに比べれば、ギリシャ語の難しさはたいしたものではなかった。まるで彼を自分の所有物にしようとするように、彼女は、絶えず彼のこわばった顔の輪郭を指先で撫で、ガクガクする下顎を撫で、角ばった眼窩（がんか）を撫でた。その眼窩の奥から覗く目は、ほかの人びとには毒々しく向けられながら、彼女に対しては、子供のような奉仕の精神でいっぱいだった。それが彼女の同情をかきたて、優しい気持ちにさせた。彼の振舞いや、言葉、並外れた滑稽さと回りくどい精神性、そうしたことのすべてが、ローザの心を動かした。そして、彼に対しては敬意を払わねばならぬということも、しばしば考えた。しかし女の気持ちは、それ以上にはどうしても行かなかった。

感情面でウンラートを愛することが出来なかったので、償いとして彼女は、ギリシャ語の授業の際、幾度も、ありったけの知恵を絞った。

　ウンラートは顔に赤い斑点を浮かべ、至福に身震いしながら、不変化詞を急いで口にした。ホメロスを開き、彼女に初めて μέν … δὲ νῦν を音読させたとき……この愛する音(おん)が実際にローザの華やかな顔から、彼女の上品に紅を入れた唇から漏れ出たとき、彼の胸は高鳴った。彼は本を脇へ置いて集中しなければならなかった。彼の呼吸は一向に落ち着く気配がなかった。彼は、机の上で、女芸人フレーリヒの小さく柔らかな、いつものように少し脂っぽい手を握り、「私は、残された人生のほんの一時間といえどもお前から離れる積もりはないよ。お前と結婚したいのだ」と言った。

　初め女は口を引きつらせて泣き顔になった。そのあと感動して微笑むと、頬を彼の肩にもたせかけ、その上で体を揺すぶった。それは痙攣のような動きに変わって行った。そして彼女の喜びは爆発した。彼女はウンラートを椅子から無理に引き起こすと、あちこち彼の体を揺すぶった。

「あたしはウンラート夫人ってことになるのね！　可笑しくってお腹が破裂しそうだわ！　えっ、汚物(ウンラート)教授夫人ですって？　いいえ、ラートって申しますのよ、皆さんお間違えにならないでね！」

　そう言って彼女はすぐに淑女の物腰で安楽椅子に腰を下ろした。一瞬、真面目になって、新しい住まいなどもう欲しくない、と言った。大抵の家具は売り払ってしまったし、市門の外のウンラートの別邸を新しくしつらえて、これからは自分も一緒にそこに住みたい！と言った。そしてまた突発的に笑った。ようやく落ち着きを取り戻すと、物思いに耽るような顔をして、ぽつりと言った。

「人間の運命って不思議ね。」

嬉しいか、と彼が尋ね、結婚の準備にすぐ取り掛からねばならぬ、と言うと、ローザは上の空のように微笑むばかりだった。

その後何日かのあいだ彼女は、いつも心ここにあらずという風だった。ときおり、まるで心配ごとでもあるように見えたが、それを訊かれるといつも、きっぱり否定した。彼女はよく外出し、ウンラートが同伴しようとすると苛立ちを見せた。彼はびっくりして、辛く不可解な何かを、おぼろに予感した。

ある日のこと、とうとうことの次第が明らかとなった。ウンラートが、昼間の閑散としたジーベンベルク通りを、独り陰鬱な気持ちで歩いていると、白服を着た幼な子が彼の方へちょこちょこ歩いてきて、純朴な可愛らしい声で言った。

「おうちへ帰ろうよ、パパ。」

ウンラートは驚いて立ち止まり、その子が自分の方に差し出した小さな、白い手袋をした手を見つめた。

「おうちへ帰ろうよ、パパ。」子供は繰り返した。

「それはどういうことだい？」ウンラートは尋ねた。「君はどこに住んでいるの？」

「あっち！」と言って子供は後ろの方を指した。

ウンラートは目を上げた。すぐ近くの曲がり角にフレーリヒが、おべっかを使うように頭を傾け、「御免なさい」と言わんばかりに、また、「お願い」と言わんばかりに、引っ込み思案に両手を腰から少し離しているのが見えた。ウンラートは途方に暮れて下顎をパクパクさせた。急にことの次第を飲み込むと、自分の方にさっきから差し出されたままの、白い手袋をした小さな手を、とにかく握った。

十三

一家は近隣の海水浴場に出掛けた。彼らはホテルに泊まり、浜辺では木造シャレーの一つを使った。ローザは白い靴を履き、白いボイル地の服を着て、白い羽毛の襟巻きをしていた。彼女は、フランス縮緬（ちりめん）で出来た帽子に白いヴェールをはためかせ、白い服を着た我が子の手を引いて、溌剌として清々（すがすが）しく見えた。ウンラートもまた、浜辺で着る白い服を身に着けていた。長い砂浜に沿って板敷きされた遊歩道を歩くと、どの小屋からもオペラグラスを持った人びとが彼らを目で追った。町の人は、よそから来た人びとにウンラート一家のことを話して聞かせた。

フレーリヒの子は、湿った砂を固めてケーキをこしらえたあと、それをしっかり押さえておかねばならなかった。というのは、そのケーキが砂か水をかぶりそうになると必ず、近くにいた気品のある紳士が飛んで来て砂ケーキをすくいあげ、それを子供にではなく、ローザに手渡したからである。そのあと紳士はウンラートの前でお辞儀をして、名を名乗った。こうして一家はシャレーに入り、ハンブルクから来た二人の商人と若いブラジル人、それにザクセン出身の工場主と一緒にコーヒーを飲んだ。

ここで偶然出会った彼らは連れ立ってヨット遊びをした。ウンラート以外の男は皆船酔いした。ウンラートとローザは視線を交わして笑った。子供は毎日大量のプラリネを貰い、満艦飾の船の模型と木製のショベル、水中人形を貰った。いつも皆、上機嫌だった。みんなが驢馬(ろば)に乗ったとき、ウンラートはあぶみを落とし、たてがみにしがみついたままギャロップで、演奏真っ最中の音楽隊の横を走り過ぎた。ローザは金切り声をあげ、子供は歓声をあげ、テーブルに座っていた人びとは苦々しく論評した。

さらに、ベルリンから来た銀行家がハンガリーの踊り子と一緒に仲間入りすると、「ウンラート一党」は、あらゆる場所を占領し、ホテルの食堂で騒ぎ、オーケストラの楽長にローザが昔歌った曲をリクエストし、自前で花火を上げさせ、何もかも目茶目茶にして、人びとを楽しませたり怒らせたりした。

ローザ目当てに寄ってきた男たちにとって、ウンラートは一つの謎だった。彼は幾つかの料理を平らげる際、下品な地を出したし、ダンス・パーティではぶざまに転び、イギリス製の紳士服を着た姿はまるで変装したようだった。そうした彼をよくよく見ると、まともな障害になるとは思えなかったし、惨めで滑稽な男という印象しか与えなかった。

はた目から見ると彼は、生まれついての敗北者という風にしか映らなかった。ところが、ローザを崇拝する誰かがうまく彼女といちゃつくことに成功したそのとき、男は不意に、背後から自分に向けられたウンラートの乾いた侮蔑的視線に気づくのだった。ローザが男から貰った腕輪をしているのを見て、ウンラートが感嘆の声をあげると、腕輪を贈った本人は急に、はめられた、と感じた。それどころか、ほとんど決定的ともいえる収穫を得たそのあとでも、……例えば、夫のウンラートが他の男たちとパンチボウルを飲んで話し込んでいるかなり遅い時刻に、ローザと二人きりで浜辺を散歩する約束をとりつけたときでさえ、「おやすみ」の挨拶と共にウンラートに握手されると、まるで自分が笑い飛ばされているように思われ、いつか目的に達することがあるのかどうか疑わずにいられなかった。

そしてその目的に達することは決してなかった。というのもウンラートは、何とかしてローザに取り入ろうとする男を撃退し、片付けてしまう術（すべ）を心得ていたのだ。彼女と二人きりになるとすぐ彼は、ハンブルク出の二人がイギリス風の話し方をするのを嘲り、平たい小石の代わりにマルク硬貨を海面に投げて跳ねさせるブラジル人に肩をすくめ、ライプツィヒ出の男が煙草に火を点けたり瓶を開けたりするときの封建的なやり方を真似してみせた。するとローザは笑った。彼女はウンラートの蔑みをもっともだと感じたわけではなかったが、それでも笑った。彼の方でも、「ギリシャ人ならああはしないだろうて」と言う以外、何も軽蔑の理由となることは言わなかった。だがローザは自分を笑わそうとしてくれる人にいつも感謝した。それに彼女は、ウンラートの頑固で確信を持った態度に圧倒されたのだ。その態度は、批判を受け付けないという点では威厳さえ感じられた。ウンラートとローザ以外は問題にならないという確信だった。強者の呪縛の中で彼女もまた自尊心と気位を高くした。人気(ひとけ)のない岩礁のそばで、砂の上に跪(ひざまず)き、両手をくねらせてこいねがうブラジル人に、ローザは、今こそ本当に目を開かれたかのような、たった今分かったかのような調子で言った。

「あんたって、間抜けなのね！」

そう言いながら彼女は、町のある家庭の客人であったこの若い男が、知人すべてを置き去りにして彼女と放浪し、お金を費やしていることに、いい気分だったのである。しかしウンラートの命によれば、この男は「間抜け」なのであった。ウンラートは、彼女がそうした外出から帰ってきても、決して根掘り葉掘り尋ねることはしなかった。彼は、ローザがひどく綺麗に着飾っていても、レースや軽絹で織った夏服が迫り来る男どもを巧みに刺激しても、不安な様子は見せなかった。逆に、男たちが外で待っているときにウンラートは、かつて楽屋でやったように、ローザの身繕(みづくろ)いを助け、自ら化粧をしてやった。彼は毒々しい薄笑いを浮かべて言った。

「民衆は我慢し切れずにいるぞ。奴らが辛抱して待っていられるように、ピアノを演奏させねばなるまい。」

また次のようにも言った。「お前が今、お化粧の途中に不意をついてドアの隙間から顔を出してやれば、どうだろう、奴らはまた「ホホホホ！」と叫ぶだろうな。」


海水浴場から出発する際には、一騒動持ち上がらずにはいなかった。「ウンラート一党」は駅に全員集まっていた。ブラジル人が、やっとローザと二言三言横で話すことが出来たと思ったそのとき、脚を引きずり息をゼイゼイ言わせながら、一人の老紳士が近づいて来た。仲買人のフェアメーレンだった。若いブラジル人は、このフェアメーレンの家の客人だったのだ。老人は、フレーリヒの両手の中にある紙袋に自分の手を載せようとした。

彼女はたった今、この紙袋をひどく慇懃にブラジル人から貰ったのだ。ウンラートは急いでこちらへ来て、妻の権利を守らねばならなかった。若いブラジル人がひどい羞恥に駆られて、自分の親戚関係をすべて否定したのに対して、老フェアメーレンの方はひどく興奮しながら、ウンラート夫妻に次のように訴えた。ブラジル移民の二世である自分の甥は、持ち金はとっくに使い果たしてしまった。だからこのブローチを買うことは不可能だったのだが、嘆かわしいことに伯母が優し過ぎて、それを買う金を彼にやってしまった。だがそれはフェアメーレン家のお金であり売買は無効なのだ、と。

ウンラートはそれに対し、落ち着いた叱責口調で答えた。フェアメーレン氏と夫人の金は確かに同一のものと言えるだろう、しかし自分はフェアメーレン家のそうした内部事情に顧慮する積もりはない。付け加えて言えば、今、発車を知らせる三度目のベルが鳴った。こう言ってウンラートは灰色の指でしっかりと紙袋を押さえたまま、ローザを車両の中へと押し入れた。ホームにいた人びとが皆帽子を振って送る中、フェアメーレンだけは、杖を振りかざして脅すような仕草を繰り返していた。

女芸人フレーリヒは当初、この気まずい出来事と、それが招きうる結果について、怖気づいたことを言っていた。ウンラートは、彼女の心配がいかに根拠のないものかを説いた。加えて彼は言った。「仲買人のフェアメーレンには息子が複数ある。その息子たちはかつてわしが担任した生徒なのだが、奴らをとっ捕まえることはどうしても叶わなかった。フェアメーレン家は、町の多くの家柄と親戚だからだ。」

ローザは落ち着きを取り戻した。彼女は手に入れた小さな華美な飾りを子供に見せ、子供と一緒に笑って、約束した。「ミミちゃんがいつかお嫁に行くときには、古いペンダントやブローチは全部ミミちゃんの持参金にするからね。」

ウンラートは小躍りしたい気分だった。フェアメーレン家の生徒どもを「とっ捕まえる」ことが出来たのだから！　次第に彼は、次のことを深く考えるようになっていた。今、生徒やその広い親戚たちにとって、一つの災いが生じているが、それは納戸に閉じ込めたり、学校から追い出したりすることで生じた災いではなかった……。「まこと……災いやひどい堕落は、放校処分以外のやり方でも引き起こすことが出来るのだ！　新しい、思いもしなかったやり方で……」

町に戻ると、ウンラートの別邸で再び以前の生活が始まったが、人びととの交流はなかった。いつも劇場かレストランに行く習慣になっていた夕刻まで、ローザは化粧着を羽織ったまま、あちこちの家具の上で寛いでいた。ウンラートは、ギリシャ語の授業で退屈を少し紛らしてやろう、と言ったが、ローザはつまらなさそうに断わった。

ある晩、喜劇を見ていたときに彼女は、劇中の料理女を演じているのが昔の知り合いであることに気づいた。

「あれは！　何てことなの。ヘートヴィヒ・ピーレマンだわ。あの子がこの劇場に雇われるなんて！　何にも出来ない子だったのに！」

続けて彼女は、このかつての同僚の昔について、色々いかがわしい話を報告した。そして最後に、「ねえ、あの子を家に招きましょうよ！」と言った。

ピーレマン嬢はやって来た。フレーリヒは彼女を幻惑しようとして、少しばかり上品な朝食と、晩餐を御馳走した。今や家具に座って寛いでいるのは一人ではなく、二人の婦人だった。二人は煙草をふかしながら、かつて話題にした様々な体験のことをまたあれこれと思い出しては語り合った。ウンラートは後ろめたいものを感じながら、二人が退屈しているさまを眺めていた。彼は、二人の話に口を挟むべきだという義務を感じたが、密かな心配ごとに悩んでいたので、なす術を知らず黙っていた。玄関のベルが鳴るたび、彼は椅子から跳び上がり、早足でドアに向かった。婦人たちは、彼が決して女中を玄関に出そうとしないことに気づいた。

「何かあたしをびっくりさせることを考えてるのか、さもなきゃあたしを騙しているか、どっちかだわ。」ローザは言った。「ウンラート爺さんはいつも抜け目がないんだから。」

ある日、例のハンブルクの友人二人から手紙が届いた。彼らは秋の旅行を計画していて、船でスペインの海岸へ行き、そこからチュニスまで行こうというのだった。二人はウンラート夫妻も旅行に誘っていた。

「そうね！」とローザは言った。「いい気分転換だわ。未開人のところまで旅するのよ。ピーレマン、一緒に行きましょ。休暇を取りなさい！　みんなで肌に褐色のお化粧をして、シーツを羽織りましょ。あたしはダイアデムを頭に載せるわ。芸人だった頃のがまだあるから。」

ピーレマン嬢は間もなく同意した。ウンラートは訊かれもしなかった。ただ、彼があまり感激しているようにも見えなかったので、ローザは不思議に思った。彼はピーレマン嬢が帰るまで本音を漏らさなかったが、彼女が去ると、気持ちを軽くするため、ことの次第をようやく打ち明けた。もうお金がないのだ！

「ありえないわ！　教授だったらお金がある筈よ！」彼女は叫んだ。

ウンラートは困って微笑んだ。確かに三万マルク貯金があったが、なくなってしまった。家具を買い、服を買い、娯楽に使った。絶え間ない出費はウンラートの年金では賄えなかった。出費は年金の額を遥かに超えていたのだ。彼は、玄関で受け取った沢山の督促状を持ってきた。ありとあらゆる配達品、修繕費、縫製料の支払い督促だった。彼は卑屈に、また、憎しみで顔を赤らめながら、執行官の立ち入りを引き延ばすために身に付けた手練手管について語った。だが、それももう長くは続かないだろう。

ローザは驚き、また後悔に駆られたようだった。彼女はまったく何も考えずに買い物していたのだ。「でも、今ようやく合点がいったわ。ハンブルクの気取り屋さんたちは、二人で未開人のとこに行けばいいのよ。今日のお昼は肉スープだけにしましょ。もう鵞鳥をグリルで焼き始めてはいるけど……。夕食はソーセージで済ましましょ。それから、またギリシャ語を始めることにするわ。それが一番安い気晴らしだものね。」

ウンラートは感動した。「わしは——勿論だが——お前が入用なものは何でもお前にあげようと思っているよ。」

「ああ、そうだわ」と、彼女は言った。「ゴルトケーファーの靴が六十マルクしたの。」彼女はすぐ、ピーレマン嬢に手紙を書いた。「あたしたち、お金がないの。」それでも、状況は彼女の生活に活気を与えた。ピーレマン嬢は、ウンラートは個人教授を始めるべきだわ、ときっぱり言った。

「夫がこの町でこんなに嫌われてさえいなければね。」フレーリヒは言った。

ピーレマン嬢は、役に立てるのを誇りに思いながら言った。「あたしの友達に授業を受けさせればいいわ。あの人ならひっぱたいても構わないわよ。あたしが大目に見るから。」

「ワイン専門店のロレンツェン？　やめときなさい。ウンラートの昔の生徒じゃない。あたしにもしつこく迫ってきたことがあるわ。あんたならあの人にお似合いだって、うちの人は言うけど……、ロレンツェンを家に入れようとはしないわよ……。あの人を説得したとしても、ロレンツェンの方が寄り付かないでしょ?」

「あんた、あたしを見くびってるわね。」ピーレマン嬢は応じた。「あたしは、やるかやらないかの、二者択一で訊くわ。」

ワイン専門店を営むロレンツェンが、ギリシャ産ワインを売るためにギリシャ語を身に付けねばならない、と、ウンラートには伝えられた。ロレンツェンにギリシャ語の授業をしてやってくれというのである。ウンラートは初め急激な不安に襲われたが、拒絶の言葉は漏らさなかった。彼は興奮して悪戯っぽい笑みを浮かべ、生徒ロレンツェンが何度も規則を破り、反抗しようとしたことを話した。ロレンツェンが彼にあの名前を叫んだときのこと、しかし一度も「とっ捕まえる」ことが出来なかったことを話した。

「さてさて。」ウンラートは語りながら自分の考えを漏らした。「まだ少しも遅過ぎることはない。ローザ、覚えているだろう? 我々の結婚式のときの騒ぎを……我々の車を追いかけてきた群衆のことを……」

「ええ、どうってことなかったわ。」フレーリヒはあっさり言った。というのは、こうした出来事をピーレマン嬢のいるところで話すのは、気が引けたからだった。

ウンラートの方は気後れすることもなく言った。

「役場で婚礼をしたとき、——いやはやまた——わめき声をあげて悪ふざけしていた奴らがいたのを覚えているだろう。特に、車に乗るときにお前の白繻子(しろしゅす)のドレスを汚した小石を覚えているだろう。さあて！　あの若い襲撃者どもに混じって、生徒ロレンツェンも、私の名前を怒鳴り散らすという穢(けが)れた行為に加わっておったのだ！」

「ロレンツェンにはよく言って聞かせるわ！」ピーレマン嬢はきっぱり言った。

ウンラートは続けた。「私は残念ながら、奴をとっ捕まえることが出来なかった。私は奴に証明することが出来なかったのだ。ところが今度はどうだ。奴はギリシャ語を学ぶというではないか。大勢の者を私はとっ捕まえることが出来なかった。皆、ギリシャ語を学んでいたというのに！」

その後ロレンツェンが現れ、優しく迎え入れられた。ロレンツェンがノートを忘れたり鉛筆を忘れたりするたびに、ウンラートはローザを部屋へ呼び、彼女を雑談に加わらせた。まず彼は、彼女にギリシャ語の知識を披瀝させた。そして話は現代のことに移って行った。生徒ロレンツェンは、意地悪な優越感に浸れるだろうと思って、ウンラート家に来たのだった。だが、間もなくそうした望みを一切捨てた。というのは、ローザがとても自由に、つつましい気品を漂わせながら、ブルジョア風な家具の間をそぞろ歩くのを見たり、自分の細君よりもローザの方がいい服を着ているのを見たからだった。劇場で細君は、いつもフレーリヒへの怒りを曝け出していた。それに、ちょっとした潤色や、かすかな女郎言葉、ごく少量の狂言が、平凡な家庭に独特の薬味を与えることにも、ロレンツェンは気づいた。「ウンラートめ、偏屈のくせになんてずる賢いんだ！　なるほど、こういう風にすれば、クラブとかに行く必要はないわけだ。」こうしてロレンツェンは、初めの横柄な態度を改めて、ウンラート夫妻の前ではしつこく慇懃な態度を取るようになった。

彼は、今度来るとき、扱っているワインを何本か持って来て構わない、という許しを得た。それに加えて彼は、パイも一枚持ってきた。ちょっとした朝食会が、ギリシャ語の授業に取って代わった。外に買い物に行かねばならないときには、いつもウンラートが行った。彼はまず栓抜きを買いに行き、皆がしたたか飲み、生徒ロレンツェンが上機嫌になると、ほかの色々なものを買いに出掛けた。

こうした会合が何度か繰り返されたあと、フレーリヒは、客が複数いればずっと楽しいだろう、と言った。生徒ロレンツェンは少人数で親密にやるのを好んだが、ウンラートは妻に賛成した。ロレンツェンは、友人らに一緒に来るよう頼むことになった。ピーレマン嬢は同僚の女を一人連れてきた。ケーキやハム、果物を調達するのは男たちの役目だった。その代わり、お茶を出すのは主婦フレーリヒの役目だった。いつもシャンパンを飲みたいという希望があり、それを聞くとウンラートは、必ず陰険な薄笑いを浮かべて言った。

「諸君も知っての通り、私は、当地の中学校教員(ギムナジウム)としての身分を――それが正しいか否(いな)かはともかく――失ったのだ。」

人びとは、いつもウンラートに最後まで喋らせ、喜んだ。それから男たちがお金を出し合い、女中にシャンパンを買いに行かせた。ときにはウンラート自ら注文しに行った。するとしばらくしてウンラートが通りをこちらへ戻って来るのが見えた。籠を前に抱え、飲み物を運んでいるところを隠すため、ひどく注意している様子だった。それは、彼がかつて「青き天使」でしたのと同じ仕草だった。

人びとの気分が充分盛り上がったとき、ローザはみんなの要求に応えて、かつて人びとに好まれた持ち歌を歌った。一度、酔って気持ちが緩んだときには、例の丸い月の歌も歌った。すぐにウンラートは歌うのをやめさせ、皆を家に帰した。彼らは不思議に思って異議を唱え、厚かましく振舞った。しかし、ウンラートが息を荒く吐いて、そうした態度を許そうとしないのを見たとき、彼らは退散した。フレーリヒは小さな声で夫に許しを乞うた。「ホントにどうかしちゃってたのね、私。」

やって来たのは皆比較的若い人びとだった。大抵は「青き天使」の常連客だった。少人数でいるうちは、ウンラートと真に人間的つきあいをすることが出来ず、びくびくしたり厚かましく振舞ったりしていた。ウンラートが背中を向けると冗談を言い、自分の言った冗談の責任を取らねばならない段になると、生徒のような卑屈な態度に戻った。その後、人数が増えていき、個々人の責任が曖昧な群衆になった。個人的近しさが雰囲気を作るということはもはやなかった。それはまるで、ウンラートが自分の小さな部隊を率いて、もっと寛いだ形で女たちとつきあえる小さな店に引っ越したようなものだった。しかもここは、そうした店より閉店が遅かった。つまり、いつでも、帰りたくなるまでいてよいのであった。あるとき、わずかな人しかそこにいなかったとき、ロレンツェンが、バカラ遊びをしようと言い出した。ウンラートは関心を示して、ルールを説明させ、理解すると、銀行役を引き受けた。彼は勝った。勝ちが遠のくと彼は銀行役を辞めた。ロレンツェンはゲームの発起人としてこの遊びに活気をもたらさねばならぬという義務を感じた。彼は自分の紙入れから百マルク紙幣を次から次へと抜き出し、賭け金にした。幾人かは顔を赤くして、お金をもっと懐に入れて来なかったのを何度も残念がった。銀行役のロレンツェンはまた上機嫌になった。フレーリヒは夫の背後にそっと近づき、囁(ささや)いた。

「ほら見なさい！　何で銀行役を続けなかったの？　お馬鹿なお爺ちゃんね。」

ウンラートは答えた。

「八十マルクの帽子はお前のものになったのだよ。それに飲食店のゼッベリンにさしあたりの勘定を払うことも出来る。これでひとまず充分としておこう。」

彼は落ち着いて、自分の懐に入ることのなかったロレンツェンの紙幣の行く先を見ていた。肝心なのは、生徒ロレンツェンがそれを失ったということだ。ウンラートは息を弾ませ、自分が勝利への道程にあることを感じた。その道は、地底の振動によって軽い揺れをきたしてはいたが……。ロレンツェンがついに我に返って、ぼんやりした顔で自分の空の財布を覗いていたとき、ウンラートは彼のもとに行き、こう言った。

「ギリシャ語の授業は、今日のところはこれで終わりにしておこう。」


間もなく町には、ウンラート家で狂宴が行われている、という噂が漏れ聞こえてきた。株式市場に通う人びと、クラブや行きつけの店に集う男たち、帳場で働く人びとは、幾人かの未婚の人びとを通じて、やんわりと誇張された形でウンラート家の催しの様子を聞いた。そのちょっとした反響を彼らは家庭で披瀝し、妻たちはひそひそ声になって、もっと知りたいと言った。ウンラートらが踊ったというカンカン踊りとは一体どんなものか？　夫がそれを充分説明することが出来なかったので、妻たちはその言葉でどんな人間的力も凌駕するような猥褻な行為を想像した。そして、ウンラート家で常々行われているという罰金ゲームとは何なのか？　複数のペアが床の上に大きな一枚の毛布を掛けて、男女交互に一列に横になる。彼らは首まで毛布をかぶって、毛布が動かぬうちは、その下で何が起ころうと誰も咎められない。しかし毛布が動いたら、動かした男、あるいは動かした人たちは、罰金を払わねばならない、というものだった。このゲームは、町で伝説的魅惑を放った。それについての曖昧な噂が若い娘たちのあいだで交わされた。何時間にもわたって娘たちは、驚きと好奇心で瞳をいっぱいにして、そのゲームについて互いにあれこれ空想を巡らした。それから娘たちは、ウンラート家に出入りする女たちがときどき上半身に何もまとっていない、というのは本当かどうか、知りたがった。「信じられないくらい場違いね！」しかし、滑稽であることに違いはなかった。

ロレンツェンは、会食用に自分の店でワインを買ってくれた士官を数人連れて来た。中にはフォン・ギールシュケ少尉もいた。試補クヌーストは、上流市民階級の中では最初に現れた一人だった。明らかに彼は、女芸人フレーリヒを巡って若い中学教師リヒターと張り合っていた。リヒターは、中学教師にとって高嶺の花である富豪の娘との婚約についに辿り着いていた。ところが、花婿という立場は息苦しかった。彼は神経質になり、享楽を求め、かつては冷徹そのものであった官僚的頭脳を簡単に失った。ロレンツエンの場合と同様思わずカッとなって、ウンラート家で一晩のうちに給料数ヵ月分をすってしまった。馬鹿げた賭けをし、ローザへの求愛に熱くなって、すっかり節度を失った。教員室では、聖職を穢した張本人ウンラートの家にリヒターが通っていることについて、悪意ある当てこすりがなされた。

ウンラートは、賭けに関しては運に左右され、山あり谷ありだった。あるときはローザに千マルクもするチンチラ毛皮の襟巻きを買ってやることが出来た。灰色の毛の長い襟巻きから、彼女の華やかな顔がゾクゾクするほど可愛らしく覗いていた。ウンラートはまた、客が到着するとベッドに潜り込み、病気だと伝えることもあった。もはや出前を持って来てくれる飲食店がないからであった。翌日彼は債権者たちのもとに行き、自分が破産しても諸君はこれっぽっちも得る物はなかろう、と指摘した。彼らの方もそれを認めぬわけにはいかず、ウンラートが賭けに勝つまで、支払いを待つことにした。

ローザが賭けるのは稀だった。賭けに加わるときは、すべてを失うまでやめようとしなかった。だが、ある晩、雲一つない晴天のような幸運が彼女を見舞い、賭けの相手ロレンツェンは退散しなければならなくなった。ロレンツェンはひどく青ざめた顔をして、脅し文句を口にしながら出て行った。ローザは突発事件にあった子供のように圧倒された様子で、座ったまま、力の抜けた両手に紙幣と金の装飾品を持っていた。人びとは急に恭しくなって、彼女に、勝った額を数えてやろうと申し出た。全部で一万二千マルク以上あった。彼女は、そろそろ休みたいと言うばかりだった。人びとが帰り、ウンラートと二人きりになると彼女は、熱に浮かされた目をして、甘い、半分声にならない声で、「これでミミちゃんにはまたお輿入れの持参金が出来たわ。ペンダントと髪留めは全部取られちゃったけど、これでまた持参金が用意出来たから、あたしのような生き方をしなくて済むのね。」

しかし、翌朝早くにはもう、金の匂いを嗅ぎつけた債権者たちがウンラート家に押し寄せた。ローザは子供の持参金を文字通り体を張って隠したが、取り上げられてしまった。

一方で、ワイン店店主ロレンツェンが支払いを停止した、という噂が広まった。ウンラートはすぐ聞き込みに走った。彼は帰ってくると青白い顔をして涙ぐんでおり、一言も発することが出来なかった。しばらくしてようやく、指をパチンと言わせると、顎をパクパクさせながら言った。

「奴は破産した。生徒ロレンツェンは破産したぞ!」

「それで何が買えるって言うの?」ローザは、オットマン・ソファーに座り込んで両手を膝のあいだにぶらぶらさせながら答えた。

「生徒ロレンツェンは破産したのだ。」ウンラートは繰り返した。「生徒ロレンツェンは打ち砕かれ、地面にへたばっている。再起不能だろうて。奴の経歴は――まこと――断ち切られたのだ。」

彼は、歓喜のあまり弾き飛ばされるのを恐れるかのように、ごく低い声で話した。

「それが何になるって言うの？ ミミの持参金はなくなっちゃったのよ。」

「これで生徒ロレンツェンはとっ捕まったのだ。今回こそ奴をとっ捕まえて、分相応な運命を辿らせることに成功したのだ。」

ローザは、まるで困惑したようにうろつき回るウンラートを見た。その両手はあちこちの物に無意識に触れ、ブルブル震えた。ローザはなお幾つかのことを言ったが、彼は身を震わしながらゼイゼイした息使いで答えるばかりだった。

「生徒ロレンツェンは打ち砕かれ、地面にへたばっている。」

ウンラートの振舞いは、次第にローザを引き付けるようになった。彼の心の動きは、彼女のそれよりずっと大きく、圧倒的で、彼女の心の動きを打ち消してしまった。彼女は心配ごとを忘れ、ウンラートの情熱に定かならぬ驚愕を覚えながら、夫をじっと目で追った。それはまるで、ウンラートの奥底で今か今かと飛びかかるチャンスを待っていた狂気のようであった。ローザは打ち負かされ、甘い身震いを覚えながら、これまで以上に強くウンラートに引き付けられるのを感じた。それもこれもこの暴力的で、危険な情熱ゆえのことであった。

十四

その上、まだ学校の規律に縛られている生徒の中にも、客としてウンラート家に出入りしている者があった。そのうちの一人、背の高い、小麦色の髪をした生徒は、目立って多額の金をすった。

屋内娯楽のシーズンも終わりに近づいたある土曜日、既に春ともなっていたが、ウンラート家の玄関に、中学教師ヒュベネットが立っていた。ヒュベネットはウンラートの敵だった。ウンラートの息子を憎々しい言葉で中傷し、ウンラートのクラスの前で、「モラルの汚れ（ウンラート）、いやむしろウンコだ！」と言ったあの男である。そのヒュベネットが今、男らしく背筋をピンと伸ばして立っており、ウンラートは毒々しくその男に薄笑いを浮かべてみせた。彼は、かつての同僚を待っていたのだ。というのも、法外な賭け金で遊んでいた中学（ギムナジウム）生というのは、ヒュベネットの息子だったのである。この中学教師の家では何か、歯車が狂っているに違いなかった。

ヒュベネットは蟹のように真っ赤になって息子に向かって行き、かなり意気消沈している息子に、自分のあとについて来い、と命じた。彼は大声で、誰にともなく、「この事態を排除するための措置を講じよう」と付け加えた。「良心を欠いたイカサマ師が、弱い若者を誘惑せんとしている。父親の財産を奪うという、血とウンコで捏ねられた手法によって成り立つこの事態を、排除する措置を講じよう」と……。

一人の将校が慌ててこっそりと外へ出た。パーティに参加していた者の一人が、ひどい不安を感じて、怒っているヒュベネットに近寄り、騒ぎを起こすのがいかに愚かなことか、切々と説いた。このパーティを不純なものだと言うのですか？　まずは参加者の顔ぶれをよく見て御覧なさい。窓際のテーブルで賭けをしている白髪まじりの紳士が誰か、御存じないのですか？　ブレートポート領事その人ですよ！　そこであなたの方を振り返って眉根を寄せているのは誰だと思います？　ほかでもない、フラート警察顧問官ですよ。こうした方々が興味を寄せておられる既存の事柄を攻撃して、うまく収まると思うのですか？

ヒュベネットはそうは思わなかった。それは彼の態度に表れていた。彼はなお、カトー(21)張りの言葉を幾つか口にはしたが、声は段々萎んでいった。そして退却の途についた。彼に注意を払う者はもうなかった。ウンラートだけが勝利に顔を輝かせ、素早くヒュベネットのあとからついて来た。かつての同僚に冷たい飲み物を差し出したが、ヒュベネットが両肩をグイと張ることで道徳的距離を示そうとすると、その彼にウンラートは心から呼びかけた。「わが家の門戸は、あんたがた親子にはいつも開かれておるからな。」

それから、また海水浴の季節がやって来た。今回は、上流社会の放蕩息子たちが大勢ウンラートについて、あの小さな海岸の町へやって来た。ウンラート一家は家具付きのヴィラを借りた。彼らは、どこにでもある月並みなソファーに日本製の刺繡入り絹カバーを掛け、その前のテーブルに賭博用ルーレットを載せ、「北部海岸から御機嫌よう！」という文字の入ったグラスにシャンパンを注いだ。この新しい「ウンラート一党」は、夜を徹して賭けに興じ、あらゆる羽目を外した遊びに打ち興じたあと、日の出を見ようと海岸へ出た。日曜日には、音楽隊の朝のコラールに合わせて朝食を取った。あるいは戸外で夜を過ごした。同伴者たちは財力があり声望も高かったので、ローザは、とうに店仕舞いした浜辺のレストランや喫茶店を好みの時間に開けてくれるよう、無理に頼み込んだ。

ローザは疲れを知らなかった。昼も夜も崇拝者の一団をあらゆる方向へ駆り立てた。ある男にはあっちへ杖を投げて取って来るよう命じたかと思うと、別の男には期待を持たせるような骨を別方向へ投げた。両手を擦り合わせるウンラートにずるそうな目配せをしながら、ローザは、こうしたことすべてをやった。彼女は誰に対してであれ、試練に挑むよう求めた。ある男には(それは肌が桃色をした太った男だった)、六品からなるディナーを取った直後に、泳いで向こうの砂州まで渡れ、という課題を出した。

「おやおや、発作を起こしますよ」と、かなり冷静な別の男は言った。「ここで発作を起こすような人、ちっともお呼びじゃないわ。そういう人はとっととといなくなって頂戴。ウンラートちゃん、どう思う?」

「勿論だよ。」ウンラートは言った。「そういう奴は退散すべきだ!」

彼は付け加えた。「生徒ヤーコビは昔から運動はよく出来たじゃないか。学校を出たあとも学校の塀をよじ登って、私が授業していた一階の教室の窓から、山羊の発酵乳のくさい臭いをホースで流し込んだことがあった。何日も教室から臭いが抜けなかったものだ。そうした男からは、まこと、抜群の泳ぎも期待出来るというものだろう。」

この話は喝采を博した。若いヤーコビは、高らかに笑いながら決心した。

彼が更衣室から出たとき、皆が海辺に出て、彼に賭けていた。ヤーコビの肌は桃色だった。それになんと太っていたことか! 半分まで行ったところで彼は、伴走して来たボートに引き上げられねばならなかった。陸に上がっても意識を失ったままだった。蘇生術の試みは大きな関心を集めた。最初の賭けに負けた者は、第二の賭け、つまりヤーコビが意識を取り戻すか、それとも死んでしまうかという賭けをして、損を取り返そうとした。婦人たちはひどい緊張に囚われていた。ヒステリックな発作が起こった。事故にあったヤーコビが十五分経ってもまだ動かなかったとき、幾人かは黙り込み、その場から立ち去った。ウンラートは残った。

彼はぐったりとした血の気のない生徒ヤーコビの顔を見、この顔が嘲笑的で反抗的であった頃の様子を思い出していた。こいつらはそういう態度だった。ところが今、ここに横たわって、打ち負かされているではないか。徹底的に敗北しているではないか。これ以上の勝利はないし、これ以上の懲罰はない。そう考えながらも、軽く腹の辺りが締め付けられるのを、ウンラートは感じた。彼の歩む勝利の道は、再び少し揺らぎ始めた。暴君は、狂気の絶頂にあって、眩暈(めまい)を覚えた……。

が、ヤーコビは目を開けた。

ことのなりゆきにひどく不機嫌な態度を示したのは、例の二人のハンブルク人と、ブラジル人、ライプツィヒ人だった。彼らの場合、侮辱されたという個人的感情が不機嫌の理由だった。というのも彼らは、ローザやウンラートにとって、もはや何者でもなかったから。彼らには一体何が起こったのか理解出来なかった。去年はまあ何とか気さくな態度を取っていた若い娘ローザが、今では、本当の美人にありがちな厚かましく命令的な女芸人フレーリリヒになってしまった。そしてそのフレーリリヒのために、猫も杓子も、まるで女王様と言わんばかりにあくせく奉仕していた。だがローザは女王様などではなかったから、去年の夏ウンラート家と交わった友人たちは、このペテンを馬鹿らしく思った。それでいて彼らもまた、日を追うごとに少しずつこのペテンにかかって行った。ブラジルの若者は、最初の幾日か、以前の親しさを復活させようと骨折ったが、しばらくすると遠くから意気地なく恋焦がれるようになった。

次なる目標は、試補クヌーストと中学教師リヒターだった。この二人は失うものが最も多いからであった。一方は、町で一番引く手あまたの独身貴族であり、もう一方は婚約していた。フレーリリヒは長いことどちらにするか決めかねた。クヌーストの方が声望は高かったが、しかしリヒターにスキャンダルが持ち上がれば、影響はより大きいだろう。彼の婚約相手はローザを刺激した。この小女だけが、この海水浴場で偉大なる女芸人フレーリリヒの衣装を凌駕しようと企てたからだ。ローザは、クヌーストに対して、自分が次の水曜に最初に名前を口にする男のところに行って、その男を平手打ちせよ、と命じた。クヌーストの幅広の赤ら顔はニヤニヤと緩みを見せ、「私の頭はまだおかしくないよ」と言った。

「そんならあんたとはもうつきあわないわ」とローザは宣言した。「あたしから何か欲しいっていうのなら、あたしのために何でも出来なくちゃ駄目よ。何でもよ、分かる?」

それが出来たのはリヒターだった。それほど彼は婚約中という身分に苦しめられていた。ある日の午後、野外コンサートが行われているときにリヒターは、ローザと一緒に驢馬(ろば)に乗って騒々しい騎馬行列の真ん中を行進した。鞍の上ではローザの後ろにまたがり、酔った様子で女にしがみつきながら、コーヒーを飲んでいる人びとの横をギャロップで通り過ぎた。しかも人びとの最前列には、彼の婚約者が座っていたのである。

晩餐の直後、女芸人フレーリヒは立ち上がり、ウンラートとリヒターを両横に従えて、小さな甘い声で、「今日は早めに床につくことにするわ」と宣言した。人びとは色とりどりの提灯を掲げながら行列を作って、彼女を家まで送った。何人かの男はバルコニーの下でセレナードを歌い始めた。辺りが静かになったときウンラートは、既に半分服を脱いで、妻を呼んだ。彼女はバルコニーにいる、と彼は思っていた。だが、いなかった。彼は声をあげて妻を探した。ウンラートは、昔の同僚リヒターの運命も今や成就しつつあったので、彼女と共にそれを喜びたかったのである。目出度いことにリヒターの出世は危険に曝(さら)されていた。しかし、人気のない住まいの中で、ウンラートの歓びは空しく消えた。彼は胸苦しさを覚えた。

ウンラートはローザの気まぐれを知っていた。彼女はまた海に行ったに違いない。ウンラートは、格子柵の付いた幼児用ベッドのそばに座り、蚊を追った。

またしても、ひどく単純な男が、今このとき、女芸人フレーリヒゆえに阿呆を曝(さら)け出しているのだ。少しばかりの月光と交換するため腕輪や銀の化粧箱を差し出しているのだ。彼はそう考えながら床についた……。しかし、意識せずにいたい、と感じていた思考の奥底で、彼は、女芸人フレーリヒの連れがリヒターであること、リヒターが今このとき決して阿呆ではない、ということを知っていた。

真夜中を打つまでウンラートは、床の中であちこち寝返りを打った。それから毛布を跳ね返して起き上がると、服を着て、「女中を起こさねばならぬ。カンテラを持たして、人のいるところに知らせにやらねばならぬ。ローザの身に何か起こったのかも知れぬ」と声に出して言った。実際蠟燭(ろうそく)を手に取ると女中部屋に向かって歩き出した。階下へ降りる階段の踊り場まで来て、ようやく錯覚から解放され、誰にも気づかれぬようびくびく明りを消すと、手探りでそっと寝室に戻った。

月は、ローザの空のベッドを青白く照らしていた。彼はひっきりなしにそのベッドを眺めずにはいられなかった。彼の呼吸は次第に激しくなった。ついに前屈みになり、めそめそと泣き出した。自分の声にびっくりして、毛布の下に潜り込んだ。しばらくして彼は、男らしくあろうと心に決めた。大急ぎでもう一度服を着ると、どんな風にローザを迎えようかと考えた。「いやはや、またちょっとした散歩かね？　大丈夫だよ。わしも疲れてなかったから、ようやく今帰って来たところさ。」一時間も彼は、部屋を休みなく歩き回りながらこの台詞を練習した。すると玄関で小さな物音がした。ウンラートは慌てふためいて服を脱ぎ去ると、ベッドに飛び込んだ。目蓋をぎゅっと閉じたまま、ローザが足音を忍ばせて部屋に入り、衣擦れの音を立てないように服を脱ぎ、ベッドが軋(きし)まないよう注意して体を横たえる様子に聞き耳を立てた。そして彼女が弱く息を吐き出す音が聞こえた。ついには聞き慣れたあの愛らしい鼾(いびき)が聞こえるまで、ウンラートは耳をそばだてていた。

翌朝彼らは、二人とも眠っている振りをした。ローザの方が先に決心して欠伸(あくび)をした。ウンラートが顔を向けたとき彼女は、悩みのあまり今にも泣き出しそうなしかめっ面をしていた。女は彼の方に顔を押し付けると、しゃくり上げながら言った。「ああ、ウンラートちゃんに分かってもらえたらな。何でも思った通りにいくわけじゃないのよ。大抵のことは自分でもどうしようもないんだわ。」

「そうなのかも知れぬ。」ウンラートは慰めるように言った。彼が恐ろしく優しく、彼女の眉唾な言いわけをじっと聞いていたので、ローザはさらに激しく泣いた。

その日彼らは一日中家に閉じ籠もっていた。ローザは何をやってもぎこちなく、物憂げで、その大きな瞳は柔らかく、甘く、膨らんでいく想いに満ちていた。ウンラートはこの眼差しを目にすると、恥ずかしいものでも見たように視線を逸らした。

夕方になると幾人かの友人がやって来て、最新情報を知っているか、と尋ねた。「ずっと家にいたっていうのに、どうやって知るっていうの？」

「リヒターの婚約は解消されたぞ！」

ローザはすぐ跳び上がって、ウンラートに視線を送った。

「あの男はお仕舞いだぜ。とことん評判を落としちまった。婚約者の家族は、奴を今の職場から追い払おうとするに違いあるまい。奴にはもう町にいて欲しくないって思ってるぜ。一家の恥になるからね。どこに行くことになるのやら。」

ローザはウンラートの顔が桃色に変わり、そして再び青白くなるのを見、片方の足からもう片方の足へ体重移動するのを見、指を絡み合わせては再びそれを解くのを見た。彼女はウンラートが、話された言葉の甘さをパクリと飲み込み、幸福をパクリと飲み込むかのように、空気をパクリパクリと吸い込むさまを見た。彼は喜びを味わい、それでいて苦しんでいた。

今回彼は、勝利の代価を払わねばならなかった。良心の疚しさを感じながらローザは、ウンラートの顔に、彼が勝利の代価として払わねばならなかった辛い心情を読み取った。ついに彼は部屋から出て行った。ローザは、客たちを部屋に置き去りにする口実を作らねばならなかった。

「嬉しいんでしょ?」部屋から出ると彼女は、不満を顔に出さないよう気をつけて言った。「人の不幸を喜ぶなんて、いけないわ。」

ウンラートはバルコニーに出て座り、手首を抱えるようにして、気もそぞろにブナの梢のあいだから海を眺めていた。まるで、苦難の深みを越えてこそ辿り着ける、遥かな稜線を検証しているような顔つきだった。フレーリヒはその気持ちを幾らか理解した。そして、優しく慰めるのは、今度は彼女の方だった。

彼女は言った。

「何でもないことだわ。ウンラートちゃん。要は、あの人はもうお仕舞いってことよ。なんてったって、そういう成果はあったのよ。」

彼女は溜息をつかずにはいられなかった。というのも、ほんの数時間前を思い出してみると、自分が哀れなリヒターに対して随分恩知らずだと思わずにはいられなかったからだった。「確かに——どうしてあんなことになったんだっけ？——確かにリヒターさんは優しくて粋な男だわ。でも、クヌーストさんがいなかったら、クヌーストさんを怒らせようと思わなかったら、リヒターさんとどうかなるなんてありえなかったでしょうよ。こんな災いは起こらなかったでしょうよ。ウンラートちゃんには全然違った魅力があるわ。ときどき眩暈がするくらいよ。あの人がまたそこに座ってる様子っていったら！」

「二人でやっていきましょ。」彼女はそう言って片手を伸ばした。

ウンラートはそれを取りはしたが、次のように言った。

「とりわけ一つのことは確かだ。幸福の頂点まで登りつめた者は、底の見えないほどの奈落にもまた、よく通じているのだよ。」

十五

彼らが町へ戻ってきたときには、彼らが帰るのを待ちわびていた人びとがいた。クラブでは独身の男たちが言った。「よしよし。これでやっと退屈が終わるぞ。」町に帰った翌日、彼らは最初のパーティを開いた。誰がそのパーティに行き、食事にどんなものが出、女芸人フレーリリヒがどんななりをしていたか、町中があれこれ思いを巡らした。それからしばらくのあいだ、既婚の商人たちは夜遅くなってから、港で何かが起こったとか、帳場で予期せぬ事態が生じたなどという異例の知らせを受けて、慌てて家を出て行った。

それでも少なからぬ人びとは倫理的信条ゆえか、冷めた性質ゆえ、あるいはまた節約を旨とするがゆえに、ウンラート家からの距離を保った。彼らはカジノや公共組合の空いたソファーの一つに座って欠伸(あくび)をし、まずは憤ってみせ、そして同席する仲間がどんどん減って行くのに驚いた。最後まで残った人びとは、自分たちはしくじったと思い、不当に損な扱いを受けているように感じた。

市立劇場の存続は援助によって辛うじて保たれていた。評判のいいバラエティー・ショーといったものはなく、身分ある紳士を楽しませるために仕込まれた五、六人の高級売春婦は町では知らぬ者がなく、うんざりするほどだった。彼女らが提供出来る楽しみは、ウンラート家とその主婦のことを考えると、味気ないものに思われた。

粗野でつまらない悪習に浸る以外、堅物で退屈この上ない家庭から逃れる術のないこの古い町にあって、高い賭け金で賭けをし、高級な酒を飲み、娼婦でもなければ淑女とも言いがたい女たちに出会うことが出来るところ……、家の主婦、つまりウンラート夫人がゾクゾクするような歌を歌い、場違いな踊りを踊り、うまくやれば馬鹿なことをしてこの主婦を手に入れることも出来ると噂される市門の外の驚くべき邸宅は、お伽噺の雰囲気に包まれ、妖精の館の周りを漂う銀色の微光に包まれていた。「こんなものがこの世にあったのか！」一晩たりともウンラート家に思いを馳せずに過ごすことが出来た者はいなかった。皆がウンラート家のことを考えずにはいられなかった。知人が角をこっそり曲がるのを見、時計がときを打つのを聞くと、「邸宅ではこれから始まるのだな」と、誰もが考えた。なぜこんなに疲れたのかよく分からずに床につくとき、誰もが、溜息混じりに言った。「市門の外のあの邸宅では、盛り上がってるんだろうな。」

なるほど、ローマン領事のように、青春時代を外国で過ごし、ハンブルクを故郷のようによく知っていて、おりに触れパリやロンドンに行くことのあったごくわずかな人びとは、道を外れた老教師とその若い妻に迎え入れられることに、これっぽちの好奇心も感じなかった。だが、魚やバターの商いで三十年ものあいだ同じ五つの通りをあくせく歩いてきた市門の外に住む裕福な小市民は、貯めたお金を使うための予想外に楽しい方法が突然現れたのを感じた。これまでの苦労が素晴らしい形で報われるのだと彼らには思えた。彼らは、自分が何のために生きてきたのかを今こそ悟った。昔大都市に暮らしたことがあったがその経験も少し錆びついてしまったと感じる人びと、例えば領事ブレートポートなどは、初めのうちは我慢しようと心に決めていたのに、結局は誰よりもウンラート家での催しに興じた。その他、大学出身者たちは、若かりし頃に女たちを招いて開いた飲み会に感傷的懐かしさを抑え切れずに、ここへ来た。例えば、巨人塚裁判のときの判事たちと、クヴィットイェンス牧師がそうだった。クヴィットイェンス氏は牧師という立場にありながら、他の職業の人と同様に、ここに来たのである。こうしてカフェー・ツェントラールの主人や、マルクト広場に店を構える葉巻商といった小市民らは、ウンラート家に来たときにだけ、上流階級と交わることが出来た。ここに来ると彼らは、社会的地位を上げてもらったような、得意な気持ちになるのだった。当然ながら小市民の方が数が多く、その場の雰囲気を支配するのは彼らだった。

この雰囲気は無作法なものだった。ただ無作法というだけでもう、悪い雰囲気だった。ここに来る人びとは皆、一風変わった、いかがわしい洗練を期待し、聞いたこともないような中間状態を期待していた。それは、愛をすぐ現金で買うことは出来ないとしても、それでいて退屈しないような中間状態だった。とはいえ、まさに彼らの存在によって、ここでの集いは単純なものに取って代わった。彼らは家にいるときのように愚直に振舞うか、女郎屋にいるときのように下品だった。ほかに仕様がなかったのだ。初めのうちは品位を保とうと努めても、アルコールが入り、賭けでいくらかすってこの場に馴染んでしまうと、口が滑らかになって、歯に衣着せぬ物言いをし、婦人に親しげな口を利いて、争いを始めた。それは婦人たちの淑やかさに好ましからぬ影響を与えた。婦人たちは娯楽の無定形ぶりに慣れた。ピーレマン嬢は以前とはガラリと変わった。彼女は客の誰かと三十分ものあいだ、鍵の掛かった部屋で過ごしたかと思うと、その部屋から叩き出され、何人かの陽気な連中と一緒に、賭博のなされている部屋にこだわりなく戻って来ることが出来た。「去年の彼女なら、あんなこと出来なかったのに」とローザは考えずにはいられなかった。

フレーリヒ自身はかなり形式を守り続けた。彼女が選りすぐりの人間としかつきあわないことは、みんなが知っていた。選りすぐりの人間とは、ブレートポート領事か、ひょっとすると試補クヌーストかもしれなかった。確実なことは誰も知らなかった。彼女は、自宅では決してことを起こさなかった。姦通する際は細心の注意を払い、夫ある身という立場を真摯に受け止める人妻の作法を忘れなかった。逢引するときはヴェールを二重に降ろし、馬車の窓にカーテンを引き、場所は郊外を選んだ。そうした作法は彼女の格を上げたので、彼女をほかの女と同列に扱おうとする者はなかった。人びとがそれを避けたのは、目下のところ誰が彼女のパトロンなのか、その男がどの程度まで容認してくれるか、はっきり分からなかったからであった。夫のウンラートが何も甘受しようとしないことも、かなりの妨げとなった。ウンラート家での集いが大いに盛り上がっていたとき、偶然ウンラートのすぐ後ろで、ローザについて不用意に何ごとか口走った紳士がいた。ウンラートはその男に猛然と襲いかかった。彼は、口からシューシュー、ハアハア息を吐いて、何を言っても聞き入れようとせず、興奮して殴り合ったあと、大柄で太った相手の男を玄関から締め出してしまった。この不幸な男は永久に追放された。ところがこの男というのは、賭ける額がいつも太っ腹で、しかもローザに関して彼が言ったことは、彼女にまつわる話のなかでは、まず一番他愛ないものと言ってよかったのだ。この出来事のあと、ローザのこととなるとウンラートがどれほど狂気じみた振舞いをするか、皆の知るところとなり、誰もが用心した。

そのほかのことは、すべて滅茶苦茶で構わなかった。ウンラートは了解していた。自分の身にさえ降りかからなければよかったのだ。誰かが胴元を破産させ、それに打撃を受けた人びとが、欲でげっそりした、汗だくの、呆然とした顔であちこち彷徨(さまよ)ったり、空ろな目で中空を見ていたりすると、ウンラートは両手を擦(こす)り合わせた。彼は、前後不覚に酔っ払った人を満足そうに査定した。全財産を失った者には、あからさまに侮辱と分かるような励ましの言葉を言い、どこかで恋人同士が愛撫の際に見つかると、一瞬ニタリと笑った。全財産をすった者が出ると、しばらくのあいだ、この上なく溌剌として見えた。あるとき、家柄のいい若い男が賭けでイカサマをした。ウンラートは、この男にそのまま参加させることを頑として主張したが、倫理的義憤を口にする者のうねりが高まり、抗議としてウンラート家に来なくなった者が幾人かあった。二、三日すると彼らはまた顔を見せた。ウンラートは毒のある笑みを浮かべながら、この若いイカサマ賭博師と彼らを、「同じ組にしよう」と言った。

もう一つの出来事はさらに劇的展開を見せた。賭けをしていたある男が、自分の前に置いていた札束を盗まれたのである。彼は、出口に鍵をかけて家にいる者全員を調査するよう求め、がなり立てた。大勢が反対した。互いに罵り合い、盗難の被害者をこぶしで脅し、わずか五分のあいだ、例外なく誰もが互いを疑った。ウンラートの声が、なぜかは知らねど墓穴から響くように、あらゆる騒音をつんざいて轟いた。ウンラートは、「調査の必要がある者の名を言う積もりだが、皆同意してくれるかね？」と尋ねた。人びとは好奇心に駆られ、また、自分があらゆる嫌疑から無縁だということを示したいと思い、「同意する」と答えた。それを聞くとウンラートは、首を前に出したり後ろに引いたりしながら、フォン・ギールシュケ少尉、生徒キーゼラック、ブレートポート領事の名を挙げた。「ブレートポートだって？　ブレートポートだって？」「その通り、ブレートポートだ。」ウンラートは、自分が何を知っているのか打ち明けようとはせず、それでいて、自分の言を曲げようともしなかった……。「それに、ギールシュケといえば将校じゃないか。」「身分など関係ない。」ウンラートは言い張った。そして、怒って反論しようとしたギールシュケ将校に、次のように言って聞かせた。「大勢が君の敵に回って、君の武器を取り上げるだろうよ。サーベルを奪われ、名誉を失ってしまうがいい。ピストル以外何にも残らないだろうよ。しかもそのピストルを使って君は、——いやはやまた——この世からおさらばすることになるだろう。それを考えれば、——まことに——取り調べを受ける方が楽しいじゃないか。」

選択を迫られたギールシュケは抵抗をやめた。実は、ウンラートは彼をこれっぽちも疑っていなかったのだ。ただ無理難題をふっかけて、矜持をへし折ってやろうと思っただけだった。ところがこのとき、札束を窓から投げ捨てようとしたキーゼラックが、その場で取り押さえられた。ブレートポート領事はただちに強い調子でウンラートに釈明を求めた。ウンラートは領事に顔を近づけて、ほかの人には聞こえないようにある名前を囁(ささや)いた。それを聞いただけで、ブレートポートの態度は軟化してしまった。彼は次の日もやって来て、息つく間もなく賭けを続けた。ギールシュケは八日間姿を見せなかった。キーゼラックはもう一度だけやって来て、いくらかすってしまった。その後、キーゼラックが働く税務署に彼の祖母がやって来て、孫が自分の金を盗んだ、と訴えた。それでようやくキーゼラックを解雇する口実が整った。ウンラート家で賭博しているという理由では、解雇出来なかったのだった。生徒キーゼラックは地に堕ちた。ウンラートはこのことを、たった独りで、こっそりと祝った。

享楽の中にありながらウンラートは、うちに悪意を秘め、冷徹に振舞った。競って破産し、破門され、絞首台へと走っていく人びとの雑踏の中で、ウンラートは、がに股で毅然として立つ老教諭であった。荒れ放題に荒れたクラスを前に、あとでひどい成績をつけてやろうと考え、反抗的な生徒の顔をすべて眼鏡の奥に焼き付ける老教諭であった。

奴らは不遜にも、支配権力に楯突こうとした。縛めを解かれた今こそ、思うように暴れて、互いの肋骨を砕き、互いの首の骨をへし折るがいい！　暴君は、とうとうアナーキストへと生まれ変わった。

そして彼は、今の自分に自惚れているように見えた。若々しさを取り戻した自分の顔に明らかに偏愛を抱いていた。一晩に二十回も、懐中鏡を取り出して自分の顔を眺めた。鏡は、「ベレ」と刻まれた小さな小箱の中に入れてあった。

夜の騒々しく、けばけばしい、向こう見ずな催しの最中、ウンラートはよく昔のことを思い出した。以前、カフェー・ツェントラールで嘲られ、すごすご家に帰ったことがあった。歩いていると、角の暗がりから、ゴミでも捨てるように彼の名が投げつけられたものだ……。たった一晩だけ、人びとにものを頼みたいと思ったことがあった。女芸人フレーリヒとは誰なのか、どこでその女に会うことが出来るのか、教えてもらおうと思ったのだ。そして――これはきわめて重要なことだったが――どうしたら三人の生徒が彼女と係わりを持たないように出来るか……特に、三人のうちの最悪の生徒、ローマンの係わりを防ぐにはどうしたらいいか、尋ねようと思ったのだ。誰一人として彼に答えてくれた者はなかった。彼に向けられたのは、顔全体に広がったにやけ笑いばかりで、帽子を取る者すら一人もなかった。小さな「ゴロゴロ車」に乗った子供たちが、急勾配の小路をガタゴトと下りて遊んでいる中で、彼は「ゴロゴロ車」を避けてあちこち飛び跳ねなくてはならなかった。ところがそこでも、子供たちの甲高い声ばかり聞こえる中から、彼の名前が叫ばれ、彼の耳をつんざいた。明るく照らされた商店の前を、脚を引きずるように歩きながら、彼はもう、反乱分子の誰にも話しかけようとはしなかった。彼は、騒擾を引き起こした五万人の生徒の家々の前を、こっそりと、頭上にいつも緊張を感じながら歩いたのだ。というのは、バケツ一杯の汚水を捨てるように、いつ彼の名前がどこかしらの窓から落ちて来ないとも限らなかったから！　一番静かな通りの末端にある、未婚婦人向けの施設まで、彼は神経を疲れさせるほどの迫害と疑惑と嘲笑を感じながら、逃げて行った。蝙蝠が帽子を掠めて飛んでいくのを気にも留めず、そこまで来てもまだ、自分の名前が叫ばれるのではないかと身構えていた。

あの名前！　今や彼は、自分で自分にこの名前を与えたのだ！　月桂冠のようにこの名前を、自分で自分の頭にかぶせたのだ。全財産をすった男がいると、その肩を叩いて彼は言った。「そうそう、わしはホントに汚物じゃよ。」

ウンラートの夜ときたら！　彼の夜は、今や次の如くだった。彼の家は町中で一番明るく、もっとも重要な家と受け止められていた。中には運命が充満していた。どれほどの心配、どれほどの欲求、どれほどのへつらい、どれほどの猛烈で気違いじみた自己否定をウンラートは、周りに煮えたぎらせたことか！　すべては彼に捧げられた生贄（いけにえ）だった！　誰もがこの生贄に火を点けようとし、それどころか、彼のため自ら生贄となって自分に火を点けようと押し寄せた。人びとがこの家へと駆り立てられたのは、彼らの脳髄が空っぽだったからであり、人文的教養を持たぬ愚か者だったからであり、馬鹿げた好奇心ゆえであり、倫理感では覆い隠すことの出来ない淫らな欲望や、物欲、情炎、虚栄、それらすべてに加えて、多様に絡み合った利害ゆえであった。債務者ウンラートが金にありつけるようにと、自分の親戚や友人、顧客らを無理に引っ張ってきたのは、ウンラートの債権者たちではなかったか？　宙に浮いた金の中から自分の分け前をつかみ取ろうと考え、夫をウンラート家に送り込んだのは、獲物を狙う妻たちではなかったか？　ほかの人びとは自分からやって来た。カーニバルの際に仮面を付けて現れたのは、噂によれば上流階級の淑女たちであった。不審そうな顔で妻をこっそり監視する夫たちの姿があった。若い娘たちは、母親が遅くに外出したことを家でひそひそ囁いた。「市門の外のあの家に行ったのだわ。」娘たちは、フレーリヒの持ち歌のフレーズを小さな声で鼻歌にして歌った。歌は密かに町中を飛び交った。男女のペアが毛布一枚を掛けて床の上に横たわるという、あのいわくつきの罰金遊びは、幾つもの家庭に伝わった。年頃の娘がいる家庭に若いダンサーが招かれると、この遊びが行われた。こうして、クスクスいう笑い声が、「市門の外のあの家」から、あちこちに伝染して行った。

夏が来る前に、上流階級の女三人と若い娘二人が、突然田舎に引き籠もった。バカンスには時期が早過ぎると思われた。三つの新しい破産があった。マルクト広場に店を出している葉巻商のマイアは、手形の偽造が発覚し、首をくくった。ブレートポート領事についてひそひそ噂する声が聞かれた……。

ウンラートによって生み出され、町全体に広がったこの風紀壊乱は、あまりに多くの人間が係わっていたため、誰にも妨げることが出来なかった。それはウンラートを勝利へ導いた。彼の心の底に潜み、彼を突き動かしていた情念は、その干からびた体からほとんど見て取ることが出来なかった。せいぜい、毒々しい緑の火花を散らす目と、青白いにやけ笑いとなってときおり表れる程度だった。しかし、この情念は、町全体を打ち負かし、服従させた。彼は強かった。彼は今、幸福であってよい筈(はず)だった。

十六

もっと強かったとしたら、彼は幸福であっただろう。そして運命の危機に際して——ウンラートの運命とは、人間への憎しみだった！——フレーリヒに身を委ねなかったとしたら、彼は幸福であっただろう。ローザは彼の情念の裏返しだった。彼女は、他の人びとがすべてを失うのと同じ程度に、すべてを得なければならなかった。他の人びとすべてが打ち砕かれて当然なのと同じ程度に、保護してあげなければならなかった。人間嫌いウンラートの過敏な愛情衝動は、彼女一人に捧げられた。それはウンラートにとって良くないことだった。彼は自分でも分かっていた。「女芸人フレーリヒは、生徒どもをとっ捕まえ、陥れるための道具以上であってはならない」と彼は思った。ところが、道具である代わりに彼女は、ウンラートの横に並んで、人類の面前に気高く神聖に立っていた。ウンラートは彼女を愛し、愛に苦しむことを強いられた。彼の愛は、彼の憎しみに仕えることを拒絶した。ウンラートの愛は、ローザを守ることに捧げられ、彼女のために略奪を行った。それは完全に男性的な愛だった。それにもかかわらず、この愛もまた結局、弱さへと至った……。

彼女が外出から戻ると、ウンラートは書斎に隠れて、晩まで二度と顔を見せないことがあった。彼女はドアの前で軽やかな、少しばかり同情的な可愛らしい声で、ドアを開けるよう説いた。しかし彼は、食事すら取ろうとしなかった。「わしは研究に従事せねばならんのだ！」彼女は、「根を詰めると病気になっちゃうわよ」と言って親切に警告したが、溜息をついて、ウンラートの発作が治まるのを待つことにした。恐らく彼は、また彼女の衣装棚を調べて、洗濯物をあちこちつつき回したのだ。ひょっとすると今朝、あの手紙に気づいたのかもしれない。そういうことがあると彼は急に癇癪を起こして、彼女がへとへとに疲れて帰っても、見向きもせず、顔を真っ赤にして、あらぬ方を見やり、その場からいなくなってしまうのだった。「ホントにイライラしちゃうわね。でもあんまり真に受けちゃいけないわ。つまり、ホントにお腹の底から怒っちゃいけないのよ。あたし自身、思わせぶりが過ぎるわけなんだから。第一、まるで人妻みたいに振舞ってるわ。」彼女は自分の振舞いを、演技としか解すことが出来なかった。かつて、道の真ん中でウンラートのもとにミミを行かせたときは、感動的だった。あのときは本当に感ずるところがあった。ところが今は、男たちにもったいぶった振りをして、まともな関係になるまでは、気取った態度を取った。一方ウンラートのいるところでは、何も尻尾を出さぬよう、沢山嘘をつき続けなくてはならなかった。とはいえ、勿論ウンラートは事情をよく知っていたのではあるが……。彼女は、ウンラートが一緒に喜劇を演じてくれて、日頃のちょっとした脱線に今でも大騒ぎしてくれることに感謝していた。それはこの古い家にどれほど活気を与えてくれたことか！ 奇妙なことに、ウンラートは決して慣れるということがなかった。ところが彼女の方は、そうした浮気をウンラートほど真面目に考えてはいないのだった。ときおりウンラートは頭のネジが外れたように激昂して、すぐにも誰かを殺しそうな勢いだった。彼はこれ以上もう耐えられなかったのだ。「生徒フェアメーレンをお前に薦めよう。生徒フェアメーレンに——いやはやた——狙いを絞るがいい。」「え、一体それどういうこと？ 誰に狙いを絞るか、人に指図されなきゃならないの？ ブレートポートと関係を絶てって言われたら、そうしなきゃならないわけ？」

ローザは肩をすくめた。

彼女にはウンラートが理解出来なかったが、ウンラートの方は身を震わせながら、情念の真の空中戦に赴いていた。自分の憎しみに餌をやるため、毎日彼が愛を傷つけねばならなかったことは、憎しみを、ますます気違いじみた熱病へと高めた。憎しみと愛は互いを惑わし、熱くし、恐ろしいものにした。ウンラートは、身ぐるみ剝がされ泣いて赦しを乞う餓えた人類を思い描き、破壊され荒廃したこの町と、金と血の山が灰となって流れて行く、万物没落の情景を思い描いた。

それから彼はまた、ローザが他の男たちに愛されているという幻覚に苦しんだ。彼の知らぬところで行われる抱擁のイメージが彼を圧迫した。ところが、相手の男は皆、ローマンの顔をしていたのだ！　ウンラートが体験しうる最悪のもの、最も憎むべきものは、ローマンの顔立ちに永久に集約されていた。どうしても「とっ捕まえる」ことが出来ず、もはやこの町にすらいなかったこの生徒の顔立ちに！

こうした抗いがたい情念の発作が去ると、彼は、自分自身とローザへの同情に見舞われた。彼はローザを慰めようとして、約束した。もう少し続ければ充分だから、こうした生活から足を洗って、町を出て、「奴らが当然の義務としてお前に譲らねばならなかったものを」享受するとしようか。

「それがいくらになると思ってるの？」彼女は拒むように問うた。「あんた、あたしたちが手に入れるもののことしか考えてないけど、取られてしまうものも、たいした量なのよ。家具は借金のかたに差し押さえられたわよね？　まだ残ってるものの月賦を一回でも払ったことある？　もしあると思ってるんなら、とんだ間抜けよ。あたしたちの財産なんか、そこのソファー用クッションと、あそこの、古い絵を入れた額縁だけよ。ほかには何にもないんだから。」

彼女は残酷な気分だった。男たちとの隠れんぼに神経をすり減らして、自分の生活の楽しい面を見失ってしまっていた。その腹いせを、一番身近にいる男にした。ウンラートは、ことをひどく重大に受け止めた。

「お前の幸福の監督責任はわしにある。わしは、この責任を果たす能力がないなどと、見られたくはない……。奴らには償いをさせねばならんぞ！」彼は歯のあいだからシューシュー言いながら付け加えた。

ローザはまったく聞いていなかった。彼女はイライラしてあちこち歩き回り、両手をぎゅっと組み合わせた。

「あたしが、あんたに喜んでもらうためにこんな馬鹿な生活をしてるなんて、思っていやしないわよね。あんたが餓鬼どもをとっちめるのに協力してるんだなんて……。とんでもないわ。ミミがいなかったら……。でも、ミミのためには働かなくちゃならないわ。ミミがお母さんみたいにならないようにね。ああ、ホントに……」

こう言ってローザは、白いパジャマを着た子供を部屋に連れて来た。そして涙の場面が演じられた。ウンラートは両腕と頭を垂れた。彼は出掛けねばならなかった。ローザは休むためベッドに横になった。しかし客が来る頃には、また機嫌を直していた。ウンラートに対してもまた元通りに振舞い、優しく柔和だった。しばしば人びとの後ろで彼に何ごとか親密そうに囁いたので、誰もが、ローザにとって一番大事なのは依然としてウンラートなのだ、と思った。彼女との関係が疑われる男についても、ローザは、ウンラートと話すときにはその男を笑いぐさにするようなことを言った。そうしてウンラートをいい気持ちにさせて、まるで何も由々しきことは起こっていないかのように錯覚させたのである。それどころかウンラートは、そうしたとき、まるで自分が何の代価も払わずにすべての成功を収めたような妄想を抱いた。彼はそれを本当に信じていたわけではなかったが、信じることを妨げるものもないし、反証などどこにもない、と自分に言い聞かせた。苦悩のあとの反動として彼を捉えたのは、それほどの多幸症だった。

春の穏やかに晴れたある日――（それはまた、幾多の精神的苦悩のあとの、最初の穏やかな日でもあった）――ウンラートとフレーリヒは連れ立って町まで散策した。ウンラートはこのとき、自分たち二人はやっぱり結ばれているのだ、しかも最高の、たぐい稀な形で結ばれているのだ、と感じて安心していた。フレーリヒの方は、ギリシャ語の授業と共にウンラートを愛そうという野心も投げ出してしまったが、ウンラートに対する誠実な仲間意識は保ち続けている自分を誇りに感じて、機嫌が良かった。それゆえ二人とも、通りの角に店を構える小売商ドレーゲ氏の振舞いを見ても、ただ微笑むばかりだった。ドレーゲ氏は、二人が通り過ぎると店の戸をガバリと開け、威嚇的に両こぶしを上げると、二人の背中に罵り言葉を浴びせたのである。果物売りの女も、二人を見るとじっとしていられなかった。彼女はドレーゲ氏に、水道ホースの注ぎ口をウンラートに向けるよう、たきつけた。そうした出来事はウンラート夫婦が外出する際には避けることが出来なかった。彼らは、闇雲に金をあちこちで支払っていたのに、全世界に対して負債を負っていた。そして彼らに貸付けを認めたというより、むしろ無理強いした納品業者たちは、最も騒ぎ立てた。前もって支払いを済ませた衣装がやっとパリから届いたり、先月食べた朝食の丸パンがまだ彼らの所有物でなかったりということがよくあった。それでいて、ローザは子供のために節約している積もりだったし、ウンラートはローザのために略奪している積もりだった。裁判所の執行官が来るたび(来ても無駄足だったが)、驚きと怒りと敗北感が支配した。どうして執行官が来るなどという事態を予見出来ただろうか。フレーリヒにはもう、とうの昔から、請求書や負債証書のことは分からなかった。ウンラートの絶えざる衝動は他人が損をすることに向けられていて、自分の資産を増やすことには向かっていなかった。二人が周囲の人びとの家計にもたらした腐敗臭は、彼ら自身の家計からも臭ってきた。騙され、藪の中に追いやられた二人は、大きな賭けで信じがたいほどの儲けにありつくこと、債権者たちがなんとかいなくなってくれることをぼんやり夢見ながら、自分自身を誤魔化し続けた。彼らは、地面が揺らぐのを恐らく心の底で感じながら、引きさらわれて行く際にも出来るだけ多くの災いを引き起こした。

ジーベンベルク通りでは家具商にバッタリ会い、一悶着起こった。家具商によると、ウンラートはまだ家具の支払いを済ませていないのに、そのうちの幾つかをもう売り払ってしまったのだ。家具商は、裁判を起こす、と言い出した。ウンラートは毒のある微笑を浮かべ、大目に見てはくれぬか、と要求した。フレーリヒは言った。

「これ以上期待しない方がいいわよ。あたしたちも馬鹿じゃないから、裁判になっても大したもんはあんたの手に入らないわよ。」

この瞬間、彼女の横でサーベルをガチャガチャ鳴らす音が聞こえた。彼女はそちらを見、すぐにまたそっぽを向いた。彼女の中の一つの声が荒々しく言った。

「あら大変！」

もう一つの声は、落ち着いた、いぶかしがる声をあげた。

「あっちを見てごらん。」

ローザは家具商の言葉をもう聞いてはいなかった。しばらくして彼女は家具商を置いたまま歩き出した。彼女は軽い放心状態で先へと歩いたが、ケーキ屋「ムム」の前まで来るとようやく、ウンラートも何も言わなくなったことに気づいた。ローザは良心の呵責を感じた。たった今見たものによって二人のあいだに生じたこの気まずい雰囲気を和らげ、ウンラートをなだめようとして、他愛ない話を始めた。彼の方もまた急に、神経質ながら親切な態度を示して、彼女をケーキ屋に入るよう誘った。彼がカウンターで注文しているときに、彼女はもう隣の客室に入った。するとそこのガラス窓を叩く音がした。彼女はそちらを見ないよう用心した。見なくとも、それがエアツムとローマンの二人であることは、分かっていたのである。

晩になってもまだウンラートは落ち着かなかった。彼は、客のあいだを慌ててあちこちと行き交い、乾き切った、野蛮で皮肉っぽい意見を述べ、「わしはホントの汚物(ウンラート)じゃよ」と繰り返して、次のように宣言した。

「ここにある物でわしの所有といったら――まことに――ソファーの上のクッションと、そこにある絵の額縁だけなのだ。」

ローザが一度寝室に戻ったとき、彼は彼女のあとからついて行き、次のように知らせた。「これでようやく、生徒ブレートポートは近いうちに学年の到達目標に達するだろう。」

「破産するの？」彼女は尋ねた。「そうでもなさそうよ、ウンラートちゃん。あの人、また茶色のお札を財布いっぱい詰め込んでたわよ。」

「お前の言う通りかも知れぬ。しかし、そのお札がどこから来たものか、しっかり調査してみる必要があろう。」

「どういうこと？」

ウンラートは、漏れ出るような、隠し切れずに震えるような微笑を浮かべながら、近づいてきた。

「奴の出納係を買収して分かったのだ。奴は、後見人としてフォン・エアツムの財産管理を任されているが、それを使い込んでおるぞ。」そしてウンラートは、ローザが驚きのあまり硬くなっているのに気づいたので、「まことに……人生とは、そう悪いものではないものだな。これでつまり、三人のうちの二人までが片付いた。生徒キーゼラックは打ちのめされ、地面に這いつくばっている。フォン・エアツムは間もなくガラガラとくずおれるだろう。さすれば残るは一人だけだ。」

彼女は彼の目を見ていることに耐えられなくなった。

「あんた、一体誰のことを言ってるの？」混乱して彼女は尋ねた。

「三人目はまだとっ捕まえていないのだ。奴は何が何でもとっ捕まえねばならぬ。」

「どうして?」そう言って彼女は不安げに眼差しを上げた。ところが急に挑むような調子で、「知ってるわ、あんたがどうしても我慢出来ないあの子でしょ。あの子が通りを歩いて来ても、あたしはそっちを見ることさえ許されないんだったわよね? それさえあんたは我慢出来ないのよね。」

彼は頭を下げ、喘(あえ)ぐように息をはあはあ言わせた。

「確かに、わしの権限の及ぶ限り……」彼は鈍い声で言った。「だが、この生徒は、……この生徒はとっ捕まえねばならぬ。とっ捕まえるべき生徒なのだ。」

彼女は両肩をすくめた。

「なんていう目をしているの? 熱でもあるんじゃない? ウンラートちゃん。いいからベッドに横になって、悪い汗は全部出してしまいなさい。カモミール茶を持ってってあげるわ。あんたがお腹に抱えてるような馬鹿馬鹿しい興奮は胃に負担をかけて、とんでもないことに……聞いてるの?……ホントに、不幸なことになっちゃうわよ!」

ウンラートは聞いていなかった。彼は言った。「だが、お前は……お前は、奴を捕まえてはならんのだ!」

彼はこの言葉を、これまで聞いたこともないような一種恐ろしい嘆願口調で言った。

その調子は、彼女にゾッとする身震いを覚えさせ、夜、寝室の戸を荒々しく叩くノックのように、期待と不安の混じった気持ちにさせた。

十七

　翌朝女芸人フレーリヒは、街で買う物がないかどうか長いこと思案して、思いつくと、家を出た。歩きながら、ショーウィンドウの一つ一つに映る自分の姿をいちいち横目で確認した。今日は身支度に二時間半も費やした。彼女の鼓動は期待感で少し熱を帯びていた。ジーベンベルク通りに差しかかったところの、レドリエン書店の前で立ち止まり、ウィンドウに並ぶ本に頭を落として眺めていると、うなじに、今にも誰かがつかみかかってくるような、くすぐったい不安を覚えた。するとまさにそのうなじの後方から声がした。「奥様ですか？　またお目にかかりましたね。」

　彼女は振り返りながら、自分の動きにゆっくりとした優雅さを与えようと努めた。

「あら、ローマン君じゃないこと？　あんた、この町にお戻りになったの？」

「戻って来たことで奥様の御機嫌を損ねなければいいのですがね。」

「あら、どうしてかしら？　でも、お友達はどこに置いてらしたの？」

「エアツム伯のことですか？　彼は彼でやることがあるのですよ……。ところで、少し歩きませんか、奥様？」

「あらそうなの？　お友達は、普段は一体何をしているのかしら……」

「彼は士官候補生として、軍隊にいますよ。今ちょうど休暇で帰って来ているんです。」

「あら、驚きね。あの人、今でも前みたいに優しいのかしらね？」

　彼女がこの場にいない友人のことばかり訊いているのに、ローマンはちっともイラつく様子がなかった。それどころかローザは、ローマンがすべてを馬鹿にしているような印象を受けた。以前、「青き天使」にいたときも彼女は、同じような印象をいつもローマンに対して持っていたが、こうした印象をほかの人間に感じたことはなかった。彼女は熱くなってきた。ローマンは、ケーキ屋に入りましょう、と誘った。彼女は怒って、

「独りで入りなさい。あたしは行かなきゃならないんだから。」

「小さい町ですから、人の目があります。あんまり長いことここに立っているのは不自然ですよ、奥様。」

　ローマンは前に出て、彼女のためにケーキ屋のドアを開けた。ローザは溜息をつくと、衣擦れの音を立てて中に入って行った。ローマンは、客室に入る前に少し距離をとって

彼女の後ろを歩いたが、そうやって彼女を眺めながら、感心せずにはいられなかった。長いコルセットが女の体をどれほど愛らしくしていたか！　髪型がなんとチャーミングなことか！　スカートの裾を引きずる仕草が、なんと女らしいことか！　ローザは昔に比べてどれほど変わったことだろう！　ローマンはココアを注文した。

「あなたはこの町の有名人になりましたね。」

「まあね。」そう応じたあと彼女は拒むような調子で、「ところであんたは？　あんたは一体何をしてたの？　どこに隠れてたの？」

ローマンは、待ってましたとばかりに近況を報告した。彼は少しのあいだブリュッセルの商業学校にいたあと、イギリスに渡り、父の商売仲間の会社で無給実習生として働いていたのだ。

「きっと随分遊んだんでしょうね？」彼女は言った。

「いいえ。僕の趣味じゃないですね。」彼はそっけなく、むしろ蔑むように答えた。その際、昔と同様顔に俳優のような皺を寄せた。横から彼を見るローザの顔には、はにかみがちの敬意が浮かんだ。彼は真っ黒な服装をしており、頭の上に黒い丸い帽子をかぶったままだった。彼の顔は昔よりも少し黄色く、鋭くなっていた。髭は綺麗に剃ってあり、陰のある、奇妙な三角形の目蓋を半分閉じて、あらぬ方を見ていた。彼女は無理にも彼が自分の方を見るよう仕向けたかった。それに、彼が以前と同じ前髪をしているか、確かめたいと思った。

「どうして帽子を取らないの？」彼女は尋ねた。

「仰る通りですね」と言って彼は帽子を取った。やっぱりだわ！　彼の髪は今でも渦巻状に跳ね上がり、巻き毛となって額に落ちていた。彼はようやく彼女をまともに見た。

「「青き天使」にいた頃の奥様は、形式にさほど重きを置いてはいなかったですよね。人は変わるものですね。僕たちは皆変わりましたね。しかも、二年なんていうごく短いあいだに……」

彼は、またあらぬ方を見やって、この場とは関係のないことを考えているようだった。それで彼女は、今の言葉に少し身につまされるものはあったが、あえて何も口に出そうとしなかった。ひょっとすると今の言葉は、彼女に向けられてさえいなかったのかもしれない！　彼の言い方はそういう風に聞こえた。

ローマンが考えていたのは、ドーラ・ブレートポートのことだった。町に帰って初めて会ったドーラは、町を出るとき彼の心にあったイメージとはかけ離れていた。かつて彼は、ドーラを貴婦人として愛していたのだった。彼女は町一番の貴婦人だった。彼女は、昔スイスに滞在したおり、イギリスの大公妃と近づきになった。それ以来、彼女には典礼的な荘厳さと言えるものが付きまとっていた。彼女はあの大公妃をこの町で象徴する存在になった。イギリス貴族が世界最高の貴族であることを疑う人は、この町にはいなかった。その後彼女は、南ドイツへ向かう途上、プラハの騎兵大尉に言い寄られたこともあった。当時、オーストリアの貴族といえば、イギリス貴族に匹敵する存在だった……。ローマンはそうした話に萎縮してしまい、他の人びとと同じようにドーラを崇めていたのだ！　しかも、あれから二年も経っていない！　驚くばかりであった。今帰ってみると、町は、まるでゴムで出来ていたように小さく縮んでいた。ブレートポート家の建物は昔の半分の大きさだった。そしてその中で彼を迎えたのは、ちっぽけな田舎の婦人だった！　確かに、今でも彼女はクレオール人のような丸顔をしていた。だが、その口から話されるのは、ずうずう弁だった！　彼女は一年前に流行(はや)った服装をしていたが、正しく着こなしているとは言えなかった。さらにまずいことに、私的な、芸術的な雰囲気を出そうとするのだが、うまくいっていなかった。遠くの社会から戻って来た者を、まるで自分に挨拶に来るのが当然といった風に迎えた。そして、この町に適応してはだめよ、とでも言うようなところがあって、癪(しゃく)に障った。こうしたことは、以前の彼には癪に障らなかったのだろうか？　なるほど、当時は彼女から一言も声をかけられることはなかった。気づいてもらったことさえほとんどなかった。彼はまだ学校の生徒だったのだ。だが、今は殿方の一人だった。今や彼女はローマンに媚を売り、自分という小さな存在の周りに彼を繋ぎとめておこうと骨折った……。ローマンは、喉の辺りまで苦い思いでいっぱいだった。当時いつも用意しておいた古い猟銃のことを思い出した。発見されたときのためにと、深刻な気持ちで用意した猟銃だった。今でもまだ彼は、あの頃の少年らしい情熱を誇りに思い、憂愁に浸ることがあった。恥と滑稽と、少々の嘔吐も伴いながら、ほとんど大人になるまで続いた少年の情熱だった。クヌーストやフォン・ギールシュケや、その他の男たちにもかかわらず、……愛する女が多くの子供を儲けたにもかかわらず続いた情熱だった。彼は、彼女が最後に分娩した日の晩、彼女の家の門に口づけした！　あの情熱は、何か価値あるものだった。生きる糧になるものだった。彼は、当時の自分が今よりずっとましで、ずっと豊かな人間だったと思った。(「どうして僕はあの頃、自分が人生に疲れているなんて思うことが出来たんだろう。人生に疲れているのは、むしろ今の方だ。」)彼が誰かに贈ることの出来た生涯最高のもの、それは、ここにいるこの女性が、それとは知らずに受け取ったのだ。今や彼は空っぽなのに、今度は彼女の方が気を引こうとするとは……。ローマンが物事を愛するのは、とりわけその余韻ゆえであり、女を愛するのはただ、あとに続く苦い孤独ゆえであり、幸福を愛するのはせいぜい、あとで喉を締めつける憧れゆえだった。彼の目の前にいたちっぽけな、明るいだけの気取り女は、耐え難いものがあった。というのは、彼女は、彼がかつて感じた憂愁をゆがめてしまったからである。彼は彼女のすべてを悪く取った。彼女自身にこそ表れてはいないが、彼女の家のサロンに感じられる没落の気配をも悪く取った。ローマンはブレートポート家の状況を知っていた。以前だったら、それによって彼女への慈しみがどれほど増したことだろう。今の彼には、優雅に振舞おうとする彼女の骨折りが、周りに広がるつましい雰囲気からはひどく際立っているという点ばかり、目についた。それどころか、彼女が幾らか品位を欠いた仰々しい素振りで貧しさを隠し、否定するさまを想像して、恥ずかしくすら感じた。ローマンは、彼女を見ると侮辱されたように思った。現在の自分の気持ちを自覚すると、侮辱され、辱められたように感じた。人生とは、人をどれほど変えてしまうものだろう！　彼は堕ちてしまった。彼女は堕ちてしまった。ドーラの家を去るとき、彼は、人生の一季節が終わったことを感じた。青春そのものであった愛が終わりを告げ、背後で扉が閉まったことを、こわごわと、しかしはっきり自覚した。

それは彼が到着した翌朝のことだった。そのあとすぐ彼はエアツムと落ち合った。二人でジーベンベルク通りを歩いているとき、ウンラート夫妻に遭遇したのだ。これほど狭い町にいたら、長いこと出くわさない方がおかしかった。ローマンの滞在はかなり短かったけれども、もうウンラート家の噂は耳にしていた。そして老いたウンラートの行いは、珍しい人間に対する彼の興味を活発に刺激した。彼は、二年前ウンラートが既に萌芽の形で持っていたものを、すべて開花させたのを確認した。十二分に、と言っていいほどだった。しかし、もっと凄いと思ったのは、フレーリヒの変わりようだった。それは、「青き天使」の大衆歌手から、高級売春婦への進化だった！　というのは、一見したところでは彼女は、高級売春婦だったのだ。よく見ると小市民的なところが透けて見えたが、それでも、ここで成就したのは、最大限のことだった。どれほど多くの人びとが、通りを歩くウンラート夫妻に帽子を取ったことだろう。フレーリヒが香水の匂いを振り撒けば、どこだろうと、男たちの恭しい欲望が身をもたげた！　彼女と観衆のあいだ……つまり、彼女と町の人びとのあいだでは、明らかに、騙し合いが行われていた。彼女は美の代表として振舞い、次第にそうしたものとして噂されるようになった。人びとのそういう噂を、彼女の方も信じるようになった。恐らく、ドーラ・ブレートポートの身にも、かつて同じことが起こり、彼女の方でもお洒落な優雅さを求めるようになったのだろう。ローマンは、今自分がフレーリヒの状況を分析しているのを、チクチクするほど皮肉なことだと思った。彼は、この二人を題材にして詩を書いたときのことを思い出した。自分の苦しみに対する復讐として、ドーラを穢したいと思い、彼女を想いながら、もう一方の女の愛撫に隠微な悪徳の味を与えようとした、あの詩だった。悪徳だって？　もはや愛など感じなくなった彼は、悪徳とは何なのか、もう理解出来なかった。心の中でブレートポート夫人を苦々しく感じたからといって、ウンラート夫人の方が良くなったというわけでもなかった。ローザと並んでブレートポート家の前を通り過ぎたとしても、何の感情も起こるまい。単に、エレガントな高級娼婦を連れて、神なき町を歩いているというだけのことなのだ。

そのとき彼は、エアツムと一緒には歩きたくなかった。エアツムは、この女を目にするとすぐカッとなり、サーベルをガチャつかせて、声も荒くなった。エアツムは、すぐに重々しい感情を復活させることの出来る男だった。彼にとっては、いつもすべてが現在のことなのだ。一方ローマンは、客の少ない午前の喫茶店でローザの前に座り、空になることのない小さなグラスから、色褪せた昔の感情の後味を、ちびちび味わっていた。

「コニャックを少し、ココアに入れてあげましょうか？」彼は尋ねた。「とても美味しいですよ。」そして、

「奥様。あなたのことは大変な噂ですよ。」

「どうして？」彼女は用心深く尋ねた。

「あなたとウンラート老人は、町を滅茶苦茶にして、大そうな災いを起こしているそ

うじゃないですか。」

「あら、そのこと？　まあ、出来るだけのことはしなきゃね。みんなあたしたちの家で楽しんでるわよ。主婦のあたしが自分の家を自慢するのも変だけどね。」

「そういう話ですね。でも、ウンラートの本当の動機を知ってる者は、恐らくいないでしょうね。賭博は生計の手段だって、人は言いますけどね。僕はそうは思わないんですよ。違いますか、奥様？　僕らはウンラートのことをもっとよく知っていますからね。」

フレーリヒは啞然として、二の句が告げなかった。

「ウンラートは、しがらみに耐えるくらいならむしろ破滅を選ぶ暴君です。暴君を侮辱する呼び声は、夜も、寝床の真っ赤なカーテンを通って、彼の夢にまで届きます。そして、肌に青いシミを生むのです。シミを癒すため彼は、大虐殺を必要とします。彼こそが不敬罪の発案者であり、仮にまだ不敬罪がないとしたら、これからそれを発案するのは、彼でしょう。どれほど真摯に彼に献身しても、結局は反逆者と見做され、憎しみを買うことになります。人間への憎しみは、彼のうちで、彼を蝕む苦しみです。他人の肺が呼吸し、自分にはそれが規制出来ないというだけで、彼は復讐の念に沸き立ち、その神経は引き裂かれんばかりに張り詰めるのです。何かきっかけさえあれば、……偶然物事が思うように行かなくなるとか、……例えば巨人塚が壊され、それによって様々なことが起こるとか……あるいは一人の女が現れるとか、……そうした、彼の素質と衝動をひどく刺激するきっかけがあるだけで、……暴君はパニックに襲われ、暴徒を宮殿に招じ入れ、放火や殺戮を促して、無政府状態を宣言するのです！」

フレーリヒはポカンと口を開けていた。それがローマンを満足させた。彼は、こうした婦人と歓談するときはいつも、婦人がポカンと口を開けたままになるような話をした。加えて彼は疑い深そうに微笑んだ。彼はただ、抽象的可能性を極端なところまで先鋭化させただけだった。あの馬鹿みたいなウンラートの話をしているわけではなかった。ウンラートを分析するためには、ローマンはまだあまりに、教壇の下に座る生徒の立場に立っていた。『オルレアンの処女』についての馬鹿らしいイカサマ作文課題を課した教師の身に、どんな途方もない変化が起こったか、それを現実として想像するのは、あまりに難しかった。

「僕は、あなたの御主人にこの上ない共感を持っているのです。」ローマンが微笑しながらそう付け加えたので、フレーリヒの啞然としたさまは、なお完璧になった。それを見てローマンは言った。「あなたの家庭はそこら中で讃えられていますよ。」

「そうね。うちは、天国みたいだものね。それに……」

彼女は功名心をくすぐられて生気を取り戻した。

「お客のためならやり過ぎってことはないのよ。家に来ると、みんなときどきびっくりするのよ。あんたは笑うでしょうけどね。あんたが来てくれりゃ、御褒美に『猿女』を歌ったげるわ。いつもは歌わないのよ。ちょっと場違い過ぎるもんね。」

「仰せには抗えませんね。」

「また人をからかうのね。」

「奥様は僕を買いかぶっているのですよ。お見かけしたとき、冗談を言おうという気はなくなってしまいました。御存じの筈ですよ。あなたはこの町でただ一人、一目置かれるべき存在なのです。」

「あら、それで?」彼女は満足げに尋ねたが、驚いたというわけでもなかった。

「あなたの上着を見ればもう分かりますよ。木犀色のウールのドレスは勿論最高ですよ。それに合わせて黒い帽子をお選びになったのは、とても趣味がいいですね。ただ、一つ異論を述べさせていただけるなら、ポイントレースのストールは、今年はもう流行りませんね。」

「えっ、そんなわけないわ。」

彼女は体を近づけた。

「それは確かなの？　もしそうなら、あいつ、あたしまで騙して売りつけたのね。支払いが済んでなくて良かったわ。」彼女は顔を赤らめ、慌てて付け加えた。「あたしは、……支払う積もりよ。でも着ようとは思わないわ。今日が最後よ。信じていいわよ。」

ローザは、ローマンの言葉を正しいと認めることが出来、彼に従うことが出来て嬉しかった。ウンラートを熟知しているということが、ローマンへの敬意を高め、彼女に自制心を失わせた。その上ローマンは、流行までよく知っているのだ。彼はまた、機知に富む話を始めた。

「奥様、あなたはしかし、この小さい町の人びとにとって何という存在になったことでしょう！　血と財産を統べる女王、崇められる悪女ですよ。セミラミス[22]のような存在ですね。誰もが正気を失って、自分から奈落に落ちていくじゃありませんか。」

彼女が見るからに理解できない様子だったので、ローマンは説明した。

「つまり、僕が言いたいのは、男たちは頼まれてもいないのに、必要以上のものをあなたに献上するってことですよ。僕の目に狂いがなければ、例外なくすべての男がね。」

「それはひどい誇張よ。この町であたしが恵まれた立場にいるってことと、かなり愛されてるっていうのは、まあそうかもしれないけど。」

そう言って彼女は一口飲んだ。是非言っておかねばならないことを言うために。「でも、みんなを食い物にしてるなんて、あんたが思い込んでるなら……絶対違うわよ。」言いながら彼女は彼の目を覗き込んだ。「あたしと二人っきりでココアを飲んだりケーキを食べたりしてるだけで、みんな嬉しいのよ。」

「でも、僕がそれをしていいのですか？　今度は僕の番ってわけですか？」

ローマンは頭を後ろへ引き、顔に皺を寄せた。彼女は困惑して、彼の伏せた目蓋を見ることしか出来なかった。

「でも、」彼は続けた。「僕の記憶が間違いでなければ、あなたから見ると僕は、一番望み薄の男だった筈じゃないですか？　以前あなたは何度も僕にそう言いませんでしたっけ。ということは……」こう言って彼は、少しも恥じらうことなく両目を見開いた。

「ほかの男はみんな片付いたのですか？」

ローザは侮辱されたのではなく、ただ答えに窮していた。

「馬鹿馬鹿しい。あんた全然分かってないのよ。みんなが馬鹿な噂ばかりしてるから……。例えば、ブレートポートだけどね。あの人をあたしがしゃぶり尽くしたみたいに言われてるようね。その上あの人、エアツムのお金まで……」

彼女は、そこまで言ってようやく、まずい話をしてしまったことに気づき、驚いて茶碗の中を見つめた。

「そりゃむしろ最悪じゃないですか。」ローマンは厳しく陰鬱な調子で応じた。彼は半分顔を逸らした。沈黙が生まれた。

フレーリヒは、しばらくしてようやく、おずおずと説明し始めた。

「あたし独りのせいじゃないの。あの人がどんなに求めてたか、あんたが見てたら分かるのにね。まるで子供みたいだったわ。老いぼれの歯抜けよ。あの人全体がまるで一つの歯っ欠けだったわよ。信じてくれないでしょうけど、あの人、あたしと駆け落ちしたがったのよ。あんな糖尿病の親父、御免よ。」

ローマンは、こんな面白い見世物を前にして道徳的発作に襲われたことを、もう後悔していた。それゆえ彼は言った。

「本当に、お宅の夜会を僕も一度見物させてもらいたいものですね。」

「それじゃお招きするわ！」彼女はすぐ、嬉しそうに応じた。

「来てくれると思って待ってるから、きっと来てよね。さ、もう行かなくちゃ。あんたはもう少し座ってなさい。……あらやだ、駄目よ！」

彼女は訴えるようにあちこちを向き、両手を組んだ。

「お招きするわけにはいかないわ。そろそろ全員集まったから、新顔は要らないって、ウンラートが言ってたのよ。このあいだもあたしに怒鳴り散らしたの。だから、分かってくれる?」

「分かりますとも、奥様。」

「ね、お願い、すぐにむくれないでね。その代わり、誰もいないとき家(うち)に遊びに来るといいわ。例えば、今日の午後五時はどうかしら。さ、行かなきゃ。」

そう言うと彼女は、大急ぎだという体(てい)で、入口のカーテンをめくり、出て行った。

どうしてこんなことになったのか、ローマンにはまったく分からなかった。その上自分がその気になっているのがなぜなのか、分からなかった。彼はそこに、堕落というものの引力が働いているのではないかと推測した。この愉(たの)しい小さなアフロディテ(23)のために……平民らしい言葉遣いのうちに他愛ない冷笑を感じさせる彼女ゆえに、エアツムは破滅せんばかりなのだ。そしてまさにそのことが彼女を魅力的にしているのかもしれない。しかもエアツムは、まだ彼女を愛していた。エアツムは大金を失くしたのに、少しも幸福にはなれなかった。ローマンは、まったく情熱を持たず、素っ気ない気持ちで、彼女のもとに行った。彼は、長く苦しんだことによって本来なら愛されるべき友人の代わりに、彼女のもとに行った。二年前なら、こんなことは不可能だったろう! 彼は、自分が当時ウンラートに同情したのを思い出した。老人は、自分が免職になったというのにまだ、「お前を放校処分にしてやる」などと息巻いていた。そのウンラートに彼は、心底同情したのだ。ところが今自分は、その妻のもとに行こうとしている。「人生とは、どれほど人を変えるものか！」ローマンは今一度そう考え、憂鬱な、それでいて誇らしい気持ちになった。

彼を迎えたのは、住まいの奥から聞こえてくる大きな罵声だった。女中は困惑しながらもドアを開けて、彼を客間に通した。ローマンは、ひどく興奮したフレーリヒの前に、紙を持った汗だくの男が立っているのを認めた。

「何がお望みなのだね？」ローマンは男に尋ねた。「あっ、そうか！　幾らだい？　五十マルク？　それっぽっちで怒鳴っているのかい？」

「ちぇ、旦那。」借金取りは答えた。「もう五十回もここに来てるんでさぁ。一マルクごとに一回の勘定ですよ。」

ローマンは支払って、男を帰らせた。

「余計なことをしましたが、悪くは取らないでください、奥様。」彼は言ったが、その調子はまったくこだわりのないものでは、もはやなかった。まずい立場に置かれたのを彼は感じた。自分がこれから手に入れるものは、支払った額の代償ということになってしまった。となれば、五十マルクで済ませてはならなかった。五十マルクでは自分の名がすたる、と思った。

「厚かましい振舞いを始めてしまったので、言いますが、聞くところによると奥様は、本当かどうか知りませんが、金銭問題で苦しんでおられるそうですね。」

フレーリヒは痙攣的に両手の指を組み合わせると、再びそれを解いた。彼女は途方に暮れ、着ていたティーガウンの固い襟の上で、頭をあちらこちらへ向けた。納入業者や、愛好家、高利貸しに追い立てられた日々の、多くの辛い出来事が一度に頭を掠めた。目の前の、差し出された財布の中には、褐色の分厚い札束が入っていたのである。

「いくらですか?」ローマンは落ち着いて尋ねた。それでも用心深く、「出来るだけのお手伝いはしましょう。」

彼女は内面の葛藤に既に打ち克っていた。彼女は、自分を買ってもらおうとは思わなかった。とりわけ、ローマンに買ってもらうなど、絶対に出来なかった。「やめてよ。そんな話、そもそも嘘っぱちなんだから。」彼女は言った。「何にも要らないわよ。」

「ますます結構です、奥様。さもないと僕は、自惚れてしまったことでしょう……」

彼は一瞬、ドーラ・ブレートポートのことを考え、今や彼女もお金を必要としていること、ひょっとするとお金で買うことが出来るかもしれないということを考えた。ローザに選択の自由を残しておくため彼は、財布を開けたままテーブルの上に置いた。

「とにかく腰を下ろしましょ。」彼女は言った。そして快活に拒むように、「それにしてもパンパンに膨らんだ財布を持ってるのね！」ローマンが冷静に沈黙を守っているので、さらに、「一体どうやってこれだけのお金を使うっていうの？　指輪一つしてないじゃない。」

「使おうとも思ってないんですよ。」

そう言ってさらに彼は、分かってもらえるかどうかにお構いなく、「僕は、自分を貶(おとし)めたくはないので、女を買おうとは思わないのですよ。必要もないですしね。芸術品の場合と同じですよ。芸術品に何を払うと言うんですか？　それを所有することが出来ますか？　店においてある品を見たとします。いいなと思って、うっとりしながら店を出ます。帰る途中で心を決め、引き返して、それを買ったとします。しかし何を買ったというんでしょう？　憧れというものは、お金には代えられないのですよ。そして憧れの成就は、お金を払うには値しないものなのです。」

そう言って彼は、ふてくされたように財布から顔を背けた。同時に分かりやすい言い方で言った。「つまり僕が言いたいのは、僕ならあくる日にはもう、うんざりするってことです。」

ローザは、憧れの対象を前にして畏敬の念に捉えられ、同時にほんの少し嘲りたい気持ちも働いたので、言った。「それじゃ、きっとあんた、食べ物と飲み物以外何にも買わないのね。」

「僕に対しては、何か別のものを勧めてもらえますか?」そう言って彼は、突然額に皺を寄せ、ずうずうしく彼女の両目を見つめた。それはまるで、「あなたを買えというのですか? あなたを?」と言うようだった。そして肩をすくめながら、言葉にされなかったことに答えるように、「肉体的愛には、まったくもって反吐(へど)が出ますよ。」

彼女はすっかり困惑してしまった。そして恐る恐る、ローマンの言葉を滑稽だと言わんばかりに言った。「あらやだ。」

「人からは際立った存在にならなければいけないんです。」ローマンはきっぱり言った。「気高く、純粋でなければならないんですよ。パルシファルのように騎行すべきなんですよ。出来れば僕は騎兵隊で兵役を済ましたいと思っています。そこで高等馬術を習う積もりです。サーカス芸人を除けば、ドイツ中で高等馬術が出来るのは百人もいないんですよ。」

ローザは今度はあけすけに笑った。

「でも、そしたらあんたがサーカスの兄(あん)ちゃんになっちゃうじゃない。いわばあたしの同業者みたいなもんだわ。」

　そして溜息をつくと、「『青き天使』の頃のこと、覚えてる？　やっぱりあの頃が一番だったわ。」

　ローマンはびっくりした。

「そうかもしれませんね。」彼は思案気に答えた。「あれは、……そもそもあの頃は、一番いい時代だったかもしれませんね。」

「あの頃は笑うことが出来たわ。そこら中の連中とやりあう必要なんかなかったし……。ねえ、覚えてる？　あたしたち二人で一緒に踊ったときのこと。そしたらウンラートがやって来て、あんたは赤いカーテンの窓から逃げなきゃならなかった……。あのときのことを思うと……。いい？　ウンラートは今でも、あんたをひどく目の敵にしてるのよ。」ローザは興奮して笑った。「あんたをズタズタにしたがってるわよ。」

　彼女はさっきからドアに聞き耳を立てていた。その一方でまた、ローマンがすべてを彼女に委ねているので、非難するように彼を見つめた。「そんなら、こっちから仕掛けてやるわ」と思った。

　彼女は、ローマンのことばかりが気になっていた。第一に、ほかの男なら誰でも近づくことが許されたのに、この男だけは禁じられていたからだった。それは我慢出来ないことだった。第二に、今彼女は、溜息をつきながら素朴な昔を思い出していたが、その頃の反抗心がまだ少し彼女のうちに残っていた。それは、ウンラートが見せる猜疑心と、ゾッとするような憎しみへの反作用だった。彼女の中でこの反抗心は、ローマンの株が上がり、ほかにはない気品を彼に感じたとき、眩暈(めまい)がしそうなくらい刺激された。そして、決定的な第三の理由は、これが危険な火遊びだったから。彼女を取り巻く空気には、破局を呼ぶガスが充満していて、それを爆発させるのは、彼女にとってくすぐるような魅力があった。

「あの頃あんた、気持ちの籠もった詩を書いてたわね！」彼女は言った。「もう詩なんか書いてないんでしょうね。覚えてる？　あんたの丸い月の歌のこと？　あたしが歌って、みんながばっかみたいに笑ったあの歌よ。」

彼女は夢中になって安楽椅子の手すりから身を乗り出し、右手の指を胸に置いて、高い声で柔らかく歌い出した。「月はまん丸で、星たちもみんな光ってる……」

彼女は、一節目を仕舞いまで歌いながら、「これは、あたしが歌っちゃいけない世界でたった一つの歌なんだ」と思った。そう考える彼女の目には、絶えずウンラートの顔が浮かんでいた。それは恐ろしい表情をしていた。しかしその顔には、少々可笑(おか)しな化粧がしてあった。ウンラートは、鏡のついた「ベレ」という小箱を手に持っていた。

「あたしの心が泣いてるのに、星たちゃみんな笑うのさ。」

ローマンはひどく心を動かされ、女に歌をやめさせようとした。しかし、彼女は動じることなく二節目を歌い始めた。

「月はまん丸で……」

すると物凄い音がしてドアが突き開けられた。ウンラートが、爬虫類のようなノシノシいう足取りで部屋に入って来た。ローザは金切り声をあげ、ローマンの座っている後ろへ飛び退いた。ウンラートは何も言わず、息だけゼイゼイさせていた。ローザは、歌っているとき目に浮かんでいたウンラートと、眼前のウンラートが同じ表情をしている、と思った。彼は昨日と同じゾッとするような目をしていた。「なぜ昨日カモミール・ティーを飲もうとしなかったのかしら」と彼女は、恐れながらも考えた。

ウンラートは、「これでお仕舞いだ」と思った。「結局ローマンがローザの傍らにいる以上、わしのすべての骨折り、人類に罰を与え、絶滅させるという努力は、すべて徒労だったのだ。」彼はローザを全人類の面前に立たせ、人びとから奪い取ったものすべてを彼女に与えるべく働いてきた。ところがローザときたら、彼がゾッとする思いで見た、あの悪夢を現実にしてしまったのだ。それは、すべての劣悪、すべての憎悪を凝集した存在であるローマンが、彼女と一緒にいる悪夢だった。これで何が残るというのだろう。

女芸人フレーリヒはお仕舞いだ。つまり、ウンラートはこれでお仕舞いなのだ。彼はローザに死刑を宣告しなければならなかった。そして自分にも……。

ウンラートは何も言わず、突然彼女の喉元に飛びついた。そして首を絞めながら、首を絞められているのはまるで自分であるかのように喉をゴロゴロと言わせた。一瞬手を緩め、自分の方が息継ぎした。その一瞬を利用してローザは叫んだ。「肉体の愛には反吐が出るって、この人はっきりそう言ったのよ！」

ウンラートは再びつかみかかった。しかし、彼の両肩を強く引くものがあった。

ローマンはいわば、試しに引っ張ってみただけだった。この場面で自分に何か役回りがあるかどうか、彼には分からなかった。まるで夢を見ているようだった。こんなことは本当にあってはならないのだ。彼の賢い頭の中では、ウンラートの奇妙な変身はすんなり成就した。それはいわば、本に出てくることのように浮世離れしていた。ところが、これほど現実味のある出来事は、本には出て来なかった。担任だった老教授を材料にして彼は、興味深い理論を作り上げた。しかし、ウンラートの心をじかに見たことはなかった。ウンラートの心が奈落に落ちるのも、炭になるまで凄まじく燃えるのも見たことがなかった。ほかの何にもまして自分自身へ跳ね返るよう定められているウンラートの呪いも、まったく目にしたことはなかった。ローマンはこれまで、現実の物事をじかに見ることがなかったが、今、あまりにも突然、その現実が彼を襲ったのである。そして彼は、現実に対して恐れを抱いた。

ウンラートは彼の方に向き直った。そのあいだにローザはウンラートの手から逃れると、金切り声をあげて隣室に逃げ込み、大きな音を立てて鍵をかけた。一瞬ウンラートは麻痺したように見えた。しかし勢いよく身を起こすと、ローマンの周りをソロソロと歩き始めた。ローマンは、落ち着きを取り戻そうとしてテーブルのそばに戻っていたが、自分の財布を手に取ると、その上を撫でた。彼は、一体何を言ったらいいかはっきりしない頭で考えていた。目の前にいる生き物のありさまときたら！　まるで蜘蛛と猫の中間体だった。殺気立った目の上を濁った汗のしずくが流れ落ち、パクパク開く下顎の上には泡が浮かんでいた。この生き物が自分を捕らえようと蜘蛛のような腕を広げ、自分の周りを猫のような足取りで歩くのは、愉快なことではなかった。この生き物は、喘（あえ）ぎながら何を言っているのだろう?

ウンラートはわけの分からぬことを口走っていた。「ならず者め……不遜にもお前は……とっ捕まえて……ついにとっ捕まえて……寄こせ、全部寄こせ！」

そしてウンラートはローマンから財布をもぎ取ると、勢いよく外へ出て行った。

ローマンは、ひどい驚きに捉えられ、その場に立ったまま動かなかった。というのは、今、犯罪がなされたのだ！　興味深いアナーキスト、ウンラートは、明らかな犯罪を行ったのだ。本来アナーキストとは、道徳的に特異な存在であり、理解しやすい極端な存在だった。一方、犯罪は、人間らしい嗜好や情念が高じたものであって、何ら特異なものではなかった。ところがウンラートは、ローマンの目の前で妻の首を絞めようとし、ローマンに対しては盗みを働いたのである。解説者ローマンは言葉に詰まり、傍観者ローマンの顔からは好意的な笑みが消えた。ローマンの精神はこれまで、これほど信じがたい体験によって試されたことはなかった。今やこの精神は、すべての特性を捨て、「犯罪」に対してはごく市民的に、「警察」という反応を示した。なるほど彼は、それが特に珍しい思いつきでないことは知っていた。しかし、それでことは済むのだと思い、疑念をきっぱり振り払った。事実、隣室に通じるドアに向かったとき、彼の足取りは決然としたものになった。彼は、ドアが開くかどうか確かめようと思ったのである。フレーリヒが部屋に鍵をかけたのを彼は、はっきり聞いていた。が、自分が出て行ったあと、彼女が殺人鬼の手に落ちないことをきちんと確認するのは、彼の義務だった。そのあとローマンは、ウンラートの家を出た。

小一時間が過ぎた。群衆が、数を増しながら角を曲がって押し寄せてきた。町は歓喜に満ちていた。ウンラートの逮捕が決まったのだ。ようやく！　この町にのしかかっていたこの町自身の悪徳が、取り除かれた。悪徳に走る機会が取り除かれたことによって！　みんなが我に返って周りを見ると、死体が山になっていて、今がギリギリのときであることが分かった。なぜこんなに長いこと何も出来なかったのか？

樽をいっぱいに積んだビール運搬車が道を半分塞いでいた。そこを別の馬車が通り抜けねばならなかった。警察の馬車だった。角の果物屋の女主人は、この馬車と並んで走った。小売商ドレーゲ氏は、ゴムホースを引きずってやって来た。

ウンラート家の前では群衆が歓声をあげた。ついに彼が、官憲に周りを囲まれ、外に出て来た。女芸人フレーリヒは、混乱し、髪もぼさぼさで、泣きじゃくりながら、痙攣的な嘆声をあげ、後悔を露わにして、へつらうようにウンラートにしがみつき、ぶら下がるように絡み付いて、彼と一体化していた。彼女はウンラートともども逮捕されたのだ。それはローマンにとって予想の外(ほか)だった。ウンラートは、彼女を抱き上げ、カーテンで真っ暗になった鉄格子付きの馬車に乗せると、沸き立つ群衆を放心したように見回した。群衆の中から、革の腰巻きをしたビール運送車の御者が、色白の腕白らしい顔を突き出して、潰(つぶ)れ声(ごえ)で叫んだ。

「汚物処理(ウンラート)の車一台！」

ウンラートは、声のした方へ向き直った。今叫ばれたあの言葉は、もはや勝利の栄冠ではなく、投げつけられた一片のゴミだった。ウンラートは声のした方にキーゼラックの顔を認めた。ウンラートはこぶしを振り、首を前に突き出すと、空気を求めて口をパクつかせた。ちょうどこのときドレーゲ氏の放った水流が彼の口に飛び込んだ。彼は水を噴き出し、背後からドンと押されると、足をもたつかせながら馬車のステップにのぼり、頭から倒れ込むようにローザの横の席へと……、闇の中へと、到達した。

訳　注

（1）「中学校」とはドイツ語の Gymnasium を訳したもので、この物語の舞台である十九世紀末のドイツでは、小学校と大学のあいだに位置し、十歳から十八歳まで九年続く進学校である。当時の中学校としては、ギムナジウムのほかに、実科ギムナジウム（Realgymnasium）と、実科中学校（Oberrealschule）があったが、ラテン語・ギリシャ語・仏語・数学等の人文教育を中心に据えたギムナジウムの修了者にのみ大学入学資格が与えられた。それに対し実科中学は、自然科学・仏語・英語等の実用科目をカリキュラムの中心に据え、ラテン語のない学校であった。実科ギムナジウムは、ギムナジウムと実科中学の中間的存在で、ギムナジウム同様ラテン語に重きが置かれる反面、ギリシャ語はなく、仏語のほかに英語が必修であり、自然科学に当てる時間もギムナジウムよりは多く実科中学よりは少なかった。当小説の主人公ウンラートは、ラテン語、ギリシャ語、ドイツ語を担当するギムナジウムの教師である。トーマス・マンの長編小説『ブデンブローク家の人びと』の中に学校を舞台とした一章があるが、そこで主人公ハノーの通う学校が実科ギムナジウムであることは、そのカリキュラム（ラテン語と英語が含まれる）から推測出来る。ちなみに当小説の著者ハインリヒ・マンは故郷リューベックのギムナジウムである「カタリネウム」に通い、弟のトーマスはこのカタリネウムに併設された実科ギムナジウムに通ったが、二人とも修了までは至らず中退している。第六学年には、一度も落第せずに進んだ場合、十五歳で到達する。

（2）ドイツの学校での進級は、復活祭休暇（三月〜四月）の時期に行われる。

（3）ジャンヌ・ダルクを主人公にしたフリードリヒ・シラー（一七五九―一八〇五）の戯曲。

（4）当時のギムナジウムと実科ギムナジウムでは、第六学年を修了すれば本来三年の兵役を一年に短縮する資格が得られた。この兵役短縮資格を得るため、中産階級の子弟がギムナジウムや実科ギムナジウムに殺到した。

（5）原文通り。初版本でこの部分を読んだ弟のトーマス・マンは、ノートに次のように書いて兄を批判した。「何という混乱ぶりだ。生徒エアツムは書き始める前に納戸に送られたというのに、作文を提出するとは！」

（6）フリードリヒ・シラーの戯曲。

（7）この小説の舞台は十九世紀末のリューベックと考えられる。当時、リューベック郊外のミューレン門を出たところにあるヴィルヘルム庭園では、毎夏、演劇祭が催されていた。

（8）オランダ産のジン。

（9）古代ローマ帝国時代の詩人（前七〇―前一九）。ラテン詩の傑作『アエネイス』がある。

（10）当時も今もリューベックには「コールブーデン」という名の通りは存在しない。実在するのは、「コールマルクト」と「シュッセルブーデン」である。

(11) 婦人用の短いマント。
(12) 挽肉から脂身を除いて作ったソーセージ。
(13) 貴金属や宝石で作られた、額あるいは髪の上にかぶられる冠の一種。完全な輪になっている必要はなく、ねじれの入っているものもある。
(14) オークの葉は軍事的栄冠や勲章に使われるモティーフ。
(15) 中南米に移住したヨーロッパ人。とくにスペイン系の子孫。
(16) ここでは婦人用の膝上くらいまで届くコート。
(17) 婦人服の胴部。
(18) 短い婦人用上着。
(19) リューベックにハイネ記念像はない。しかし、ハインリヒ・マンがリューベックを去ったあとの一八八九年、詩人エマヌエル・ガイベルの像が建てられ、この記念像についてハインリヒ・マンは、カタリネウム時代の友人ルートヴィヒ・エーヴァース宛手紙の中で言及している。
(20) 古代ローマの歴史家(前五九—後一七)。『ローマ建国史』を著した。
(21) 大カトー(前二三四—前一四九)のこと。古代ローマの将軍・政治家で、学者としても知られる。
(22) アッシリアの女王、バビロンに空中庭園を築いたと言われる。
(23) ギリシャ神話で愛と美の女神。ゼウスの娘でエロスの母。キプリスとも呼ばれる。

訳者解説

今井　敦

『ウンラート教授』は、ドイツの作家ハインリヒ・マン（一八七一―一九五〇）が一九〇五年に発表した長編小説であり、一九三〇年に公開された映画『嘆きの天使』[1]の原作として使われた。世界的な成功を収めたこの映画は、女優マレーネ・ディートリヒの「主演作」として紹介されることがあるが、原作の主人公は中学校（ギムナジウム）で古典語を教える初老の教諭であり、映画も当初は、アカデミー賞俳優エーミール・ヤニングスを主役に迎え、ヤニングスの映画として制作・宣伝されたものであった。

それは、映画会社ウーファ（Ufa）が巨額の資金を投じて作った初期トーキーフィルムであったが、原作とは異なる部分も多く、公開当初から原作者や脚本家を巻き込んで活発な議論が戦わされた。ハインリヒ・マンを忌み嫌う右翼系の新聞がウーファを讃える一方で、原作の持つ社会諷刺的要素をそぎ落としたこの映画に対し、批判する声も少なくはなかった。

とはいえ、映画が本の売り上げに寄与したことは確かである。出版当初この小説は目立って売れたわけではなかったが、映画公開と共に売り上げを伸ばした。最初の日本語訳(抄訳)も映画人気にあやかろうとしたらしく、『歎きの天使』のタイトルで、映画公開の二年後に出版されている(2)。

ナチス政権下でハインリヒ・マンは焚書の対象となり、この小説の販売は勿論、映画も上映禁止となったが、戦後は再び多くの読者に恵まれ、今日に至っている。辛口批評で知られる文芸批評家マルセル・ライヒ=ラニツキは、ハインリヒ・マンの作品のうち、小説『臣下』と、この『ウンラート教授』に、今後も読み継がれる価値を認めている。ドイツ語圏ではこの小説が中等教育や大学の授業で取り上げられることもあり、多くの解説本が出ている。

百年を越える受容史を持つ『ウンラート教授』であるが、その成立事情を探ってみると、この小説の歴史はさらに長いものであることが分かる。それは著者の中学校(ギムナジウム)時代まで遡る。百数十年に及ぶこの作品の歴史は、ドイツ文化史の一側面として大変興味深いものであるから、以下、解説に代え、その成立と受容の歴史を述べておきたい。まずは作家ハインリヒ・マンを簡単に紹介し、次に主人公のモデルとなった人物を探りつつ、成立史を辿る。最後に映画『嘆きの天使』と関連させた受容史を述べることにする。

ハインリヒ・マン

作家ルイース・ハインリヒ・マンを紹介する際によく使われる常套句として、「あの大作家トーマス・マンの兄」といった言い方がされるが、これは分かりやすいと同時に誤解を生みやすい表現でもある。生い立ちや生きた時代を思い浮かべるには適しているが、常に弟との比較で語られ、作風もトーマスに近いのだろうという、根拠のない推測を抱かせる。ところが『ウンラート教授』を一読して分かるように、音楽的で重層的な長い文が続く弟の文体と違い、ハインリヒの言葉は簡潔かつ辛辣で、ルポルタージュ風の、諧謔性に富んだ口調である。デフォルメされた視覚的イメージが鮮やかで、ウンラートを蜘蛛や猫に譬える描写や、ローザ・フレーリヒが初めて登場する場面など、同時代の雑誌『ジンプリチシムス』の諷刺画か、表現主義を連想させる。この作家が生まれたのは一八七一年三月二十七日で、のちに彼が徹底して批判したドイツ帝国成立の年である。父、トーマス・ヨーハン・ハインリヒ・マンは、祖父の代から北ドイツのリューベックで穀物商を営み「領事」の称号を持った町の名士であり、自由都市の伝統を残すリューベック市政において、参事会員(国で言えば大臣)にまで昇り詰めた。父は日常、「ハインリヒ」の名で呼ばれており、長男である作家は、この名前を受け継いだのであろう。しかし、長男への期待は早々に裏切られ、父は次男トーマスに穀物商を託そうと考えるようになる。ハインリヒは文学や芸術に傾倒するあまり、ギムナジウム(大学進学を前提とした中等教育のエリート校)を卒業の一年前に中退してしまう。ドレスデンで書店の見習い店員として働きながら、作家になることを夢見る。同じ傾向はのちに弟トーマスにも顕著となるが、彼らの回想によると、実は父親自身文学への関心が高かったとはいえ、それ以上に母親の影響が大きかった。母ユリアはブラジル生まれで、彼女の父がリューベック出身の輸出商であったため、七歳のときリューベックに移住したが、母方の実家はポルトガル系ブラジル植民者の大地主で、ユリア自身、南国的雰囲気を湛えた芸術家肌の人だった。子供たちに自作の童話を語り聴かせたり、シューマンの歌曲を歌ったりしていたという。マン兄弟の妹カルラも、のちに女優として芸術家の道を目指すことになるが、家庭において実社会の代弁者であった父は、亡くなる際、既に成年に達していた長男をもっとも心配していた。一八九一年、五十一歳の若さで死の床に就いた父は、次のように遺言する。「後見人たちは、子供たちが実際的教育を受けるよう働きかけてもらいたい。長男が抱いているいわゆる文学活動への傾倒は、可能な限り妨げねばならぬ。〔中略〕この傾倒の背景にあるのは、彼の夢見がちな耽溺癖と、周囲への配慮のなさであり、短絡さから来ているのかもしれない。」しかし結局、次男のトーマスも文学に傾倒して落第を繰り返し、ハインリヒよりも低い学年で学校を辞めることになる。とはいえ、父は遺言で商会解散を指示しており、兄弟二人は生活に不自由しない財産と、彼らの芸術活動を援助こそすれ妨げることのない母ユリアのお陰で、ボヘミアン的生活を始める。

二十一歳のとき、ハインリヒは結核性喀血を経験し、イタリアやフランスの保養地を転々とする中で、ドイツよりもロマンス語世界を我が家と感じるようになる。そのころ初めて上梓した長編小説が、ポール・ブールジェの影響下に書かれた『ある家庭にて』であるが、作家自身は後年、この小説を評価しなかった。思想的には、二十代半ばまで保守主義的傾向が強く、『二十世紀』という反動的雑誌の編集責任者を引き受け、弟トーマスにも寄稿させている。

一八九六年から約二年間、ローマ近郊パレストリーナに滞在する。トーマスもそこに合流し、二人で自家の歴史を題材にした長編小説の構想を練った。これが、のちにトーマスが発表し、今日言うところの「ベストセラー」となった小説『ブデンブローク家の人びと』であり、初めは兄弟合作として構想されていたのである。同じころハインリヒが執筆したのが、ベルリン社交界を舞台にした社会諷刺小説『逸楽郷にて』であるが、作家自身、この小説によって自分の才能は開花した、と回想している。その後、世紀末的唯美小説とされる『女神たち』や『恋愛狩り』、ニーチェの影響で流行したルネサンス礼賛をテーマとする短編『ピッポ・スパーノ』などを発表したが、『ウンラート教授』以降、唯美主義は克服され、狡く立ちまわる出世主義者や虐げられた人びと、頂点に立つ皇帝など、帝国社会に生きる人びとを諧謔的に活写した小説(『臣下』『貧しき人々』『頭目』)によって評価を高めていく。政治的にも、フランスを範とするデモクラシーへの信奉(小説『小さな町』、評論『ゾラ』など)および左傾化を強め、第一次大戦に際しては、ドイツ文化を守るためには帝政もやむなしとする弟トーマスと決裂、公開論争の形で激しい「兄弟げんか」を繰り広げたが、戦後の二〇年代に和解、トーマスともども早くからファシズムへの警鐘を鳴らした。プロイセン芸術アカデミー文芸部門代表としてナチスの勃興に最後まで抵抗したものの、一九三三年、ヒトラーの政権掌握にともないこの地位を解かれ、亡命を余儀なくされる。初めはフランスで反ファシズム人民戦線を率い、のちには合衆国で亡命生活を送りながら、『アンリ四世の青春』『アンリ四世の完成』の二大歴史小説を完成させた。とはいえ、ノーベル賞作家であり英訳も多く出ていた弟トーマスと違い、合衆国でハインリヒはまったく無名で、収入もなく、弟の経済援助によって何とか暮らしていたに過ぎなかった。大戦が終わった一九四五年、自伝『一時代を観察する』を発表、四九年には長編『息吹』を上梓した。同じ年、ドイツ民主共和国（東独）から、東ベルリンに新たに創設されるドイツ芸術アカデミー初代代表への就任要請が届き、引き受けることにはしたものの、東独の政情への疑念から出発を先延ばしにしていたところ、ロサンゼルス近郊サンタ・モニカにて、脳出血により七十八歳で没した。先に自死したネリー夫人の傍にしばらく葬られていたが、生誕九十年にあたる一九六一年、東独政府はハインリヒ・マンの骨をアメリカから東ベルリンの墓地に移す。式典を取り仕切った国家評議会議長ヴァルター・ウルブリヒトは高らかに、「ハインリヒ・マンは我々の仲間だ」と宣言し、東西分裂の時代を通じて東独では、ハインリヒ・マンの方が、弟トーマスよりも高く評価されることとなった。

ウンラートとは誰だったのか――小説の成立

モーリッツ・マイヤー教授とその妻

小説『ウンラート教授』は、一九〇三年末にフィレンツェで書き始められ、翌年八月、南チロルのウルテンで完成された。出版されたのはさらに翌年、諷刺誌『ジンプリチシムス』で知られるアルベルト・ランゲン書店からである。このころのハインリヒ・マンは主にイタリアとドイツを行き来する生活をしており、小説の構想がひらめいたのも、フィレンツェでのことだった。知人宛の手紙で彼は次のように回想している。

何ら予期することなく私はフィレンツェのアルフィエリ劇場に座っていた。休憩時間が来ると新聞を買い、何某教授についてのベルリン発の記事を読んだ。大衆酒場の女歌手と親しくなり、極めて悲しい邪道に堕ちた教授だ。我を忘れたインスピレーションの一瞬があり、『ウンラート教授』が生まれた。〔中略〕私にとってこの人物は最初の瞬間からギムナジウムの教授であり、秩序と決然たる命令の人だった。その彼が混乱して我を失い、暴君をその裏面から見せることになる。

同様の回想は、自伝『一時代を観察する』にもあるが、そちらでは、このとき上演されていたのがゴルドーニの『コーヒー店』であり、一中傷者が巻き起こす騒動を描いたこの劇も、小説の構想にあずかっていたとしている。彼がこのとき手にした新聞は『ベルリン日報』であり、当該記事は細部に至るまで作品に反映されることになった。
実在のマイヤー教授は新聞社の商業部門長だったが、ベルリン工科大学の経済学教授も兼ね、これらの地位を利用して不正を働いたため、両方の職を失ったのである。二度目の結婚で彼はずっと歳下のシャンソン歌手を妻にしたが、この若き教授夫人は夫の知識を悪用した詐欺を働き、自宅に大勢客を呼んでは、払う金もないのに連日盛大なパーティを催していた。

一九〇三年十二月二十一日の朝刊と夕刊で報じられたこの事件をマンは、裁判に至るまで注意深く追っていたが、この事件のみが下敷きとして決定的だったわけではない。

巨人塚破壊事件

小説の舞台がリューベックであることは、通りの名や町の描写から明らかであるが、主人公の勤務する中学校(ギムナジウム)も、作者が通った実在の学校「カタリネウム」をモデルにしていることが推測される。興味深いのは、作者が故郷を去って九年を経たあとこの地で起きた事件が下敷きとして取り込まれていることである。それは、中学校(ギムナジウム)生徒らによる巨人塚破壊事件であった。

ハインリヒ・マンは十八歳で故郷を離れたあとも、家族から『リューベック鉄道新聞』を送ってもらい読んでいたが、一八九八年十二月の紙面では、当該事件が詳しく報じられていた。中学校(ギムナジウム)の生徒三人が、商店見習いの若者一人とともに遠足に出掛け、巨人塚の一部を破壊したというのである。事件が明るみに出ると三人は校長ユーリウス・シュープリングのもとに自首し、商店見習いともども裁きを受ける身となった。法廷で生徒三人の就学態度を問われた校長は、彼らを庇うこともなく、批判的な証言をしている。校長に特に悪く言われた二人の生徒は、首謀者として投獄されることになった。

この事件は、小説の中でローマン、フォン・エアツム、キーゼラックの三人がローザと連れ立って遠足に行き、巨人塚を壊したために裁判を受けることになった経緯に利用されている。ただし、小説の中で三人の人柄を証言したのは校長ではなくウンラートであった。彼は三人を「人類最悪の人間だ」などと罵る。つまり、裁判に関する実際の経過において校長一人が担っていた役割が、小説では校長とウンラートの二人に分担されているわけだが、校長の冷たい生徒評が、妄想と怨念に駆られたウンラートの悪態に作り変えられている手際からは、作者がどのような方向に素材を発展させていったかが見て取れる。

文学に描かれた学校のモチーフ

これを考える上で、作者が回想して述べていることは意味深い。

当時の私は若かったから、少年時代に出会った人びとがいつも頭に浮かんだ。〔中略〕「教授」といえば私にとって「ギムナジウムの教師」以外ではなかった。

マイヤー教授の記事を読んだ際、作家の頭に浮かんだのは、彼が学んだ中学校の教師たちであった。書かれるべき小説の主人公ウンラートも、そうした教師たちのイメージがマイヤー事件に結びついて出来たものと考えられる。この小説が出版されたとき、リューベック市民の反応は冷たかった。自分たちがモデルだと感じたのである。マン兄弟が通った中学校に当時在籍していた生徒マックス・シュレーダーの回想によると、学校には暗黙の禁令があり、この「危険な本」を読むことは許されなかったが、生徒らはこっそり回し読みしていた。「彼ら自身、ラート教授に勝るとも劣らぬ偏屈教師らによって」、「教育される代わりに虐げられていたから」、「この話をちっとも嘘とは感じなかった」という。

リューベックの名門中学校（ギムナジウム）であるこの「カタリネウム」を舞台にした小説としては、『ウンラート教授』の四年前、弟トーマスの『ブデンブローク家の人びと』が出ていた。この小説の終わり近く、主人公ハノー少年の一日を描いた長い章には、暴君のように振舞う学校教師たちと授業の様子が描かれている。登場するのはウンラート並みの偏屈教師たちである。ラテン語教師マンテルザックは気分屋で不公平、補助教員モーダーゾーンは強い校長にへつらい、ひ弱な生徒を踏みにじろうとする。ハノーはこうした教師らの動機を見抜き、嘔吐せずにはいられない。学校でヒエラルヒーの頂点に立っているのは、「神様」というあだ名の校長、ヴーリケである。

このヴーリケ校長は恐ろしい男だった。ハノーの父や叔父が学校に通っていたころ校長を務めていた磊落(らいらく)で人間好きな老紳士は七一年のあと間もなく世を去った。後継者としてやって来たのがヴーリケ博士だった。それまでプロイセンのギムナジウムで教授をしていた彼がこの地に招聘されると、彼と共に、新しい、これまでとは違った精神がこの古い学校に入ってきた。かつては古典的教養が朗らかな自己目的として、落ち着きと安穏と愉(たの)しい理想主義をもって追求されていたのに、今では権威とか義務とか、権力、奉仕、経歴といったものが最高の栄誉とされ、「我々の哲学者カントの定言命令」は、ヴーリケ校長がどんな式典のスピーチでも脅すように口にする呪文だった。学校は国家の中の国家となった。そこではプロイセン的な厳しい奉仕の精神が強く支配し、そのため教師だけではなく生徒たちも、自分を、自らの昇進と権力者たちに取り入ることばかりに気を使う官吏のように感じるのだった。

『ブデンブローク家の人びと』のこの一節は、世紀転換期に書かれた多くの学校小説の背景を説明している。エーブナー＝エッシェンバッハの『優等生』（一九〇一）、エーミール・シュトラウスの『友人ハイン』（一九〇二）、ヘルマン・ヘッセの『車輪の下』（一九〇五）、ローベルト・ムージルの『寄宿生テルレスの惑乱』（一九〇六）、フリードリヒ・フーフの『マオ』（一九〇七）など、当時ドイツ語圏で書かれた多くの小説が、放校処分にされたり、自殺したりする中学校生徒を主人公にしている。当時のドイツ語圏社会では、青年期にさしかかった若者の自殺が社会問題化しており、その背景には学校での過重負担、権威主義が指摘されている。二十世紀に入ると間もなくエレン・ケイの『児童の世紀』（ドイツ語訳、一九〇二）が反響を呼び、モンテソーリやシュタイナーなど、子供の視点からの新しい教育を試みる学校があちこちに設立された。ヴァンダーフォーゲルなど、いわゆる「青年運動」が起こったのもこの頃である。

シュープリング校長

『ブデンブローク家の人びと』に描かれた学校がどの程度当時の現実に即したものか、

気になるところだが、ハインリヒ・マンの学友ルートヴィヒ・エーヴァースの回想を読むと、かなり分かってくる。マン兄弟が通った時代、カタリネウムには実際、新しい校長が着任していた。それが、前述のユーリウス・シュープリングである。改革者シュープリングは学校に新しい息吹を吹き込んだ。時間割や教師の授業割当てを大胆に変革し、校舎を近代的設備に改修した。彼の着任と前後して、「古きよき時代」の教師が数人亡くなっており、それも学校の雰囲気を変える要因となった。とはいえシュープリングはプロイセンから来たのではないし、ヴーリケ校長のような権威主義、官僚主義、出世主義の人であったかどうかは、分からない。

少なくとも、マン兄弟が学校で居心地の悪い思いをして、教師たちを暴君だと感じたことは、彼らが学校を回想した様々な文章、学校を舞台とした彼らの他の作品、例えば『トーニオ・クレーガー』や『臣下』などから明らかである。カタリネウムの実科課程にいたトーマスは三度も落第し、兵役短縮資格を取るとすぐに学校を辞めたし(第六学年修了)、ハインリヒも人文課程の第八学年まで進みながら、卒業を待たずに退学した。二人の在学中、校長はずっとシュープリングであった。

ヴーリケとウンラートは、権力志向という点でよく似ている。教師の頃のウンラートは社会民主主義を嫌い、教会、軍隊、服従心、市民道徳といった、帝国社会を支える諸制度への信奉を繰り返し口にしていた。

彼は、社会の根幹を揺さぶる現代精神の不吉な要求に、陰気な警告を発した。彼はこの根幹が強くあることを欲した。影響力ある教会、堅固なサーベル、絶対の服従と、硬直した道徳！

ヴーリケやウンラートに特徴的な権威主義は、帝政期の社会に顕著なものであり、皇帝ヴィルヘルム二世自身がたびたび演説で、学校における愛国教育の徹底、学校を社会民主主義への防波堤にすることを説いていた。それゆえ学校に愛国的で権威主義的雰囲気があったのは当然で、実在の校長がそうであったかどうかはともかく、ヴーリケやウンラートの思想には、時代の空気が反映している。「お前たちの経歴はきっと駄目にしてやる[3]」というヴーリケの脅し文句も、ウンラートのそれにそっくりである。

カール・クルティウス

エーヴァースの回想記にはもう一人、物語の成立に重要な教師が紹介されている。ハインリヒ・マンは『ウンラート教授』を書き上げたとき、エーヴァースに宛てた手紙の中で、この「極めてとっぴな物語」の舞台はリューベックであり、しかも、「あの教師」が登場する、と述べている。「あの教師」が誰を指すのか、諸々の説があるが、最もそれらしいのは、エーヴァースのクラス担任だった古典語教師カール・クルティウスである。リューベック市民の一人は、この小説を読んだとき即座に、「こりゃ、クルティウスだよ！」と叫んだという。姿勢も歩き方も無造作で、不精ゆえに身なりを気にしないこの教師は、滑稽で汚い印象を与えた。「若者にはいつの時代も冒瀆の気があるもの」だから、生徒たちは、「クルティウス」という名前からひどいあだ名を考案して彼を呼んだ。だが、実在のクルティウスには、自分に付けられたそのあだ名を気にしないだけの度量があった、とエーヴァースは回想している。

「ウンラート」もまた、本名「ラート」をもとに考案されたあだ名であるが、ウンラートとクルティウスの共通点はそうしたあだ名や、不精で汚いなりをしていたこと、「不器用」な歩き方のほか、さらに重要な点として、二人とも古典語教師であり、古典ギリシャ語の研究に勤しんでいる事実を挙げることが出来る。ウンラートは、『ホメロスにおける不変化詞の研究』をライフワークにしていて、いつの日かこの著書によって人びとを驚かすことを夢見ている。クルティウスにも、古代ギリシャの碑文解読、いわゆる金石学についての著書があった。彼は学生時代からギリシャ文化の魅力にとりつかれた文献学者で、教職の傍ら市立図書館の館長も務めた。

ニーチェ小説としての『ウンラート教授』

ウンラートのモデルとして取りざたされる人物には、ハインリヒ・マンが個人的に知っていた人ばかりでなく、読書を通じて影響された人物も含まれる。権威を笠に着た教師としては、フランク・ヴェーデキントの戯曲『春の目覚め』(一八九一)に登場するゾンネンシュティヒ校長以下の教員たちや、アルノー・ホルツの短編『初登校の日』(一八八九)に描かれた体罰好きの校長、前述したハノー・ブデンブロークの教師たちなど、類似を探したらきりがないが、一人だけ、ほかとは比べられぬほどに大きな影響を与えた人物がいる。それは、バーゼル大学で古典文献学教授を務めたフリードリヒ・ニーチェである。エルケ・エムリヒは、一九八一年の著書の中でこの小説を、ニーチェを思わせる人物を主人公として諷刺的に描いたモデル小説であり、マンがニーチェ哲学からの精神的決別を試みた作である、としている。

エムリヒがこの本をニーチェ小説とする理由は幾つかある。その第一は、ウンラートや、彼が目の敵にする生徒ローマンが抱く道徳観である。ローマンが道徳を「敗者の永遠の逃げ場」と捉えるのと同様、ウンラートは道徳を、自由精神である強者が群畜的人間を支配する道具以上には見ていない。

私は——まこと——よく知っているのだ。道徳と呼ばれるものは大抵、愚かさとごく密接に結びついている。この点を疑うことが出来るのは人文的教養を持たぬ輩(やから)ぐらいのものだ。とはいえ道徳は、これを意に介さぬ人間にとって有益だ。これなくしては生きられぬ者どもを容易に支配出来るからだ。それどころか、臣民根性の持ち主どもには、いわゆる道徳を厳しく躾(しつ)けねばならぬ。〔中略〕だが、——いいかね！——こうして道徳を求めながら、私は一度として忘れたことはない。低劣な俗物の道徳とはまったく違った、別の道徳的要請を持つ人びとが存在しうる、ということを……

校長にローザ・フレーリヒとの関係をたしなめられた際もウンラートは、アテネのペリクレスがアスパジアを恋人にしていた例を引き、「人文的教養を積んだ者は、下層階級の倫理的迷信など、当然無視して構わんのです」とうそぶく。こうした倫理観がニーチェのそれを思わせるのとはちょうど逆に、地道に不変化詞研究に打ち込む文献学者ウンラート教授は、ニーチェが批判した、生の世界からは縁遠いペダンチックな「学問的人間」を思わせる。『我ら文献学者』の中でニーチェは言う。「学問的人間がいかなる手段を用いて自らの生を打ち殺しているか、見るがいい。ギリシャ語の不変化詞論が、生の意味と何の関係があるというのだ？」ウンラートの授業では、ギリシャ語のどんな小さな回りくどい表現も、すべて、かなり不格好な形で訳文の中に表れていなければならない。それゆえウンラート自身いつも、「まこと」とか「実際また」、「いやはやまた」といった、意味のない常套句を口癖としている。しかし、生から距離を置き、人びとへの怨念と権力への羨望に駆られつつ禁欲的日々を送って来た彼は、フレーリヒとの出会いを転機として次第に自己を解放する。大衆酒場「青き天使」で歌うローザの声を聴きながら彼は、ギムナジウムで教える厳格な教師としての自覚、個体としての束縛を忘れる。それは「陶酔だった」。

ウンラートが研究するホメロスは、ニーチェによれば均整、調和、節度、形式といったアポロ的芸術を代表する詩人である。ギリシャ精神を理想として成立した人文中学校（ギムナジウム）で古典語を教えるウンラートではあるが、彼は次第にこの殻に留まることが出来なくなっていく。なぜならウンラートの本性とは忘我であり、パニックであり、境界からの逸脱、破壊欲だからである。怨念と侮蔑に凝り固まった彼は、「一個の爆弾」にも譬（たと）えられる。彼がこうした本性を露わにするのは、大衆酒場の女性歌手、つまり、酩酊と音楽が契機となる。

　フレーリヒとの出会いは、ウンラートのそれまでの生活を一変させる。彼が、教会、軍隊、道徳、無知への支持をかなぐり捨てるのも、彼女との結びつきからである。既成の権威を笠に着る教室の暴君から、彼は、それら一切の価値転覆を目論(もくろ)むアナーキストに変貌する。それは彼が、選挙の際に社会民主党本部に赴くという形で最初に現れる。「今日、急に彼は、そうしたものすべてを御破算にし、思い上がった支配階級に反旗を翻す暴徒に加担して、彼らを宮廷に引き入れ、幾人かの抵抗を全体の無政府状態の中に葬り去ってしまうことに決めた。」彼のアナーキズムは、教職を失ったことを第二の転機としてエスカレートする。賭博場を開き、妻を使って人びとを罠にはめ、町全体を風紀壊乱の無政府状態に陥れる。こうして今やウンラートは、自らを肯定することが出来る。今や彼は、「汚物(ウンラート)」という名を、「月桂冠のように、自分で自分の頭にかぶせた」のだ。一切の価値を覆し、自分以外のいかなる権威も認めないウンラートは、町の暴君であると同時にアナーキストなのである。

　芸人キーパートによれば、ウンラートは「学問」(Wissenschaft)を代表し、芸人たちは「芸術」(Kunst)を体現する。つまり「学問」はここで、女芸人フレーリヒが体現する「芸術」と結びつくことで初めて爆発的生命力を得たことになる。無論それらのイメージと、フレーリヒやウンラートとのあいだには落差があるが、この落差が諷刺としての効果を生む。つまりここには、芸術形而上学を唱え、生の観点から学問や教養の意味を問う哲学を、低い次元に引き下げ、あてこする意図が読み取れる。それゆえエムリヒによればこの小説は、言葉通り受容されたニーチェ哲学がどんな結果をもたらすか、「あらゆる価値の転換」がどのような状況を招くのか、現実から遊離した芸術至上主義や道徳懐疑がいかなる倫理的解体を生むのかを、権力意志にとりつかれたファシストを主人公にして諷刺的に描いた予言の書であるという。

なるほどここにはニーチェを思わせる表現が散りばめられており、それらを使った言葉遊びが顕著ではある。しかし、この小説全体がニーチェを諷刺し、ニーチェとの決別を告げる目的で書かれた、とまで言い切れるかどうか。というのは、ウンラートという人物は単に否定的に、諷刺の対象としてのみ、描かれているわけではないからである。

ハインリヒ・マンとウンラート

小説『ウンラート教授』が出版された年でもある一九〇五年、作者ハインリヒ・マンは、恋人イーネス・シュミート宛の手紙の中で次のように述べている。

ウンラートというこの笑止千万な老いた怪物は、少なくとも女芸人フレーリヒには愛情を抱いていて、全世界から彼女を守り、自分の傷ついた愛をすべて彼女に注いでいる。〔中略〕このウンラートという奴は、(驚かないでおくれ!)私に少し似たところがある。君を愛しているこの私にだよ。

マンがウンラートに共感を抱いていたことは、注意深く読めば小説自体から推測出来ることではあるが、猛り狂った猫や蜘蛛にも似せて描かれた主人公が著者の自画像だとすれば、あまりに強い自虐性、自己諷刺である。だが執筆当時のマンの精神状態を考えると、この醜い主人公が著者を投影しているということは、充分頷ける。

ニーチェに影響された個人主義者であり、天才の優位を信ずる気位の高い芸術至上主義(ラール・プール・ラール)の作家マンは、長いイタリア滞在のあいだ市井の人びとと理解し合う言葉を持たず、孤独に苛(さいな)まれることが多かった。彼の本は、出版しても大して売れたわけではなく、『ブデンブローク家の人びと』で一躍ベストセラー作家となった弟と違い、ハインリヒ・マンの名を知る読者は限定的だった。『ウンラート教授』を執筆していた頃、アルベルト・ランゲン書店の広告のために彼が書いた『自伝的スケッチ』には、次のようにある。

二つの人種のあいだで孤立する経験により、弱い人間は強くなり、配慮を欠いた、融通が利かぬ人間となる。彼は自分自身の小さな世界、他所(ほか)には見つけることの出来ぬ故郷を作ることに執心する。同族と言える者がどこにもいないから、人びとの管理からは肩をすくめて身を引いてしまう。同じ本能の聴衆がどこにもいないから、影響を与えたいと思う対象を狭め、たった一人に発散する。これにより欲求は激しさを増す。こうした人間は、どぎつい道を歩むことになる。獣的なものを夢想的なものと並べ、感激を諷刺と並べ、愛情と人間嫌いを融合させる。世間の心をくすぐるのが目的ではない。世間などどこにあるというのだ！　むしろたった一人のために大騒ぎする。自分の経験をより深く味わい、自身の孤独をより濃く味わうようになる。

ウンラートとはつまり、他の誰にもまして著者自身の戯画であった。『ウンラート教授』を貫くのは、徹底的な攻撃性であり、諷刺、カリカチュアであるが、その攻撃の矛先は社会や学校に向けられただけでなく、それらを通じて作者自身に向かっていたのである。そう考えると、「一暴君の末路」という副題も悲劇的意味を帯びてくる。作者は自らの排他的孤高性を「暴君」の語で揶揄し、その没落を自分に対して描いてみせたからである。このような、自己へと回帰する攻撃性こそがこの作の特質であり、それゆえにこそこの小説は、帝国社会への批判や諷刺に留まらず、また、ファシズムとその没落を予見したばかりでなく、そうした悪の背後に隠れた人間の弱さを浮き彫りにし、人間憎悪の裏返しとしての破滅的愛を描いたユニークな作となりえたのである。

映画『嘆きの天使』とその「原作」をめぐって

映画の成立

小説『ウンラート教授』の映画化を最初に提案したのは、のちに映画『嘆きの天使』の中で主人公ラートを演じた俳優、エーミール・ヤニングスであった。ハインリヒ・マンの回想によると、小説を読んで感銘を受けたヤニングスは一九二三年、作者マンに直接、映画化を申し出たという。しかし当時はサイレント映画の時代であり、サイレントでこれを映画化することは困難だったため、話は立ち消えとなった。

六年後、一九二九年の春、ベルリンの映画会社ウーファは、映画製作をサイレントからトーキーに切り替えるため、ポツダムのノイバーベルスベルクにあった撮影所を大改修した。それと前後し、プロデューサーのエーリヒ・ポマーは、当時ハリウッドで活躍していたドイツ人俳優エーミール・ヤニングスを主役にして映画を作ることを提案、ウーファはすぐにこの案を採用した。新しく作るトーキー映画で何としても成功しなければならなかったウーファは、人気俳優を主役にすることを重視したのである。在米中サイレントで大成功を収め、創設まもないアカデミー賞を受賞したヤニングスは、巨額の報酬を約束されヨーロッパに凱旋する。ベルリンに着いた彼がまず行った提案は、ロシアの怪僧ラスプーチンの話を映画化するというものだった。しかしこの案は彼自身がハリウッドから呼び寄せた映画監督ジョゼフ・フォン・スタンバーグによって退けられる。そこでヤニングスが次に出した案が、ハインリヒ・マンの小説『ウンラート教授』の映画化だった。つまり最初にあったのは、ヤニングスの映画を作るということであり、題材も監督も主演俳優の提案で決められたのである。

ハインリヒ・マンの当時の恋人で女優のトルーデ・ヘスターベルクによれば、当初マンは映画化に乗り気ではなかったが、ヘスターベルクが、女主人公役は自分が演じたいと言うと、彼女にぞっこんの作家は即座に同意したという。この役には、ヘスターベルクのみならず幾人もの人気女優が候補に上がったが、ほぼ無名のマレーネ・ディートリヒがスタンバーグ監督に抜擢されたとき、関係者は皆驚いたという。

二十年以上ものちにスタンバーグは自伝の中で、この映画が彼自身のイメージを実現したものであり、原作とは別物であること、映画の本来の作者はハインリヒ・マンでもなければ台本作家でもなく、自分以外にないことを主張した。しかし、これは差し引いて考えねばならない。彼は一九五九年にハリウッドで作られたリメイク映画『嘆きの天使』を剽窃として告発していたからである。一九三〇年の映画の作者は自分であるとしたスタンバーグは、原作者や台本作家の関与を些細なものと主張しなければならなかったのだ。

一九三〇年の映画『嘆きの天使』の冒頭には、次のように表示される。

制作：エーリヒ・ポマー。ハインリヒ・マンの小説『ウンラート教授』をもとに、原作者協力のもと、カール・ツックマイヤーとカール・フォルメラーが、トーキーフィルムのために自由に改作。脚本：ローベルト・リープマン

スタンバーグは、ここに挙がった名前一人一人について、本質的には制作に関与しなかったと述べている。一方、台本作家のツックマイヤーは正反対の証言をしていた。映画公開前日の新聞に彼は、「この映画全体が、ハインリヒ・マンと常に連絡をとりなが

ら、彼と何度も相談を重ねた上で成立した」と書いていたのである。

ツックマイヤーによると、最初にポマー、スタンバーグ、ヤニングス、ツックマイヤー、フォルメラー、そしてハインリヒ・マンが一堂に会し、映画の大まかな内容について相談、そこで決められたことをもとにツックマイヤーが、「映画のためのいわば短編小説」といえるものを書き、原作者に見せた。マンはこれを承認しただけでなく、映画という媒体にうまく適合させていると言って褒めてくれたという。そのあと、ツックマイヤー、フォルメラー、リープマンの三人で台本は完成された。

のちに映画の制作史をまとめたヴェルナー・ズーデンドルフによると、撮影が始まったのは十一月四日、終わったのは翌一九三〇年一月末だった。撮影が終わる頃、これに携わっていた人びとの多くは、「エーミール・ヤニングスの映画」として計画され、そのように宣伝もされていたこの映画が、「マレーネ・ディートリヒの映画」になったことを悟っていた、とされる。ディートリヒは、ハリウッドの映画会社と契約し、『嘆きの天使』のプレミアに臨席したその晩のうちに、アメリカへと旅立った。同席したヤニングスは終始機嫌が悪かったと伝えられる。

公開前の論争

映画のプレミアがベルリンのグロリア・パラストで催されたのは、一九三〇年四月一日であったが、既にその前日から、この映画についての論争は始まっていた。論争に火を点けたのは、三月三十一日付けの新聞『月曜(モンターク)』に掲載されたフリードリヒ・フソンの映画評だった。フソンは、ウーファが作った映画『嘆きの天使』に最大級の賛辞を送ったあと、次のように続けた。

> 余計なことに、いや、誤解を招きかねないことに、この映画を生み出した人びとの名前の中には〔中略〕ハインリヒ・マンの名と、彼の出来の悪い小説『ウンラート教授』が入っている。だが、実際『嘆きの天使』は、ハインリヒ・マンの協力で作られた映画ではない。ハインリヒ・マンに対抗する映画なのだ。マンの本は、学校から逃げ出した生徒が書いた陰険な復讐の書であって、その「主人公」は反吐(へど)の出そうな悪辣漢だ。映画に描かれているのは、初めの瞬間から我々の共感を呼ぶこと確かな、心の孤独に苛まれた男の運命だ。

フソンの意図は明らかだった。彼は、ハインリヒ・マンと映画会社ウーファの仲を裂こうとしたのである。フソンがこうした批評を書いた背景には、当時のフリードリヒ・フソン、ハインリヒ・マン、そしてウーファの置かれた政治的立場があった。映画評が掲載された『月曜(モンターク)』は、メディア界の実力者、アルフレート・フーゲンベルクの所有する新聞で、フソンは、民族主義者フーゲンベルクの代弁者と目されていた。実は映画会社ウーファも、フーゲンベルク・コンツェルンの傘下にあったのである。しかしこの批評はすぐ、映画を作った人びとの反論を呼ぶ。同日のお昼にはもう『ベルリン新聞』にツックマイヤーの文章が掲載された。ツックマイヤーは、映画の成立事情を詳しく述べたあと、映画と小説の根本は同じである、映画の台本と小説で異なるところも、マンからの承認を受けている、と請け合った。

プロデューサーのエーリヒ・ポマーも、プレミアの日の朝、別の新聞にコメントを寄せた。ポマーは、映画が完成するとハインリヒ・マンが滞在中のフランス、ニースまで赴き、マンに映画を見せ、最終的承認を得ていたのである。

決定的だったのは、同じ日の昼、ニースにいるマンから新聞社に届いた電報だった。マンは既にフソンの批判を知っており、これに対して、映画が「自分の協力のもとに出来た」ものであること、ウンラートという人物が、「依然として私自身の造形物である」ことを宣言した。

さて、この論争においては、原作者は映画の制作に関与していたのかという問いと並んで、もう一つの重要な事柄が浮き彫りとなっている。それは主人公ウンラートの人物像の問題である。この人物像には、小説と映画で明らかな違いが見られるからである。ここで、簡単に両者の違いをまとめてみよう。

小説の主人公は、生徒や町の人びとへの憎しみに駆られた人間嫌いである。「汚物（ウンラート）」というあだ名で呼ばれる彼は、自分をこのあだ名で呼んだ人びとに復讐してやろうと、怨念に駆られている。

一方、映画の主人公は、小鳥の死を見ただけで悲しみに暮れるほど心の優しい、生徒思いの教師である。小説の主人公のような教室の暴君ではなく、誰が見ても親しみを感じる平凡な学校の先生として描かれている。

小説と映画の結末は、まったく違ったものになっている。小説は、ウンラートが警察に逮捕されるところで終わるが、映画の結末は周知の通りである。学校を辞め、女芸人ローラと結婚したラート教授は、旅回りの芸人一座と行動を共にする。数年後、一座が彼の故郷で再び興行したとき、ラートは、昔の教え子や町の人びとの前で道化役として舞台に立ち、恥を曝（さら）す。その際、妻が若い男といちゃついているのを目撃し、彼女に襲いかかろうとして取り押さえられる。その夜、かつての職場である中学校（ギムナジウム）に忍び込んだ彼は、教卓にしがみついたまま帰らぬ人となってしまう。

映画の中でラート教授を演じたエーミール・ヤニングスは、雑誌のインタヴューで次のように話した。

この教授の持つ陰険で暴君的なところは、役に取り組んでいるうち次第に私から抜け落ちていった。〔中略〕私はかなり単純で、素朴な、至極人間的な人物を演じたかったのだ。

小説と映画それぞれの主人公の人物像は、それぞれのテーマに関わる問題であった。ツックマイヤーは、フソンへの反論でこの点に触れている。彼によれば、マンも同席した最初の会合で映画のテーマが決定された。小説には、学校への批判や世代間の葛藤という一つ目のテーマと、転落していくラート教授の運命、という二つ目のテーマがあり、後者が映画のテーマに選ばれた。それは、カチカチに硬直した一人の市民的存在が、人生の拠り所を失い転落していく運命であり、人間的で悲劇的な運命だ、とツックマイヤーは述べている。

さて、マンの小説を批判したフソンにしても、この小説をもとにして映画を作ったとするツックマイヤーやヤニングスにしても、また、のちにマンやツックマイヤーの関与を否定した監督スタンバーグにしても、一つの点で彼らの見解は一致している。それは、小説を特徴付けていた学校批判や社会諷刺というものが、映画には欠けているということである。

そうした姿勢が小説の中で最もはっきり表れているのは、主人公の描き方である。学校の暴君であり、社会の偽善性を体現する醜いカリカチュアとしての主人公ウンラートの面影を、映画の主人公に見て取ることは難しい。小説の主人公が持つ人類すべてに対する激しい憎悪も、映画のラート教授には見て取れない。

映画の受容と原作

「同じ題材ではあっても映画にする際には小説とは別の扱い方をしなければならない」[4]「真に小説といえるものほど、そのままの形で映画化することは不可能だ」[5]。ハインリヒ・マンとツックマイヤーのあいだには、こうした共通理解があった。しかし、『嘆きの天使』の場合、政治的イデオロギーの問題が絡んでいる。既に述べたように、映画会社ウーファは、メディア界の実力者アルフレート・フーゲンベルクの傘下にあった。ドイツ国家人民党の党首であったフーゲンベルクは、ナチスが政権を掌握した際に大臣として迎えられた人物である。彼のスポークスマンとも言える論客フリードリヒ・フソンのマンに対する攻撃とウーファへの賞賛は、映画を見る人びとの意識に次のような問いを生まずにはいなかった。この映画にはどれほどフーゲンベルクの影響が及んでいるのか、という問いである。

例えば、雑誌『文学世界（ディ・リテラーリッシェ・ヴェルト）』の中でヴォルフ・ツッカーは、フーゲンベルク・コンツェルンに属しながらも左派として知られるハインリヒ・マンの小説を映画化したウーファの勇気と、出来上がった映画の質の高さを讃えている。一方、雑誌『世界舞台（ディ・ヴェルトビューネ）』に批評を書いたカール・フォン・オシエツキはこの映画を、ウーファ支配者としてのフーゲンベルクの完全な勝利と見た。彼によればこの映画は、「作家ハインリヒ・マンに対するキリスト教的・ゲルマン的勝利」であるという。しかしこの主張は、フソンとは逆の立場からなされていた。オシエツキにとってこの映画は、「お涙頂戴的な、知性のかけらもない通俗的なもの」であり、「火花の散るような諷刺小説から、善良な市民が破局に至るセンチメンタルな映画」が出来上がってしまった、と嘆いている。

のちに『カリガリからヒトラーまで』という著書の中でこの映画の歴史的価値を認めたジークフリート・クラカウアーでさえ、公開当初はこの映画を手厳しく批判していた。彼によれば、ここに描かれた「個人的悲劇」は誰にも係わりのないもので、現実を忘れさせる誤魔化しに過ぎない、本来なら登場人物は彼らを取り巻く社会的、経済的状況の中に置いて描かれねばならないのに、そうした社会的背景は意図的に取り除かれている、という。

他の批評家たちも、映画を評価するにせよ批判するにせよ、これが原作とは本質的に異なるものであることを指摘せずにはいられなかった。この論争は、第二次世界大戦を経たあと、再燃することになる。

アドルノの批判

既に述べたように、ハインリヒ・マンはナチス政権下では焚書リストの筆頭に挙げられ、著書は販売禁止となり、映画『嘆きの天使』もフィルムを焼かれた。マンは一九三三年、ナチスが政権につくとフランスに亡命し、対ナチス抵抗運動の旗頭となったが、その後アメリカに渡って、カリフォルニアで亡命生活を続けた。

アメリカで彼が七十歳の誕生日を迎えたとき、誕生パーティの席で弟のトーマスは次のようなスピーチをしている。

兄さん、三十年以上も前のことですが、あなたは我々に、ウンラート教授の神話を与えてくれました。ヒトラーは教授と言える者ではまったくありません。しかし、汚物(ウンラート)ではあります。汚物(ウンラート)以外の何者でもありません。そしてまもなく歴史の芥(あくた)となるでしょう。年老いた目であなたは、あなたが若き日に描いたあの、「一暴君の末路」を目にすることになるでしょう。あなたが、粘り強い生命力でその日を待っていてくれることを願ってやみません。

トーマスの願い通り、ハインリヒ・マンはヒトラーとナチスの没落を目にすることが出来たが、それから五年後の一九五〇年、ドイツへの帰国を前に、睡眠中の脳出血により七十八歳の生涯を閉じた。

一方、映画『嘆きの天使』で主人公ラート教授を演じた俳優エーミール・ヤニングスは、ナチスに厚遇された。とはいえ勿論、この映画ゆえではない。ヤニングス自身、この映画には技術的欠陥があるとして、上映禁止を肯定している。ナチス政権下で彼は、「文化参事」に任ぜられナチスの広告塔として少なからぬ映画に主演したが、戦後は引退を余儀なくされた。逆に、戦争中決然と反ナチスの姿勢を貫いたマレーネ・ディートリヒの評価は戦後、高まる一方となった。

小説『ウンラート教授』が再びドイツで出版されたのは、一九四八年のことである。

ベルリンの出版社ヴァイヒェルト書店が戦後初めてこの本を上梓した。だがこのとき本のタイトルは『ウンラート教授』ではなく、映画の題名と同じ『青き天使』(『嘆きの天使』)となっていた。一九五〇年には東独のアウフバウ社が、翌五一年には西独のローヴォルト社が、相次いでこの本を出版したが、いずれの際にも同じことが起こった。表紙に「ウンラート教授」の文字はなく、大きな字体で「青き天使」(「嘆きの天使」)と印刷されていたのである。出版社の意図は明白だった。売り上げを伸ばすため、より大衆的な映画のタイトルを原作のそれとすり替えたのである。

これに対して批判の声をあげたのが、テオドール・W・アドルノであった。アドルノは一九五二年の正月、『新・新聞(ディ・ノイエ・ツァイトゥング)』の文芸欄に、「なぜ『ウンラート教授』ではないのか?」と題する文章を寄せた。その中で彼は、本の題名を改竄した出版社の姿勢を「迎合主義」として批判している。それどころか彼は、一九三〇年に公開された映画『嘆きの天使』そのものが、まさに迎合主義の産物だった、と主張する。

事実、迎合主義なのだ。というのもあの映画は、今でこそ記念碑的なものと見られているが、ヒトラー時代の前に、しかも検閲が乗り出すまでもなく、自分の方から例の精神的態度を表明していたのだから。その後体制化された、あの精神的態度を、である。そしてマレーネ・ディートリヒの美しい脚だけが、これを誤魔化すことが出来た。周到に調合されたセックス・アピールのお陰で人びとは、映画の作り手たちがあらゆる社会諷刺を取り除き、俗物の妖怪から、感動的な喜劇的人物をこしらえたことを見逃してしまった。

アドルノは、映画が制作された際にウーファ上層部から映画の作り手たちに圧力がかかっていたことを推測している。その推測が当たっていたことは、のちにヴェルナー・ズーデンドルフによって公開されたウーファ理事会の議事録を読むと分かってくる。映画の題材について審議した一九二九年八月二十八日の理事会では、少なからぬ懸念が表明されていたのだった。「これは、高尚なる学校に対しての悪質な攻撃であり、特に主人公ウンラート教授は、あまりにも共感の持てない人物として描かれている」「ハインリヒ・マンのこの小説は、発表当時極めて活発な議論の的となっており、映画もまた、利害を持つ人びとからの攻撃を受けることが予想される」。これに対し、当時ウーファ制作部長だったエルンスト・フーゴー・コレルは、「題材は完全に改作され、ウンラートの人物像は人間的に分かりやすい形で表現されます。それゆえ、懸念されるような攻撃を受ける要因は残らないでしょう」と答えている。理事会の神経質な雰囲気を受け、監督や台本作家に働きかけがなされたことは間違いあるまい。この理事会が開かれたのは、映画化の契約がマンと結ばれた五日後であり、台本作家カール・ツックマイヤーとの契約が結ばれた翌日である。つまり、台本の原型も出来ていなければ、マンを含めた最初の会合もまだ開かれていない時点であった。ある程度台本が完成していたと思われる十月三十日の理事会において、コレルとプロデューサーのポマーは、二人の共通見解を述べた。「この映画がその表現法によって、公衆とりわけ教員たちの反感を煽るということはありえません。ウンラート教授も、また学校や教師たちも、好意的に描かれています。」こうして理事会は、この映画に最終的承認を与えた。

撮影が開始された十一月四日当日の理事会も再度、「映画製作の手法によっていかなる反感も買ってはならない」と念を押している。この映画から原作特有の社会批判が取り除かれたのは、事実、ウーファの意向だったのである。マンは結局、映画と小説は違うのだ、という映画人らの説明を受け入れたのであろう。のちのフソンの攻撃に対して彼らは決然と反論したが、映画を作る際、原作の持っていた最もハインリヒ・マンらしい側面が削られたのは、やはり意図的なことだったと言わざるを得ない。

ハインリヒ・マンと『嘆きの天使』

それでは、この映画についてのマンの本音はどこにあったのか？　彼は、自分を一躍世界的作家にしたこの映画について、のちに何度も言及しているが、公の場で映画に不満を漏らすことはなかった。

勿論、ウーファと契約を結び、少なからぬ報酬を受け取っていた彼が映画への批判を口にしなかったのは当然ではある。また、フソンに反論する目的から、この映画は自分の意図に適ったものだ、と強調する必要もあっただろう。だが、彼が必ずしもこの映画に満足していなかったことは、映画撮影中に刊行された雑誌『フィルム・クリア』の記事が報告している。それによると、マンにこのような改変を同意させるのは実は、容易ではなかった。彼は、自分の作品が「陵辱された」と感じる瞬間もあったという。しかし最終的には同意した。マンにとってそれは、妥協だったのではないか。一九三一年に書いたある手紙〔エーリヒ・エーバーマイヤー宛〕では、はっきりと映画への不満を述べているからである。

ヤニングスはひどく感動的に死の場面を演じたが、ウンラートを道化師にして教壇の上で死なせたのは間違いだ。〔中略〕小説の喜劇的結末の方が疑いなく正しい終わり方なのだ。

この小説は、ハインリヒ・マンが自らのうちの大衆蔑視を、社会への憎しみに駆られた主人公に託して戯画化したものであった。彼はこの小説を通じて自らの暴君性を突き放した目で捉え、気位の高い唯美主義者から転じて民衆の側に立とうとした。それによってこの小説は、デモクラシーの作家ハインリヒ・マンが生まれる転機を示す作ともなった。ウンラートという反社会的分子、一暴君の興隆と没落を描いたこの小説は、帝政ドイツ社会の戯画ともなったのである。それは、臣民根性を痛烈に諷刺した小説『臣下』(一九一八)の先鞭をつけるものであった。

一九二二年、パウル・ハトヴァニに宛てた書簡の中でマンは、小説『ウンラート教授』を説明しながら、次のように書いている。

私の小説は一貫して社会的なものだ。そこに描き出された人間関係の根底には常に、社会の権力関係がある。私が最も頻繁に作品化した思想とは、権力の思想にほかならない。〔中略〕どこにいるときでも、外国の新聞を読んでいるときでさえ、私の頭にはいつもドイツ帝国の問題があった。私のような人間が書く小説は、内的同時代史なのだ。まだ誰も目にすることのない歴史、運命が恐ろしいやり方でその真実を証明する日まで、誰も気づこうとはしない歴史なのだ。

しかし、デモクラシーの作家へと脱皮したことに伴う大衆への接近が、皮肉にも彼の妥協を生むことになったのではあるまいか。マンがウーファの背後にフーゲンベルクの影を感じていたかどうか、それは分からない。感じていたとしたら、映画化に同意はしなかっただろう。ハインリヒ・マンが妥協したのはむしろ、大衆を相手とし、収益を第一に考えねばならない文化産業であった。

とはいえ、今日の視点から見ると、映画『嘆きの天使』が作られたことによって我々は、より深く小説『ウンラート教授』を読むことが出来る。そしてこれこそ、映画化に同意したマンの意図だったのかもしれない。あの映画とその「原作」を比較することは、それぞれのメディアの特性に気づかせてくれるだけでなく、二つの作品の生まれた時代や社会について、また、文化産業の役割についても考えさせてくれる。そして、映画に取り入れられなかった部分を注意深く検証することによって、逆に我々は、小説の持つ魅力、とりわけ、ウンラートという実に興味深い人物の、今日にも通じる問題性に思い至るのではなかろうか。

* * *

翻訳の底本としたのは、左記の初版本（アルベルト・ランゲン書店、一九〇五年）である。初版本の明らかな誤植のみを訂正したFischer Taschenbuch版（Studienausgabe in Einzelbänden）も随時参照した。

Heinrich Mann: *Professor Unrat oder Das Ende eines Tyrannen.* Albert Langen Verlag, München 1905.

なお、本解説は、松籟社版刊行時（二〇〇七年）のものを、今回の文庫化にあたって部分的に加筆、部分的に短縮したものである。解説文執筆にあたって参考にした主な文献を左に列挙する。

＊Heinrich Mann: *Professor Unrat oder das Ende eines Tyrannen.* Roman. Mit einem Nachwort von Rudolf Wolff und einem Materialienanhang, zusammengestellt von Peter-Paul Schneider. Fischer Taschenbuch Verlag. Frankfurt a. M. 1989.

*Heinrich Mann: *Ein Zeitalter wird besichtigt. Erinnerungen*. Fischer Taschenbuch Verlag. Frankfurt a. M. 1988.

*Heinrich Mann: *Das öffentliche Leben. Essays*. Fischer Taschenbuch Verlag. Frankfurt a. M. 2001.

*Heinrich Mann: *Briefe an Ludwig Ewers 1889–1913*. Hrsg. von Ulrich Dietzel und Rosemarie Eggert. Aufbauverlag. Berlin und Weimar 1980.

*Renate Werner(Hrsg.): *Heinrich Mann. Texte zu seiner Wirkungsgeschichte in Deutschland*. Deutscher Taschenbuchverlag/ Max Niemeyer Verlag. Tübingen 1977.

*Marcel Reich-Ranicki: *Thomas Mann und die Seinen*. Fischer Taschenbuch Verlag. Frankfurt a. M. 1990.

*Heinz Ludwig Arnold(Hrsg.): *Heinrich Mann*. Richard Boorberg Verlag. Stuttgart / München / Hannover 1971.

*Willi Jasper: *Der Bruder. Heinrich Mann, Eine Biographie*. Hanser. München/Wien 1992.

*Albert Klein: *Heinrich Mann: Professor Unrat oder Das Ende eines Tyrannen.*

Schöningh. Paderborn / München / Wien / Zürich 1993.

*Rudolf Wolff(Hrsg.): *Heinrich Mann. Werk und Wirkung*. Bouvier Verlag. Bonn 1984.

*Hans Wißkirchen(Hrsg.): *Mein Kopf und die Beine von Marlene Dietrich. Heinrich Manns Professor Unrat und Der blaue Engel*. Dräger. Lübeck 1996.

*Thomas Mann: *Gesammelte Werke in 13 Bänden*. S. Fischer Verlag. Frankfurt a. M. 1974.

*Albert Reble(Hrsg.): *Zur Geschichte der Höheren Schule*. Band II(19. und 20. Jahrhundert). Verlag Julius Klinkhardt. Bad Heilbrunn/OBB. 1975.

*Elke Emrich: *Macht und Geist im Werk Heinrich Manns 1900–1925. Eine Überwindung Nietzsches aus dem Geist Voltaires*. Walter de Gruyter. Berlin / New York 1981.

*Friedrich Nietzsche: *Werke in drei Bänden*. Hrsg. v. Karl Schlechta. Hanser. München 1954–1956.

*Sigrid Anger(Hrsg.): *Heinrich Mann 1871–1950. Werk und Leben in Dokumenten und Bildern*. Mit unveröffentlichten Manuskripten und Briefen aus dem Nachlaß.

Aufbau-Verlag. Berlin und Weimar 1971/1977.

*Werner Sudendorf (Hrsg.): *Marlene Dietrich. Dokumente, Essays, Filme.* Ullstein, Frankfurt a. M. / Berlin / Wien 1980.

*Luise Dirscherl / Gunther Nickel (Hrsg.): *Der blaue Engel. Die Drehbuchentwürfe.* Röhrig Universitätsverlag, St. Ingbert 2000.

*Carl Zuckmayer: *Als wär's ein Stück von mir. Horen der Freundschaft.* Gesammelte Werke in Einzelbänden, S. Fischer, Frankfurt a. M. 1997.

*Joseph von Sternberg: *Ich Josef von Sternberg. Erinnerungen.* (Deutsch von Walther Schmieding) Friedrich Verlag, Velber bei Hannover 1967.

*Celsus (Carl von Ossietzky): *Der Film gegen Heinrich Mann.* Die Weltbühne, Berlin, 26. Jg., Nr. 18, 29. 4. 1930.

*Siegfried Kracauer: *Der blaue Engel.* Die Neue Rundschau, 31. Jg. (1930), I. Halbbd., S. 861–863.

*Siegfried Kracauer: *Von Caligari zu Hitler. Eine psychologische Geschichte des deutschen Films.* Schriften Bd. 2, hrsg. von Karsten Witte, Frankfurt a. M. 1979.

*Theodor W. Adorno: *Gesammelte Schriften. Band 11, Noten zur Literatur.*

Suhrkamp, Frankfurt a. M. 1974.

＊　＊　＊

本翻訳書は、二〇〇七年に松籟社から刊行されたものの文庫版です。岩波文庫への収録に際しては文庫編集部の吉川哲士さんに大変お世話になりました。また、訳文の改善および表記の点検と修正に関しても編集部より的確なご助言をいただきましたことをここに記し、心から感謝の意を表します。

注

（1）映画のドイツ語原題は Der blaue Engel、同時に制作された英語版タイトルも The Blue Angel で、直訳すれば『青き天使』または『酔いどれ天使』となる。これは小説の中でローザ・フレーリヒが働く酒場の名前であり、本文中ではそのまま「青き天使」と訳した。

（2）ハインリヒ・マン（和田顯太郎譯）『歎きの天使』（『世界文學全集　第二期　一九』東京・新潮社、一九三二年所収）。これは原作を大幅に短縮したものであり、完全な日本語訳としては、二〇〇七年に松籟社から刊行された拙訳が最初である。

（3）トーマス・マンによれば、これはカタリネウムの教師が実際言った言葉であるという。

（4）ツックマイヤー「映画作者たちの行進」（『ベルリン新聞』一九三〇年三月三十一日）。
（5）ハインリヒ・マンのカール・レムケ宛書簡（一九三〇年三月十五日）。

〔編集付記〕

本書は、今井敦訳『ウンラート教授　あるいは、一暴君の末路』(松籟社、二〇〇七年)を文庫化したものである。文庫化に際して、訳文ならびに解説の一部を改めた。

なお、本作品中に今日では差別的とされるような表現があるが、作品の歴史性を考慮して、そのまま訳出した。

(岩波文庫編集部)

ウンラート教授(きょうじゅ) あるいは一暴君(いちぼうくん)の末路(まつろ)
ハインリヒ・マン作

2024年5月15日　第1刷発行

訳　者　今井(いまい) 敦(あつし)

発行者　坂本政謙

発行所　株式会社 岩波書店
〒101-8002 東京都千代田区一ツ橋2-5-5

案内 03-5210-4000　営業部 03-5210-4111
文庫編集部 03-5210-4051
https://www.iwanami.co.jp/

印刷・理想社　カバー・精興社　製本・中永製本

ISBN 978-4-00-324741-9　　Printed in Japan

読書子に寄す

——岩波文庫発刊に際して——

岩波茂雄

真理は万人によって求められることを自ら欲し、芸術は万人によって愛されることを自ら望む。かつては民を愚昧ならしめるために学芸が最も狭き堂宇に閉鎖されたことがあった。今や知識と美とを特権階級の独占より奪い返すことはつねに進取的なる民衆の切実なる要求である。岩波文庫はこの要求に応じそれに励まされて生まれた。それは生命ある不朽の書を少数者の書斎と研究室とより解放して街頭にくまなく立たしめ民衆に伍せしめるであろう。近時大量生産予約出版の流行を見る。その広告宣伝の狂態はしばらくおくも、後代にのこすと誇称する全集がその編集に万全の用意をなしたるか。千古の典籍の翻訳企図に敬虔の態度を欠かざりしか。さらに分売を許さず読者を繋縛して数十冊を強うるがごとき、はたしてその揚言する学芸解放のゆえんなりや。吾人は天下の名士の声に和してこれを推挙するに躊躇するものである。このときにあたって、岩波書店は自己の責務のいよいよ重大なるを思い、従来の方針の徹底を期するため、すでに十数年以前より志して来た計画を慎重審議この際断然実行することにした。吾人は範をかのレクラム文庫にとり、古今東西にわたって文芸・哲学・社会科学・自然科学等種類のいかんを問わず、いやしくも万人の必読すべき真に古典的価値ある書をきわめて簡易なる形式において逐次刊行し、あらゆる人間に須要なる生活向上の資料、生活批判の原理を提供せんと欲する。この文庫は予約出版の方法を排したるがゆえに、読者は自己の欲する時に自己の欲する書物を各個に自由に選択することができる。携帯に便にして価格の低きを最主とするがゆえに、外観を顧みざるも内容に至っては厳選最も力を尽くし、従来の岩波出版物の特色をますます発揮せしめようとする。この計画たるや世間の一時の投機的なるものと異なり、永遠の事業として吾人は微力を傾倒し、あらゆる犠牲を忍んで今後永久に継続発展せしめ、もって文庫の使命を遺憾なく果たさしめることを期する。芸術を愛し知識を求むる士の自ら進んでこの挙に参加し、希望と忠言とを寄せられることは吾人の熱望するところである。その性質上経済的には最も困難多きこの事業にあえて当たらんとする吾人の志を諒として、その達成のため世の読書子とのうるわしき共同を期待する。

昭和二年七月

《ドイツ文学》〔赤〕

ニーベルンゲンの歌 全二冊　相良守峯訳
若きウェルテルの悩み　ゲーテ　竹山道雄訳
ヴィルヘルム・マイスターの修業時代 全三冊　ゲーテ　山崎章甫訳
イタリア紀行 全三冊　ゲーテ　相良守峯訳
ファウスト 全二冊　ゲーテ　相良守峯訳
ゲーテとの対話 全三冊　エッカーマン　山下肇訳
スペインの太子 ドン・カルロス　シルレル　佐藤通次訳
ヒュペーリオン —希臘の世捨人　ヘルデルリーン　渡辺格司訳
青い花　ノヴァーリス　青山隆夫訳
夜の讃歌・サイスの弟子たち 他一篇　ノヴァーリス　今泉文子訳
完訳 グリム童話集 全五冊　金田鬼一訳
黄金の壺　ホフマン　神品芳夫訳
ホフマン短篇集　池内紀編訳
影をなくした男　シャミッソー　池内紀訳
流刑の神々・精霊物語　ハイネ　小沢俊夫訳
ブリギッタ・森の泉 他一篇　シュティフター　宇多五郎・高安国世訳

みずうみ 他四篇　シュトルム　関泰祐訳
村のロメオとユリア　ケラー　草間平作訳
沈鐘　ハウプトマン　阿部六郎訳
地霊・パンドラの箱 ルル二部作　F・ヴェデキント　岩淵達治訳
春のめざめ　F・ヴェデキント　酒寄進一訳
花・死人に口なし 他七篇　シュニッツラー　番匠谷英一・山本有三訳
ゲオルゲ詩集　手塚富雄訳
リルケ詩集　高安国世訳
ドゥイノの悲歌　リルケ　手塚富雄訳
ブッデンブローク家の人びと 全三冊　トーマス・マン　望月市恵訳
トオマス・マン短篇集　実吉捷郎訳
魔の山 全二冊　トーマス・マン　関泰祐・望月市恵訳
トニオ・クレエゲル　トオマス・マン　実吉捷郎訳
ヴェニスに死す　トオマス・マン　実吉捷郎訳
講演集 ドイツとドイツ人 他五篇　トーマス・マン　青木順三訳
講演集 リヒァルト・ヴァーグナーの苦悩と偉大 他一篇　トーマス・マン　青木順三訳
車輪の下　ヘルマン・ヘッセ　実吉捷郎訳

デミアン　ヘルマン・ヘッセ　実吉捷郎訳
シッダルタ　ヘッセ　手塚富雄訳
ルーマニア日記　カロッサ　高橋健二訳
幼年時代　カロッサ　斎藤栄治訳
ジョゼフ・フーシェ —ある政治的人間の肖像　シュテファン・ツワイク　高橋禎二・秋山英夫訳
変身・断食芸人　カフカ　山下肇・山下萬里訳
審判　カフカ　辻瑆訳
カフカ短篇集　池内紀編訳
カフカ寓話集　池内紀編訳
ドイツ炉辺ばなし集 —カレンダーゲシヒテン　ヘーベル　木下康光編訳
ウィーン世紀末文学選　池内紀編訳
チャンドス卿の手紙 他十篇　ホフマンスタール　檜山哲彦訳
ホフマンスタール詩集　川村二郎訳
ドイツ名詩選　生野幸吉・檜山哲彦編
聖なる酔っぱらいの伝説 他四篇　ヨーゼフ・ロート　池内紀訳
暴力批判論 他十篇 —ベンヤミンの仕事1　ベンヤミン　野村修編訳
ボードレール 他五篇 —ベンヤミンの仕事2　ベンヤミン　野村修編訳

パサージュ論 全五冊　ヴァルター・ベンヤミン　今村仁司・三島憲一　大貫敦子・高橋順一　塚原史・細見和之　村岡晋一・山本尤　横張誠・與謝野文子　吉村和明 訳
ジャクリーヌと日本人　ヤーコプ　相良守峯訳
ヴォイツェク ダントンの死 レンツ　ビューヒナー　岩淵達治訳
人生処方詩集　エーリヒ・ケストナー　小松太郎訳
終戦日記一九四五　エーリヒ・ケストナー　酒寄進一訳
第七の十字架 全二冊　アンナ・ゼーガース　山下肇　新村浩訳

《フランス文学》〔赤〕

ラブレー第一之書 ガルガンチュワ物語　渡辺一夫訳
ラブレー第二之書 パンタグリュエル物語　渡辺一夫訳
ラブレー第三之書 パンタグリュエル物語　渡辺一夫訳
ラブレー第四之書 パンタグリュエル物語　渡辺一夫訳
ラブレー第五之書 パンタグリュエル物語　渡辺一夫訳
ピエール・パトラン先生　渡辺一夫訳
エセー 全六冊　モンテーニュ　原二郎訳
ラ・ロシュフコー箴言集　二宮フサ訳
ブリタニキュス ベレニス　ラシーヌ　渡辺守章訳
ドン・ジュアン —石像の宴　モリエール　鈴木力衛訳
いやいやながら医者にされ　モリエール　鈴木力衛訳
守銭奴　モリエール　鈴木力衛訳
完訳 ペロー童話集　新倉朗子訳
ラ・フォンテーヌ 寓話 全二冊　ラ・フォンテーヌ　今野一雄訳
カンディード 他五篇　ヴォルテール　植田祐次訳
ルイ十四世の世紀 全四冊　ヴォルテール　丸山熊雄訳

美味礼讃 全二冊　ブリア-サヴァラン　関根秀雄・戸部松実訳
近代人の自由と古代人の自由・征服の精神と簒奪 他一篇　コンスタン　堤林剣・堤林恵訳
恋愛論 全二冊　スタンダール　杉本圭子訳
赤と黒 全二冊　スタンダール　桑原武夫・生島遼一訳
ゴプセック・毬打つ猫の店　バルザック　芳川泰久訳
艶笑滑稽譚 全三冊　バルザック　石井晴一訳
レ・ミゼラブル 全四冊　ユーゴー　豊島与志雄訳
ライン河幻想紀行　ユーゴー　榊原晃三編訳
ノートル＝ダム・ド・パリ 全二冊　ユーゴー　辻昶・松下和則訳
モンテ・クリスト伯 全七冊　アレクサンドル・デュマ　山内義雄訳
三銃士 全二冊　デュマ　生島遼一訳
カルメン　メリメ　杉捷夫訳
愛の妖精（プチット・ファデット）　ジョルジュ・サンド　宮崎嶺雄訳
ボオドレール 悪の華　鈴木信太郎訳
感情教育 全二冊　フローベール　生島遼一訳
紋切型辞典　フローベール　小倉孝誠訳
サラムボー 全二冊　フローベール　中條屋進訳

岩波文庫の最新刊

カント著／大橋容一郎訳

道徳形而上学の基礎づけ

カント哲学の導入にして近代倫理の基本書。人間の道徳性や善悪、正義と意志、義務と自由、人格と尊厳などを考える上で必須の手引きである。新訳。

〔青六二五-一〕 定価八五八円

カント著／宮村悠介訳

人倫の形而上学

第二部 徳論の形而上学的原理

カント最晩年の、「自由」の「体系」をめぐる大著の新訳。第二部では「道徳性」を主題とする。『人倫の形而上学』全体に関する充実した解説も付す。（全二冊）

〔青六二六-五〕 定価一二七六円

高浜虚子著／岸本尚毅編

新編 虚子自伝

高浜虚子（一八七四―一九五九）の自伝。青壮年時代の活動、郷里、子規や漱石との交遊歴を語り掛けるように回想する。近代俳句の巨人の素顔にふれる。

〔緑二八-一一〕 定価一〇〇一円

末永高康訳注

孝経・曾子

『孝経』は孔子がその高弟曾子（そうし）に「孝」を説いた書。儒家の経典の一つとして、『論語』とともに長く読み継がれた。曾子学派による師の語録『曾子』を併収。

〔青二一一-一〕 定価九三五円

……今月の重版再開……

久保田淳校注

千載和歌集

〔黄一三二-一〕 定価一三五三円

南原繁著

国家と宗教

―ヨーロッパ精神史の研究―

〔青一六七-二〕 定価一三五三円

定価は消費税10％込です　2024.4

岩波文庫の最新刊

ゲルツェン著／金子幸彦・長縄光男訳
過去と思索（一）

人間の自由と尊厳の旗を掲げてロシアから西欧へと駆け抜けたゲルツェン（一八一二―一八七〇）。亡命者の壮烈な人生の幕が今開く。自伝文学の最高峰。（全七冊）
〔青N六一〇-一〕　定価一五〇七円

ゲルツェン著／金子幸彦・長縄光男訳
過去と思索（二）

逮捕されたゲルツェンは、五年にわたる流刑生活を余儀なくされた。「シベリアは新しい国だ。独特なアメリカだ」。二十代の青年は何を経験したのか。（全七冊）
〔青N六一〇-二〕　定価一五〇七円

復本一郎編
正岡子規スケッチ帖

子規の絵は味わいある描きぶりの奥に気魄が宿る。最晩年に描かれた画帖『菓物帖』『草花帖』『玩具帖』をフルカラーで収録する。子規の画論を併載。
〔緑一三-一四〕　定価九二四円

ハインリヒ・マン作／今井 敦訳
ウンラート教授
あるいは一暴君の末路

酒場の歌姫の虜となり転落してゆく「ウンラート（汚物）教授」を通して、帝国社会を諧謔的に描き出す。マレーネ・ディートリヒ出演の映画『嘆きの天使』原作。
〔赤四七四-一〕　定価一二二一円

……今月の重版再開……

揖斐 高訳注
頼山陽詩選
〔黄二三一-五〕　定価一一五五円

魯迅作／竹内好訳
野草
〔赤二五-一〕　定価五五〇円

定価は消費税10％込です　2024. 5